木叶乡情

胡继明 著

武汉出版社
WUHAN PUBLISHING HOUSE

（鄂）新登字08号

图书在版编目（CIP）数据

木叶乡情 / 胡继明著. -- 武汉：武汉出版社，

2024.11. -- ISBN 978-7-5582-7187-8

Ⅰ. I267

中国国家版本馆 CIP 数据核字第 2024YS2774 号

木叶乡情
MU YE XIANGQING

著　　者：胡继明

责任编辑：管一凡

执行编辑：郑　建

封面设计：黄子修

出　　版：武汉出版社

社　　址：武汉市江岸区兴业路 136 号　　　邮　　编：430014

电　　话：（027）85606403　　　85600625

http://www.whcbs.com　　E-mail: whcbszbs@163.com

印　　刷：武汉盛世吉祥印务有限公司　　　经　　销：新华书店

开　　本：787 mm×1092 mm　　　1/16

印　　张：18.75　　字　　数：290 千字

版　　次：2024 年 11 月第 1 版　　　2024 年 11 月第 1 次印刷

定　　价：59.00 元

关注阅读武汉
共享武汉阅读

乡愁是挥之不去的炊烟

　　乡愁是文学亘古不变的主题。古人在《诗经·小雅》中唱："昔我往矣，杨柳依依。今我来思，雨雪霏霏。"还乡之路，道阻且长；还乡之心，近乡情怯。儿时在课本上读到："少小离家老大回，乡音无改鬓毛衰。"只道是时光飞逝，却不解"儿童相见不相识，笑问客从何处来"的物是人非。致力于乡土文学与乡土中国关系研究的学者梁鸿在谈及自己的故乡梁庄时说："这片土地既有感伤，又有力量。"这两点在胡继明的《木叶乡情》中同样得到了体现。从西南大学（原西南师范大学）毕业后，他到湖北省城武汉教书，近 30 年的光阴如白驹过隙，到了知天命的年纪，他却发现自己陷入了"城里载住了我的身，却容不了我的心；乡下能容我的心，却载不住我的身"的尴尬状态。这是在中国经济高速发展的几十年里，许多从乡村走出来的人的真实写照。但"风筝飞得再高，离开了脚下的绳子，就会一个跟斗栽在地上"，胡继明很清楚，自己的根在故乡，自己的魂也终将回归故土。

　　在胡继明的文字中，乡愁是一碗腌菜炒豆腐干。记忆里的煎豆腐可以保存一个月，正月里住校，腌菜炒豆腐干便是一周的拌饭菜。母亲常为此感到愧疚，但在胡继明看来，生活中的有些不幸，是事情过后强加的，幸福与否是比较得来的。在他眼里，当年能吃着豆腐干的他已经是很幸福的了，有同学带一瓶酱油，天天是酱油拌饭，也把初中读完了。被誉为"抒情的人道主义者，中国最后一个纯粹的文人"的当代文学家汪曾祺先生也喜欢写美食，昆明的汽锅鸡、北京的酱菜、江南的白萝卜炖排骨……在他笔下，平淡无奇的家常小菜都能变成珍馐美味，但最让读者心动的还是他家乡高邮的咸鸭蛋："筷子头一扎下去，吱——红油就冒出来了"。"我写这些文章的目的就是使人觉得：活着多好呀！"正如汪曾祺所说，当乡愁化作美食，也就变成了一种支撑漂泊的力量。胡继明为女儿做麻婆豆腐，用上从老家带来的自家做的红苕淀粉，让一家人赞不绝口。这不，乡愁就融化在了齿间，带着生活的烟火气，和对未来的憧憬与希望。

乡愁也是爷爷一封发黄的信。大学毕业后，胡继明成了一名子弟中学的教师，教这所中学初一年级最差的班级，他当时失望至极。爷爷来信说："你晓得我种冈背（山脊的背面）的那块田，都是沙子，泥巴都不多，我把塘泥挑过冈，铺在田里。现在的收成比正畈里的肥田的收成都要好。孩子你记住，只要付出，贫瘠的土地也能长出丰硕的庄稼。"直到现在，爷爷的信也还夹在胡继明经常翻动的《现代汉语词典》里，信封上已经布满了黄斑。从1996年至今，已经快30年，字迹清楚，笔画弯曲，那是当年73岁的爷爷用颤抖的手写出来的一封信，也是爷爷对胡继明殷殷的关切与期望。爷爷只读过三个月的私塾，却当了半辈子会计，他的子女都有一门足以养活自己的手艺。胡继明的父亲是木匠，在他们那里，把木匠叫博士。"博士和教书，似乎有几分相同，都要成器。木匠要锯、砍、刨、凿、雕，方能将枝丫遍布、节疤不少的树木，做成木器；而教书就是把学生粗俗、懒惰的习性去掉，成为一个有用的人，所谓玉不琢不成器。"从刚参加工作时对未来的憧憬被现实击得粉碎，到第二年在优质课竞赛中夺得第一名，再到成为高级语文教师，胡继明所依托的不仅是自身学识的积淀与教学能力的提升，更是爷爷藏在那封信里的谆谆嘱托：贫瘠的土地也能长出丰硕的庄稼。

胡继明读《易经》，《易经》讲阴阳，强调事物的"一体两面"。随着岁月的增长，记忆力渐退，对生活的感悟却越发充盈，尤其是家乡的氤氲，始终在他心头缭绕，就像江北的风，将他这只风筝轻轻托起，越过龟山蛇山之上的长江大桥，回望乡间开满山野的红杜鹃、兰草花，永不坠落。"人生历尽千般苦，沧海横流万年长"，愿你也能在这份悠长的木叶乡情中感悟往日的灵光，做一个关于故乡的甜梦。

董小玉

2023 年春

董小玉，西南大学新闻传媒学院院长，教授，博士生导师，传播学硕士点带头人，华东师范大学文学博士，北京师范大学艺术学博士后，教育部高等学校第二届新闻教学指导委员会委员，教育部人文社会科学通讯评审专家，国务院政府津贴获得者，中国写作学会副会长。

悠悠乡土梦，浓浓人文情

改革开放以来，中国社会发生了翻天覆地的变化，城市里高楼林立，车水马龙，人们的物质生活得到极大丰富。伴随着城镇化的推进，农村也日新月异，小楼别墅映入眼帘，乡村公路四通八达，村民们的日子也愈发富足。乡亲们从温饱走向富裕的同时，城市文明也叩开了农村的大门，引起了农村生活的巨大变化。从现实层面来讲，如今的生活更现代、更便捷，跟随时代的大潮阔步向前，是社会经济发展的大势所趋，但也让人怅然若失。所以，我想深情回望这片养育我的土地以及扎根在这片文化沃土上的一段历史，以此铭记并感恩生命中的每个日子。

一是记录当地风俗，传承人文精粹。在乡村，"五里不同风，十里不同俗"的情形逐渐消失，"各美其美"的民风民俗开始有着"同一副面孔"。譬如结婚，全国不分南北，一律以穿白色婚纱，坐奔驰宝马为风尚。其实，在1980年以前，各地风俗，百花齐放，传递着当地独特的文化内涵。如今，老家的原有习俗基本上无迹可寻，和电视机里、电影荧幕上看到的别无二致，全然没有我记忆中的样子。那些消失了的习俗其实反映着当时民众生活的多个面相。所以，我决定真实地记录下那些民风民俗，尽管在走访与调查中，似乎没有人能够确切说得清楚，但这影影绰绰的丰富内涵不正折射出它迷人的魅力吗？我想尽可能地细腻，实录，或许能起到一点儿史料的作用，为后来人提供一点资料。在《曾大大》一文中，我记录了家乡生孩子时接生的习俗，人过世时殡葬的相关习俗；在《年年过年年年过，且把围炉话旧年》的系列文章中，我记录了过年的相关习俗。然而，我觉得最有仪式感的应该是婚嫁习俗，文集中的《二姐出嫁》《大哥结婚》，我采取了镜头式的还原，试图将原汁原味的婚嫁风俗呈现给读者。我认为风俗是乡亲们生活的一面镜子，也是农村文化的深厚土壤，只有最真实的记录，才能将文化中的人文精粹传承发扬下去。

二是勾勒生活方式变迁，谱绘故土情深。物质生活的富裕，自然会引起生活方式的变化。生活自然是越过越好，但也无须因此去否定曾经有过的生活方式，所有的生活方式是一种历史的存在，哪怕有些苦涩，不也可视为"蓝色的忧郁"吗？就好比今天我们看《红楼梦》，其实是在见识18世纪中国贵族的生活方式及其消逝。其实，无论生活的方式如何变化，深藏在人们内心深处的仍是不变的故土情结。我的散文基本上是围绕20世纪80、90年代的生活形态而展开详尽描摹，也许有人会说是忆苦思甜，也有人会说这是人近暮年的怀旧情怀，或许这二者兼有之吧，我在反映一种真实存在的同时，不免带有眷向过往生活的温情脉脉。我从食物、物产、场所等几个方面来记录曾经有过的质朴生活。猪肉、板栗、红苕、南瓜、糍粑、老豆腐等食物中寄予了当年获得食物的艰难，而相关美食的制作过程，流露的是艰辛之中不灭的生活热情。水井、池塘、山野、小店等与当时生活紧紧相连的场所，烙刻着人们的日常生活与喜怒哀乐，如今这些场所的存在早已因为无法满足人们对便捷生活的追求而退出了历史舞台，它们的消失意味着某个时代的消逝，这不免引起我深深的怀念。

三是描摹乡人点滴，传递感恩情愫。现如今，物产的丰富，行走的自由，民智的开化，非但没有带来情感的满足，反而令人们在"纵使对面不相识"的隔膜中变得更加冷漠，更加功利。人们在追逐世俗成功的时候常常忘了，人的高贵在于纯粹的情感。我是一名教师，接触过很多学生，有些孩子由于种种原因缺乏应有的感恩的心，他们把父母的养育看成是法律规定的义务，这令我感到非常寒心，所以我的大多文章里，都试图传递一份感恩的情怀。感恩祖辈父辈、感恩所有的亲朋好友，甚至远祖，乃至生我养我的每一寸土地。遗憾的是，近几十年来农村社会中宗族和血缘关系的淡化以及城市工业文明的侵蚀，正在逐渐消解着我们的乡土情怀以及对人、事、物的敬畏与感恩。现代化的生产关系不再需要血缘的互助，我的后辈们似乎对宗族和血缘表现得十分淡漠。期待我的这些文章作为旧时农村最后的一点落日余晖，能在不经意间照进当下年轻人在城市中奔波而疲惫的灵魂，从而唤起一缕对乡土的怀想，得到一丝精神的慰藉。

四是记录方言乡音，留住文化的根。文化即语言，语言即文化。我们在大力推行普通话促进交流的同时，也要珍视自己的方言乡音。"少小离家老大回，乡音无改鬓毛衰"，林语堂把听乡音当成自己最大的欣慰和人生享受。是啊，乡音伴慰乡愁。我热爱乡土，乡音是我生命的"胎记"，当我走在武汉的大街上，不期然听到乡音入耳，内心一颤，一股暖流遍布全身。现如今，乡音似乎也在"现代文明"的进程中成为了乡亲们的"陌生人"，很多小孩子一出生就被父母带到城里生活学习，普通话代替方言成了他们的"母语"，偶尔回乡，方言交流也格外隔阂别扭，方言的词汇和音调也日渐生疏。而四十岁以下的年轻人，由于长期在外，普通话作为最主要的交流工具，使得那些原本熟悉的方言词汇渐渐退到了言语生活的角落，并且蒙上了厚厚的尘灰。文学艺术创作常常通过方言连接文化的根，从而获得源源不断的生命力，让作者与读者一道通过方言俗语的文字表达触摸到自己生命的脉搏。在我的写作中，方言的运用最大程度地记录和还原了当地的生活形态，同时也希冀以之把握自身文化血脉的深层流向。尽管方言与汉字表达存在一定程度的"不匹配"，但在写作过程中的种种努力也使得我在更深层次上抵达方言土语的文化本质。

"一方水土养一方人"，纵使春秋代序，南北鸿迹，在骨子里，我仍旧是一介山野乡民，是那个叫贡家冲的地方奠定了我生命的底色，并伴随着我的成长。不可否认，这生命底色在我与乡村几十年忽远忽近、若即若离的生命历程中，显现出了它质朴珍贵的光华，也让我窥见这底色中的斑驳沉渣与宿命意味。比如在《身寄天地如蜉蝣，名系乾坤一坐标》中，我认为姓名对于一个人有很重要的影响；在《生无止息不抱怨，命尽从容淡然归》中，推崇一种随遇而安的生活；在《我施金粉为渡己，佛有荣光云天外》中，那种追求心安的人生态度，凡此种种，正是乡土镌刻在我灵魂深处的印记，是那个年月农村的一个缩影。将这大别山深处"邮票般大小的故土"呈现出来，希冀它成为每一个贡家冲人"走得出，回得去"的故乡，这于我就足够了。

胡继明

2023 年春

目 录

第一辑　情深似水，泽远流长

第二辑　老家味道，唇齿留香

第三辑　温馨暖境，沉醉我心

第四辑　梦里故乡，魂牵梦绕

第五辑　道阻且长，忧思惶惶

第六辑　融融旧年，情满乡间

第七辑　家有婚娶，唢呐吹起

第一辑

情深似水，泽远流长

爷爷的告诫：贫瘠的土地也能长出丰硕的庄稼

1

在我经常翻动的《现代汉语词典》里，夹着一封信，信封上已经布满了黄斑，里面是爷爷写给我的一封信。爷爷逝于2000年正月初一，已经20多年了，但他写给我的这封信，却完好无损地保留着。信不长，不到一页纸，字迹清楚，只是笔画弯曲，看得出是用颤抖的手写出的。落款日期是1996年11月8日，那年我刚参加工作，爷爷那时已经73岁了。

这是一封回信，两点内容：一是嘱咐我，一个人在外要照顾好自己，不要让家里人担心；二是告诫我，不要抱怨，带最差的班，虽然教学困难，但只要付出，就能有很好的收获。"你晓得我种冈背（山脊的背面）的那块田，都是沙子，泥巴都不多，我把塘泥挑过冈，铺在田里。现在的收成比正畈里的肥田的收成都要好。孩子你记住，只要付出，贫瘠的土地也能长出丰硕的庄稼。"

2

大学毕业，我分到武汉钢铁公司的子弟中学，带初一的两个最差的班，现在想来，那是我人生中颇为失落的阶段。说实在的，刚参加工作的我，对未来的憧憬却被眼前的事实击得粉碎，面对不会写自己名字、完全不想学的一群孩子，我有种欲哭无泪的无助感。那时候，上课就是和孩子打架。记得有一个同学在我上课时，把语文书一页页地烧掉，教室里弥漫着呛人的烟味，什么人生理想，都是鬼扯，进教室我就心慌。

在那个窒息的环境里，我无人倾诉。领导告诉我，只有把这样的差班教好，才可能教快班。我写信跟家人抱怨，父母不识字，我爷爷就给我回了这封信，在那无望的日子里，靠着爷爷的那句"贫瘠的土地也能长出丰硕的庄稼"度日。记得第二年，在公司中小学教育处的优质课竞赛中，我讲的《荔枝蜜》得了一等奖，没过多久我就去了高中教学，教学校里最好的班。

3

爷爷只读过三个月的私塾，却当了半辈子会计，我觉得这简直是个奇迹。爷爷从生产队的会计到大队的会计，一干就是三十年，整天写写算算，繁重的挑驮工作做得并不多。1982年，他在会计岗位上退休了，那时农村已经在实行联产承包责任制，各家各户都有自己的田。

爷爷退休的时候，我父亲、二父（父亲的大弟弟，我的叔父）已独门立户，只剩下细佬（我们那儿把最小的叔叔叫"细佬"）还没结婚娶媳妇，这可能是爷爷最大的隐忧。我突然发觉爷爷变得特别勤劳了，他六十多岁还做过很多事，用轧面机轧面，挑着箩筐（农村用于挑东西的竹筐）四处叫卖；背着锄头，在水田里挖鳝鱼，拿去卖钱。后来年纪大了，做不了生意，挖不了鳝鱼，他就一心一意放牛种田。

我记得冈背的那块田，是依着缓坡开垦的新田，土多泥少，根本就不适合种水稻；再者，离居住的村子有点远，收割的时候，把草头（我们那儿把连着稻子的禾秆束在一起叫"草头"）挑回来，要越过高高的山冈，道路狭窄，坑坑洼洼，布满石子，那可是要命的（挑草头的过程中是不能休息的，一口气回家，否则稻穗一沾地就洒落了，浪费粮食）。故而，分田的时候，很多人都不要。但是，它并非完全没有优点，作为三类田，它面积大，定的产量低，也许种谷子不行，但种别的庄稼还行，不过，太辛苦。据后来的观察，很多这样的三类田都荒废了。细佬不太想要，但爷爷很高兴地要了，因为他知道，贫瘠的土地也能长出丰硕的庄稼。

4

我们那儿过年是要干塘的，把池塘里的水放干，把鱼捞起来，然后把多年的塘泥挖起来，一来可以防止塘泥淤积，影响池塘蓄水量。二来多年的淤泥，特别肥沃，挑到地里，种的小麦颗颗饱满，挑到田里，种出的稻子，谷穗粗大，产量激增。只不过，塘泥特别重，一担土筐的塘泥有一百多斤，挑一担塘泥压得人青筋绽出。

自从分田到户后，在我印象里，似乎就没有什么人挑塘泥了。一是并非所有的池塘都有淤泥，新开的池塘多半是沙底，是没有泥巴的。淤泥厚的，在我印象中就是村门口的那口映心塘。映心塘时代久远，没有人知道是什么时候开始有的。要把映心塘的泥巴挑到田里去，路远、难行、担子重，没人强迫，谁也不愿意吃这种苦。二是更多的人觉得，费那个劲，去做个小生意，赚的钱，远远不止多增产的那点粮食。但奇怪的是，刚过了新年，解了冻，爷爷就在干涸的映心塘里撬塘泥，挑塘泥。

俗话说，过了初一意味着过了早年，但新年的喜庆还未消除，到处传来鞭炮噼里啪啦的声响，空气中弥漫着火药的馨香，接着传来杯觥交错的吆喝声，那是谁家又在宴请客人。此时，爷爷早已挽着裤腿，赤着脚，站在冰冷的泥巴里，挥舞着铁铲，把池塘里的泥巴扬到塘埂上。

来村里走亲戚拜年的人，纷纷发着感叹，认得他的人，远远地喊道："叔，你吓我，这么冷的天，你赤着脚，莫把自己搞病了，晓得么，还在过年。"爷爷微微一笑，扬起一铲泥巴，说，"做事不冷。"

还有人说："叔，你莫把衣服都脱了，等会儿要感冒的。快起来，抽根烟，莫把自己累死了，你把塘泥弄到地里赚不了几个钱。"爷爷说："赚不赚钱，不管啦，人不能闲着，越闲越冷呀。"

不认得的人，也吆喝着打着招呼："老头，你好健旺啊，你比年轻人强多了，你那一铲泥巴，不下十斤吧，你扬得起？"爷爷笑一笑，说："老啦，是有点扬不起，慢慢来。"爷爷挥动着绽出青筋的手臂，扬起泥巴，擦擦汗，又甩一甩。

池塘边的几堆泥巴，是爷爷在正月里从池塘里铲上来的，接着是二三月，他准备把这些泥巴一担担地挑到冈背的那块贫瘠的田里。我常常觉得奇怪，爷爷赤着脚，挑着一百多斤的塘泥，压得佝偻的身子，怎么会没有路边的荆棘、石子，甚至玻璃扎着他的脚呢？直到有一天，我在放学路上，蹦蹦跳跳地跟在爷爷身后，看到他脚上流着血，我说："爹（在老家罗田，把爷爷喊作'爹'），你脚上流血了。"爷爷坐下来，我才看到他脚板上有很厚的老茧，能把这厚实的老茧划破的石子，该是锋利无比吧。

两个月过去了，爷爷把那几堆塘泥，越过山冈挑到了冈背那块贫瘠的田里，一小堆一小堆地铺满了田。那一年，那一块田里的谷子长得特别好，穗大、饱满、没有秕谷，所有经过田间地头的人都惊叹："这个老头是个神，能在这沙田里种出这么好的谷来，没见过。"

5

说实在的，爷爷劳苦了一辈子，也没积累什么财富，一辈子大部分时间都住在老旧的房子里，等到细佬娶了媳妇有了孩子，然后翻修了新房，生活才过得富足点。

我奶奶走得很早，走在三年困难时期的 1960 年。我听父亲说奶奶是得了肺病而走的，也听塆里老人说，是因为家里太穷，饿死的。奶奶走后，家里还有五口人，我姑姑那年 15 岁，父亲那年 13 岁，二父那年 8 岁，细佬那年 3 岁。一堆未成年的孩子，我不知道，也无法想象，那日子是怎么过的。我不想臆测，从书本上得知，家家户户都过得不好。但随着我慢慢地长大，也就知晓了当年，爷爷的子女是如何生活的。

姑姑嫁到邻村一户也是穷得丁当响的人家，她没有婆婆帮衬，生了三个孩子，还要独自伺候公公、丈夫。她身体不好，从小哮喘，后来还得了癫痫。但是，她任劳任怨，几十年来，我还记得她做的酱菜，是那样香甜可口。还记得每年花生收获的时候，她会把刚从地里扯来的花生放在锅里烙，很久才起锅，那滋味就像沙炒的花生一样香脆。我不知道爷爷是怎样教导女儿的，只是听父亲讲了这样一个故事：为了教姑姑纳鞋底，爷爷在平整的鞋底上用钢笔点上密密的小点。姑姑顺着小点，就能纳出很匀称的针脚。自此，一家老小的鞋就都出自姑姑柔弱的手。可惜，姑姑活得不长，在我上大学那一年，她得肝癌去世了。她走在爷爷的前面，姑姑走的那一天，爷爷没有去，他在家里哭得很伤心。姑姑的几个孩子现在早已长大成人，无论是在部队里当兵，还是在外面打工，都混得有头有脸，早已发家致富了。

父亲是个木匠，一辈子主攻两件事：建房子、供我读书。在我的记忆里，他至少建过五次房子，其中有一次是被火烧成灰烬后重建。有人嘲笑他说："一辈子总做房子，到现在也住得不咋的。"这事儿，我问过父亲，父亲说："如果我不这么折腾，估计现在的房子也住不上。"对于我读书，父亲是支持的，但是感到很为难。我记得很清楚，为了供我读完高中，父亲向村子里所有可能借钱的人借过钱，父亲说，"借钱最重要的就是要讲信用，约好什么时候还，你就得什么时候还，没钱，借钱也得还。"现在，父亲老了，完全是爷爷的翻版，尽管不去挑塘泥，仍抓紧一切机会去挣钱，上次还被建房子的人家赶了回来，那家人说："这么大年纪，要是出了事，我可负不了责。"

去年6月份，二父得了肝衰竭，也走到了生命的尽头。他一辈子也主攻两件事：一是想尽办法挣点钱，改善家庭条件；二是尽力与疾病和意外进行斗争。在我的记忆里，他学过很多种手艺：烹饪、木匠、泥工、做爆竹、养兔子、凿井、驾驶小型农业机械，还有一些，由于我离开了家，并不知晓。二父似乎每一种手艺都不精，但或多或少也带来了一些收入。有空的时候，他要么做点小生意，卖点水果、酱菜，收点豆子、芝麻，要么开摩的在小镇里送客，总之，难得有空闲。闲下来的时候，他要么躺在床上，要么在医院。

二父一辈子病痛和意外比较多，比如年轻时得过出血热，此病死亡率很高，差点要了他的命。在生命的最后五年里，他被摩托车撞过一次，住院十天左右；开农机犁田，被绞刀切断了三根脚筋，住院长达半年，到死都瘸着腿。有一件事我觉得很奇怪，就在住院临死之前，他瘸着腿，还居然挣了五千块钱，这是怎么挣的？

细佬，给我最大的感觉就是胆子大、不怕晒。细佬虽说是木匠，但主攻的事情是给人家建房子，搭飘板、架模板是他做得最多的事儿。现在的房子都是高楼，他在悬空的支架上如履平地，有人说他瘦得像猴子，所以能穿过支架的缝隙。再有，建房子是个户外的活儿，夏天里日头特大，钢筋、水泥、支架晒得发烫，让人头昏眼花，皮肤开裂，可是，细佬从来不戴帽子。看着他黑瘦的样子，我有一次问他："那么高的地方，看着就怕，你别做了。"细佬笑着说："那你给我介绍点轻松的事儿。"我说："总得戴个帽子吧。""你不懂，戴帽子遮视线，还不安全。"细佬架的模板平整，要价也比别人贵，可是请他的人还是络绎不绝。

6

爷爷的三个儿子总在忙碌，有人调侃他们："一生都钻到钱眼里了，到时候还不是两眼一闭，两脚一伸，躺在后山的两尺土里，吃不得，喝不得。"也有人劝解他们："儿孙自有儿孙福，况且，他们的日子过得也不差。"当然，更多的人这么说："跟他们的老子一个样，70岁还挑塘泥，把沙田种得像肥田。"

博士与先生

1

去年，父亲过生日时我回了老家，塆里年纪最大的老人易大大（在老家罗田，称奶奶为大大），今年九十多了，她告诉我："我十六岁嫁到这塆里，如今七十多年了，我来的时候，这塆里也不过七户人家，你曾爹（方言，即曾祖父）占一户，到如今，已经有十几家了，冇（没有）想到。"七十年太长了，很多事情我并不知道，只能说说眼前我所看到的，现在全塆三十多户，从我曾爹到我，四代人，户数增加到十多户，占了全塆的三分之一，说不上是大户，但绝对可以说是人丁兴旺。我曾爹兄弟一人，还有一个妹妹嫁到张家塆；我爹（方言，即爷爷）兄弟四人，也有一个妹妹嫁到浠水；我父亲堂兄弟十一人，姊妹有六人；到我这一代，人数更多，不少旅居在外，像花儿一样绽放。

在这四代人中，和别家不同，纯粹种田的人少，大多有个手艺，以木匠居多，很多是做过或者一辈子做木匠。其次是当先生，教书育人。在我们那儿，把木匠叫博士，我不知道原因，但觉得真好听，博士这一名号，似乎从汉朝就有，有太常博士、五经博士等，博士是个官职，指在某一方面有很深造诣的人，和今天有相似之处，不同在于，今天的博士是个学位，多半不能当官。我家的博士，说不上造诣，但勤勤恳恳，确能养家糊口。除了博士多外，每代都出几个教书的。博士和教书，似乎有几分相同，都要成器。木匠要锯、砍、刨、凿、雕，方能将枝丫遍布、节疤不少的树木，做成木器；而教书就是把学生粗俗、懒惰的习性去掉，成为一个有用的人，所谓玉不琢不成器。

2

曾爹去世于1972年的春上，在我出生前的几个月过世了，听父亲说，曾爹挺遗憾，如果晚走几个月，他就可以多见一代人。因为未曾谋面，所以，曾爹的事情，我多是听来的，也知道得不多。听母亲说，曾爹胆子大，他是个杀猪的屠夫，他每天都要去严坳街上杀猪，很晚才回来，因为回来的时候都是山路，山路上有好多坟地，曾爹说，他经常看到鬼火。小时候听母亲这么说，很惊诧，后来觉得稀松平常，所谓鬼火，只不过是骨头里的磷自燃而已。

因为曾爹是个杀猪的，所以我们家不是很穷，听说，解放前买过一些田产，但不够地主的资格。我常常揣测，他肯定不穷，有两件事看得出来，第一，我爹被抓壮丁的时候，曾爹告诉我爹，有机会就往回跑，盘缠是卖了一头牛，换成的一个金戒指。我爹把它缝在衣缝里，结果在礼山县（今大悟县）国民党军队搜身的时候，搞不见了。第二，曾爹的女儿，我的姑奶解放初是读过师范的。在那个贫穷的时代，把一个女孩子送去读师范，绝不是太穷的人家。

3

我爹兄弟四个，我记事时，他们都四五十岁了，我听二大大说，他们年轻时都做过木匠。这似乎不准确，三爹（爷爷的三弟）和细爹（爷爷的幺弟）做过木匠，但我爹（排行老大）和二爹（爷爷的二弟）做的是解匠。解匠似乎也叫锯匠，就是把大的木头分解成一块块的木料，厚薄根据主人的要求，视做什么东西而定。我听父亲说，他小时候，我们周围的山上，都是一个人或者几个人合抱的大树（1958年大炼钢铁时都砍了，现在再也见不到了），要把这大树解开，木匠才能做木器。解锯看似简单，实际要求很高，"心领神会，合力合拍，用力均匀，平稳前行"，这是锯匠的最高境界，只有这样才能锯出平整的木板来，否则就像狗啃了一样，凸凹不平，主人和木匠都要骂的。做好锯匠不容易，技巧外，更要身体，要求两人有强劲的腿力，腰力和臂力。所以，做锯匠的多是父子、兄弟或很好的朋友。我是没有见到我爹和二爹做锯匠，我记事时，他们有更好的事做，我爹是做大队（现在叫村）的会计，二爹在大队里种药材。我爹早年身体不好，晚年身体却很好，活了七十七。二爹走得很早，我只有模糊的印象，那时，我读村办小学，二爹就在学校操场边的地里种药，有菊花、甘草等，放学时，我总是把小书包给二爹，二爹把我的小书包挂在锄头柄上，晃晃荡荡地走在田间的小路上，我则在田间、地头、山脊上玩够了才回家。

三爹是我家木匠的总管，他从年轻到退休都是博士，年轻时在乡间做博士，后来公社里成立了木器社，他就被收编了，成了公家人。在公家做博士当然好，一是，可以拿工资，在那个非常贫穷的年代，能拿一份稳定工资的人高人一等。最主要的是，他有钱可以让孩子多读书，他的三个儿子，有两个读了高中，在六七十年代，很不容易。二是，公家人还可以接班，他的二儿子就接了他的班，也成了公家人，不用种地了。只是社会发展太快，改革开放后，木器社都垮了，每人自谋生路，那是后话。

我也没见过细爹做木匠，我记事时，细爹在镇机械站上班。机械站主要修农用机械，具体来说，就是以修拖拉机为主，兼顾电焊等工作。整个机械站，就两个人，他和他的徒弟，守着一个很大的机床。他总是拿着一个罩子，戴着防护眼镜电焊，我觉得很神气。父亲说："你细爹是个很好的博士，很多博士不会做拦机（织布机），但你细爹会，你细大大织布的拦机就是你细爹做的。"那拦机我印象模糊，但我记得细爹屋里的那个衣柜，很漂亮，特别结实，别人家的柜子为了美观，凿眼打得很浅，把榫头卯住就行，而细爹做的这个柜子，凿眼全部打穿，榫头突出再刨平，无论怎样，柜子都不会晃动。

4

父亲这一代，大半是博士，还有两个先生。

我爹养了三个儿子，一个女儿，我大大走得很早，走时，我细佬才三岁，所以除了我爹养家外，我父亲也是顶梁柱。我父亲十多岁就开始当博士，师从三爹。在我心中，父亲两点很厉害，一是徒弟带得多，一共有几十个徒弟，完整地学会，到现在还在做木匠的，有将近二十个，说他有徒子徒孙一点都不错。二是，他会做很多木匠做不了事，比如给庙里架木头的大梁，估计现在百分之九十九的木匠不会做。要不是父亲做木匠，估计我这大学也读不了，读书花钱不少，在20世纪90年代的农村，很多家庭承受不起。

我二父（父亲的大弟弟，我的二叔），尽管没有做木匠，但也跟我父亲学过木匠，也许是没有兴趣，又改学泥工，泥工也没有长期做。所以有人说他是个假博士、假砌匠（泥工）。在我心中，二父最大的特点是爱学习，最勤劳，一心发家致富。在我记忆里，他学过的手艺有：烹饪、木匠、泥工、做爆竹、养兔子、凿井、驾驶小型农业机械，也许，还有一些我不知道的。

细佬（父亲的三弟，我的小叔），也是博士，师从我父亲，但主攻是给人家盖房子。他胆子大，不怕晒。户外作业，帽子也不戴，晒得黑黑的，我问他为什么不戴帽子，他说，戴帽子，遮视线，不安全。

二爹也养了三个儿子，一个女儿。大儿子，眼有疾，学不了手艺，但勤劳、活泛。他七十多岁的时候，还养了一头母猪，每年下一窝猪仔，卖的钱超过大多数种田人。种水稻收入太少，他就改种甘蔗，一亩田收入好几千，比种水稻多多了。我没发觉塆子里有人种甘蔗，除了他。

二儿子，年轻时是大队的书记，三十岁后做了几年大队小学的教师，教过我的妹妹，快四十岁时被公家征召当了国家干部，当了副镇长，在乡长的职位上退休。他善良公正，是个德才兼备的好干部，在我们那儿很有威望。多年来，家族里有扯皮拉筋的事儿，非得让他到场不可，才能让双方信服。他现在是家族里的支柱，总在想方设法把这十几家人团结在一起，哪家有红白喜事，他一定是主事，他总说："树要枝繁叶茂，一定要根深蒂固。没有根的营养水分供给，开不出鲜艳的花儿。"这当过先生的干部，果然不一样。

三儿子，是个先生，教物理，从乡中学教到镇中学，从镇中学教到县一中，现在是罗田县物理教研员，一生桃李满天下。他教书，耐心细致，深入简出，深得学生喜欢，很有人格魅力。这么优秀的物理老师，差点成了木匠。记得他读高中时，由于家里困难，二爹准备让他辍学，跟我父亲学木匠。由于我父亲不同意，这事儿就没成，以致二大大对我父亲有些埋怨。真是造化弄人，对社会，博士很多，优秀的物理老师很少；对家族，我家多的是博士，少的是先生。

三爹，养了三个儿子，两个女儿。三个儿子全是博士，两个女婿一个是泥工，一个也是博士。大儿子读过高中，是个有知识的博士，能对照图纸做木工。早年加工门窗时，被电刨子锯掉了两个指头，本以为他再也做不了博士，结果他做得更努力，很多人怕和他一起做事，因为吃不了他的苦，人家说："他像个水牛一样，哪搞得赢他。"

二儿子也是个有知识的博士，不过我觉得，他耿直，善良，似乎当博士有点屈才。他喝醉时说："我能喝两汽车。"这让我觉得他有李白的豪迈，杜甫诗"李白斗酒诗百篇，长安市上酒家眠。天子呼来不上船，自称臣是酒中仙"，我看他就有这洒脱不羁的味道。可惜，多年前，给人家修楼房的时候，从飘板上摔下，伤了脑壳，重伤而亡。走时，躺在和他一起做工的我父亲的怀里，睁了一下眼，喊一声"哥"。

三儿子，是个精细的博士，有一手好手艺，他做的家具纹丝合缝，特别是做的圆货（指的是木桶、澡盆等用具），结合紧密不漏水，并很有看相。可惜，现在塑料制品代替了木质的水桶、澡盆等，让他有英雄无用武之地的遗憾。

细爹养了两个儿子，两个女儿。大儿子，也是物理老师，从镇中学教到县理工中专，是理论联系实际的高手。记得80年代，电器很少，会修电器的人更少，所以哪家的收音机、黑白电视机坏了，很头痛，送到修理店，价格高昂不说，修理师傅，会把没坏的电子元件换掉，然后多收费。但是，经过他的手，三下两下就搞好了。当时，大家对他崇拜得不得了，以致修理店的老板都要向他请教。

小儿子，和我是同年，在父亲的堂兄弟中排行十一，所以，我们即是叔侄，也是伙伴。小时候，我对他的印象是胆子大，小学的时候，我跟着他上山打斑鸠，他放铳（土铳，农村人用来打猎的土枪）的时候，我吓得捂耳朵，他笑嘻嘻看着枪管冒烟。后来他去当汽车兵，能把汽车开上铁轨，在铁轨上行驶。现在，他在湛江开公司，生意做得不错，最喜欢海钓，这让我很羡慕。

到了我这一代，在老屋的人少，大家的关系也疏远了不少，比如我，自从读了大学，就远离家乡；参加工作后，杂务缠身，一年除了过年那几天，在家的日子很少。平时兄弟们为生计所累，在全国各地四处奔波，能碰面的机会很少，只能在过年偶尔相遇的时候，随心聊上几句，因而没有深刻的了解。甚至，有些堂弟多年未曾谋面，居然见面不认得，那就更不用提下一代的那些侄儿侄女，根本分不清谁是谁家的，叫什么名字，有时想起来，巨大的酸楚涌上心来。所以，我不知道他们是否受了祖上家风的熏陶，而奔波于世的，我只能说说自己曾经受到的那些长辈教育。

5

我能当上教师，特别是当一个教高中语文的老师，完全是个意外，似乎我应当是个当博士的命。小时候成绩特差，对读书完全没有兴趣，更喜欢在田间、地头、山头上闲逛。读二年级时，一晚上还读不清一篇只有几十字的文章《赵一曼的碗》，以致有一个亲戚家的、和我同龄的孩子看了我的作业本说："这细伢儿太憜（憜懂，蠢）了。"所以，父亲很早就跟我说，小学毕业了，跟他学博士。可是我个头小，到小学毕业，还拿不起斧头，只好作罢。父亲又说："到学校里再混三年，长长个子，拿得起斧头时，再跟我走。"读初中时，我突然开了窍。成绩一下子好了许多，中考时，成绩名列全县前列，进了县一中，平时成绩在班级前列，班主任说我是班上最聪明的同学。我心中窃喜，数学最好，语文较差。结果高考时，我却在阴沟里翻船，数学靠得稀烂，语文也不好，差那么几分名落孙山。这种落差让我痛苦异常，要知道在高考前的六月调考（那时高考是七月），我的数学成绩是县一中文科第一名，那个暑假我在屋里躺了一个月。

后来，我没脸去县一中复读，在镇上复读，半个学期都调整不好，精神萎靡不振，有辍学的念头。父亲说："要是读不下去，就回来学博士吧。"但此时，我不想学博士，因为看到叔叔被电刨子割去了手指，这让我恐惧。最后我还是去县一中找原来的班主任，他接受了我。我之所以鼓起了勇气，当镇长的叔叔给了我很大的鼓励，记得那一年的除夕夜，我正烤着火，他进了家门，给我一个有塑料封面的精致笔记本，扉页上写着四行字：读书须用意，一字值千金，古今多少事，成败是本人。他还说："你是你这一辈的大哥，要带个好头。我这屋的不缺博士，缺大学生。"

大学毕业后，我成了一名子弟中学的教师，教这所中学初一年级最差的班级，记得那班上残疾学生就有好几个，我失望至极，我爹来信说："你晓得我种冈背（山脊的背面）的那块田，都是沙子，泥巴都不多，我把塘泥挑过冈，铺在田里。现在的收成比正畈里的肥田的收成都要好。孩子你记住，只要付出，贫瘠的土地也能长出丰硕的庄稼。"我似乎看到我爹驼着背，打着赤脚，挑着泥巴，一路气喘吁吁地翻过山岭。我终于打起了精神，第二年全处（那时叫武钢教育处）语文优质课竞赛中得了一等奖第一名，从此到了高中，带学校里最好的班级。

那时候，我性格急躁，看到成绩差的、又不爱学习的学生，急得要踢他两脚，父亲告诉我："别人家的孩子，你可千万别动手，要有耐心。我带这么多徒弟，只打过一个徒弟一斧头柄，是他把一根好料弄废了，主人不依。现在我都后悔了，别人家的伢儿，都看（养育）得金贵得很。"父亲是告诉我，对待学生，要爱，要有耐心。

如今，我还算是一个合格的老师，得益于整个家族对我的熏陶和教育。

6

时代在发展，我家的博士到我这一代一个都没有了，先生还有两个，当然也没有纯粹的农民，他们都纷纷离开了土地，在城里干着各种各样的事业，估计我家的后辈儿孙不会再有博士了，因为现代工业的发展消灭了这个行当，就像早就消灭的解匠。我给女儿讲起这些事的时候，她一脸的惊奇。是啊，她连家里的那些人都认不清，还谈什么血脉相连，业业相袭。我父亲的所有兄弟，女儿都叫爷爷；我的所有兄弟，她都叫叔叔；对于她的同辈人，女儿全是很漠然地看着，连称呼也没有。我曾很努力地告诉女儿，每个人和她的关系，她根本就记不住，我也跟她讲不清，一个长在城里的独生女，的确对于上几辈比较复杂的关系，无能为力。

我的心进不了城，我的身回不了塆，常常迷惘地坐在江边，看着天上的风筝。我心想：风筝飞得再高，离开了脚下的绳子，就会一个跟斗栽在地上。所以，无助的时候，我总是站在江边，看着江北的天空，那儿是我的家乡。

曾大大

1

再过几天，父亲就满七十三了，父亲跟我说："我还没活到你爹那么大年纪，但已活过了你曾爹（方言，曾爷爷）去世时的年纪。"这位曾爹跟我是未曾谋面的，他是在1972年2月的花朝节前后去世的，而我生在那年的中秋节，有点擦肩而过的感觉，父亲说："我爹那年很舍不得走的，他逢人就说'我很想看到孙子'。别人不理解，觉得他已经有十个孙子了，为啥还对孙子念念不忘。"父亲说："别人并不知道，他所说的孙，是曾孙，他想多看一代人呀！"曾爹想看的那个曾孙就是我。没见到曾爹，是我的遗憾，但我看到了曾大大（方言，曾奶奶），她卒于1983年的阴历十一月，那年我11岁了。

曾大大过世已快四十年了，我只依稀记得她的音容笑貌，之所以还常常想起她，是因为她有几点让我怀念。

一是，曾大大是个小脚女人，有着所谓"三寸金莲"的小脚。我记得她穿过的鞋，尖尖的，长度不超过手掌。鞋面高高地拱起，一双小脚把鞋撑得满满的。我听人说，裹过脚的小脚女人，走不快，因为走的时候容易晃来晃去，但曾大大走路稳稳的，到了八十岁，也没见她有颤巍巍的感觉。

二是，曾大大生于光绪年间，光绪是清朝末年的皇帝，对于我来说，清朝的都是古董，我看曾大大就有点看文物的感觉，她总穿着斜襟的大褂，从没见过她穿对襟式的褂子，那大褂颜色单一，深蓝或是深灰，哪怕是新做的，看起来还像是旧的。脑后盘一个发髻，发髻上横穿一支簪子。曾大大虽然年纪大，但发髻梳得很光亮，没有一根散乱的头发。听我爹讲过，女人最在乎发髻，头发盘好后，要细心地呵护，晚上睡觉把头发放在米升（旧日农村里用来量米的器具）里，早上起来发髻还是丝毫不乱。我没见过曾大大把头发放在米升里，我爹讲的大概是年轻爱美的女人吧！

三是，曾大大是个童养媳，三岁时从离我们塆不远的王家冲抱养来的，这事儿离现在一个多世纪，所以童养媳到底怎样可怜我是不知道的。我听父亲说，曾大大是织布的高手，除了棉布外，还织过丝绸，我在细爹家中见过一件丝绸的长衫，过了几十年，还光洁如新、质地细腻。我没见过曾大大织布，但见过她纺线，她静坐在纺车边，从棉条箩（长形的、用于放棉条小竹篮）里抽出一根棉条，系在锭子上，然后轻摇车轮。那匀净的棉纱从拇指和食指中间抽出来，又细又长，连绵不断。纺线车发出"嗡嗡"的声响让我想起"唧唧复唧唧，木兰当户织"的场景，我觉得那时的木兰不是在织布，而是在纺线。

2

我女儿出生在同济医院，妻子在预产期前几天就住进医院，两家人都紧张得不得了。其实，同济医院有着全国最好的医生，是不用紧张的，但想到古人那句"生孩子就是过鬼门关"，就不由担心起来。母亲说："我们那时生孩子根本不晓得怕，你就是生在家里的，是曾大大接生的。"

我们那儿把接生婆叫洗娘，曾大大就是我们塆里的洗娘。我记事的时候，曾大大快八十岁了，自然做不了洗娘的活儿，但是她有些本事，让我觉得很神奇。我有个堂妹，出生在 1982 年，那年婶娘怀孕七个月的时候，有一次去看曾大大，曾大大趁婶娘没注意的时候，在她挺起的肚子上摸了一把，说"是个姑娘"，神奇得简直要媲美现在的 B 超了。

我还记得堂妹出生时并不容易，婶娘在房间里呻吟了很久，有时疼得直叫喊，当时来接生的是一个叫新月的接生员，大约四十来岁，胖乎乎的，今天想来，应该是受过培训的赤脚医生。她在房间里忙乎了很久，显得很着急的样子，有人说："去找老洗娘问问，看她有个么办法（怎样的办法）。"曾大大说："把门口的桃树枝子剁几根，满屋里一打，然后插在房门口，生人不得进去，再在门口烧些往生钱，送走那些大鬼小鬼。"叔叔这么做了，没过多久，妹妹就顺利出生了，一个胖乎乎的丫头。曾大大的说法显然是迷信，是不合乎科学的，但这也许能平和孕妇烦躁紧张的心情，从而有利于分娩，不能说完全没有道理。现代医学，不是也强调心里暗示嘛！那时，农村条件恶劣，这也许是无奈之举。

孩子出生第三天，让洗娘来给孩子洗澡，我们那儿叫"洗三朝"。做这事儿最有资格的是曾大大。她让家人用艾叶烧一锅水，然后加冷水调至合适的温度，给孩子洗澡，边洗边说道："洗洗头，做王侯；洗洗身，做富翁；洗洗手，荣华富贵全都有；洗洗腰，一辈更比一辈高；洗洗脚，身体健康不吃药。"洗完后，曾大大还会将煮熟后去壳的鸡蛋为孩子滚身，叫"滚屁股蛋"，滚后的鸡蛋，都给我们孩子吃，多少年来我还记得这礼数，因为我吃过不少的"滚屁股蛋"。

曾大大的孙儿孙女一共有十七八个，二大大告诉我，都是由曾大大接生的。曾大大是我们孙辈来到世间见到的第一人，她以长辈的亲切和热情，用一双大手托着我们，热烈欢迎我们来到世间。这个家族开花结果，蓬勃发展，离不开她双手的辛勤浇灌。曾爹没有兄弟，只有一个妹妹；到我爹那一代兄弟四个，外加一个妹妹；到我父亲这一代堂兄弟十一个，姊妹有六个。几十年之内，由一家发展成十几家，占全垮人口的三分之一，真可谓人丁兴旺，说不上是"大户"，但绝对是"望族"。

3

我记忆中的曾大大脸上全是皱纹，人很干瘦，虽然腰没驼，但眼有点花，耳有点聋，有时候看不清众多的孙辈、曾孙辈。1980年时，她是我们垮里年龄最大的老人，子孙多，颇受人尊重，每逢大年初一，给曾大大拜年的儿孙，围了好几层。

大年初一这一天，父亲在鸡叫三遍的时候，就起了床。起来后，他把火塘里的火点着，灶屋里很快就暖和起来。然后父亲到房间来叫我，说："明，起来，起来放炮子，吃了饭给曾大大拜年去呀！"喊完了我，又去喊妹妹。我平时是赖床的，但此时我一骨碌儿就起了床，等我到了灶屋，看到母亲正坐在灶下烧火，母亲说："吃完了饭再穿新衣服。先要给曾大大拜年，再去给你爹拜年。最好从辈分大的开始拜起，不要瞎跑！"在乡下，辈分是分得很清的，爷爷辈全叫爹，大爹、二爹等等依次排；伯伯叔叔辈，叫大伯、二伯、细叔等等，就算很小的孩子都不会弄错。

等我和妹妹起了床，父亲就把红纸包的鞭炮拆封，挂在长长的竹竿上。我站在家门口，举着竹竿，怯生生地看着父亲点着了爆竹，爆竹立刻"噼噼啪啪"地炸响，发出一阵阵强光，空气中立刻充满了火药的馨香，我觉得这是一年中最刺激又最幸福的时刻。

吃完了饭，穿好了新衣服，换好了新鞋，父亲带着我和妹妹去下塘边的细爹家，给曾大大拜年，父亲说："等会儿要大声喊，曾大大耳朵不好，声音小了，听不见。"一进门，我和妹妹就大声喊："曾大大，拜年啦！"这时候，围着火塘，屋里已经坐了好些人。见我们进来，细爹站起来，用铁钳从火塘里夹块炭火，拿炮子，到门口去燃放了，爆竹"噼噼啪啪"地响过之后，曾大大牵着我的手，说："聪明富贵，读书进学，冇（没有）病冇痛，一长一大的啊！给伢儿拿点吃的。"姑姑把米筛里堆放的芋头果儿抓一把，放到我背的书包里，父亲笑着说："讨米的！"

这一天，全塆老老少少都会来给曾大大拜年，男人和小孩上午来，媳妇们下午来，之所以如此，除了曾大大年纪大，辈分高之外，最重要的是，塆子里的老少爷们，都要来感谢这个洗娘，是她在你落草时，双手迎接你，让你在五彩世界里，感受生活的甜酸苦辣。

4

曾大大走在 1983 年阴历十一月，快四十年了，我之所以还记得，是因为在她的葬礼上，儿子们不让孙辈们出钱，孙辈们反对，最后商定每个成年的孙子出十块钱。我家的十块钱是来自刚卖的木子（乌桕树的果子），而木子是在十月底成熟的，所以曾大大一定是在红叶（秋后乌桕树的叶子）飘零的初冬去世的。

在我们那儿，老人去世要在家停放三天，那几天亲戚朋友都要来祭拜。亲戚朋友来的时候，要送祭布或花圈，还要自带鞭炮，临进门的时候，自己把鞭炮点着。门外有"噼噼啪啪"的炸响，家人们就知道有人来祭拜了，儿孙们要给来祭拜的人下跪行礼，曾大大走的时候，下跪行礼的后辈们站成了长队，因为儿子儿媳、孙子孙媳加起来有几十人，以至妨碍了行走。门外燃放爆竹后堆积的碎屑，积了很厚一层，扫不完。

出殡的头天晚上，要请道士做道场，在做道场时道士会点出曾大大的儿子、孙子，还有儿孙媳妇的姓名，道士唱道："孝子火发……孝孙双银，孝孙媳妇笑阳……孝曾孙传明……"道士念念有词，所有的后代包括媳妇们都要跪在棺材的两侧。我记得细爹家的堂屋是很大的，但是跪不下所有的后辈，以至于拥挤不堪，下跪时，前面的屁股顶着后面的头了，引发一阵哄笑。凡是跪拜时不够严肃的，据说，第二天，腿疼得厉害。

出殡的那一刻，热闹非凡，戴孝服的孝子孝孙挤满了细爹家还算宽敞的院子。送葬的队伍更是浩浩荡荡，长有一里多。走在最前面的是引路的，他得撒买路钱，还兼燃放鞭炮。一声巨响后，三四十人用竹竿挑着祭布跟在后面。随后的，是抬棺材的一行人，旁边围着棺材行走的是头戴孝服的儿孙。最后面，才是长长的送葬队伍，包括各家的亲戚、同姓的族人等等。经过其他塆的时候，当抬棺的人停下来，那塆里的老人会准备一张祭桌，摆上三牲，点上一炷香，燃放一挂鞭炮，磕几个响头。曾大大上山的时候，就有两个塆子准备了祭桌，燃放了长长的鞭炮。

送走了曾大大，大家觉得很失落，似乎是一束花突然没有了柄，花还是那束花，但是散开了。

5

曾大大死后，我们一大家聚在一起的时候就少多了，但七月十五中元节这一天，一大家子是要聚在一起的，一起来祭祀先祖。那时我细爹还在，由于曾大大生前是和他住在一起的，自然是一大家常常聚集的地方。这天，吃了午饭，各家把自己刷制的纸钱（我们都叫它往生钱）整理好，摞成一沓沓的，带到细爹的家里，放在堂屋的四方桌上。各家似乎都在显示对祖先的孝心，刷制了好几沓，所以四方桌上码了一堆。我爹说"太多了。多封些包袱，不能太厚，太厚不好烧"。于是，围观的后辈用白纸把往生钱包起来，包法简单，就是把白纸一对折，用饭粒在纸沿上糊一下，粘在一起就可以了。

封好的往生钱，我们称它包袱。在包袱上写明，这一包钱是化给谁的，我们叫"号包袱"。不同于往日的祭祖，只要把纸钱烧了就完事，这中元节的纸钱却要分清楚，"要是抢起来，扯皮就不好了。"一个婶娘笑着说。"你莫乱说哈！"一个婶娘神情恭肃地说。我爹是最年长的，又是读过书的，这号包袱的事，由我爹来执笔。先找个簸箕放在横倒的椅子上，然后把封好的纸钱拣到一旁，然后架起砚池、毛笔，翻开家谱，开始号包袱了。右边顶格写：化往生钱一包；中间竖写：故先祖考历焕大人、先祖姚王老孺人收用；左边中间往下写：孝孙双银具（谁家刷制的纸钱是要注明的）；反面写一个"封"字，这包袱就号好了。号好的包袱要放在簸箕里排开，以防墨水将之粘在一起，把包袱弄脏了。号完了包袱，还要认真对一遍，不可遗漏，"有一年，上辈的聋子三爹号掉了两包，那一夜，屋子里有人摔破了瓶瓶罐罐，吓死人！哦，不要都封了，要留点散放的纸钱，给那些孤魂野鬼。"我爹说。

吃过了晚饭，天已经黑透了，到了化钱的时候了，大多数的人家会在路边烧掉了事，但我们家要讲究些。细爹家有一个很大的院子，就在院子的一角，架上几根木柴，然后把包袱平铺在上面，等待点火。

一切清点清楚，各家各户都到了场，细爹就把堂屋里的祭桌摆好，斟上酒，开始在桌前鞠躬烧香了。此时，院子里站着的叔伯们点上爆竹，爆竹的巨响震耳欲聋，火光闪亮了四周的树木和小山，烟雾弥漫，空气里充满了火药的馨香。在这馨香的烟雾里，叔伯们点着了柴火堆，柴火堆上的纸钱慢慢烧着了，一张张地打着卷，火越来越大，火光映红了每个人的脸，每张脸上满是温馨。大家都静默着，看着一张张的纸钱化成灰。我爹说："都进屋去磕头啊！"大家才如梦初醒，鱼贯而入，跪满了细爹宽敞的堂屋，这让我想起了曾大大出殡的头天晚上，屁股挨着头的情景。

曾大大走后，后辈的关系就疏淡了许多，早就不再聚在一起化纸钱了，也没人号包袱了（我爹死了二十多年了，后辈嫌麻烦，早就不号了），像别人家一样，拿一把散放的纸钱在路边烧了了事。每想到这里，空落落的，似乎丢了东西。俗话说：出了五服（同一个高祖父），疏如路人。到了我这一代已经是第四服（指从曾祖父算起到我这一辈共四代）的兄弟了，一年到头在一起的时间很少，甚至有多年没有见面的，偶尔碰面，由于变化太大，都有点认不清了，常常觉得有无限的悲哀。过年的时候，我带女儿从城里回去，她是谁也不认识，见年纪大的都喊爷爷，见和我年纪相仿的，都喊叔叔，完全没有亲疏远近的概念，果真是疏如路人。

重阳节这一天，突然梦见了曾大大，醒后兀然感慨，于是写就了这些文字，祭奠儿时的岁月！

托体同山情犹在，朝阳花木岁岁开

——清明杂感

1

我在江城工作已经二十多年了，每年的清明节我都没有回去。近几年，清明变成了法定假日，本可以回去的，但父亲告诉我："清明祭祖有我在家，你就不用管了，等我和你妈死了，你再接手管吧！"不过，每年的正月初一是爷爷的忌日，我在家里陪父母过年，所以，几乎每年，我都会去给爷爷上坟！

爷爷奶奶合葬在一起，埋在细山，而不是埋在祖坟山——老屋的后山。老屋的后山是个缓坡，从半山腰到山脚，埋了好几级，从石碑上可以看到，最早的坟是明朝的，到如今已经好几百年了。自古以来，死后能进祖坟山，简直是一种荣耀，可爷爷奶奶却葬在偏僻的细山，让我有些神伤，我问父亲，这地方是谁选的？父亲说："这地方是你大大（方言：奶奶）死前自己选的。站在这儿，可以远望她的娘屋（娘家），并且她回娘屋要路过这儿，葬在这里，回去方便。"我嫌这地方有些偏僻，父亲说："安静、朝阳、干爽，有什么不好！"

奶奶1960年去世，我在她走后十多年才来到世间，所以，我从不知道她长什么样子，关于奶奶的所有事情，都是听父亲讲的。

我奶奶人高马大，一米七多的个子，20岁出头的时候，嫁给了我爷爷——一个个子不高、精瘦的男人。我爷爷年轻时身体不好，总在太阳底下晒太阳，家里穷得丁当响，听说是买不起盐的，为了吃上咸的，在塆子里挨家挨户地讨腌菜水，当盐用。俗话说"贫贱夫妻百事哀"，又说"人穷火气大"，所以爷爷奶奶总是打架。可是谁也想不到，个子瘦小的爷爷总能把个子高大的奶奶一把摔在地上爬不起来。父亲跟我说："你大大力气有多大，你知道吗？你大大到叶家畈的大山上打一担柴，你爹去接她，结果都担不上肩。可没想到，你爹打架这厉害！"父亲说这话的时候，声音狠狠的。

我不懂一个出了嫁的女人为什么对娘家那么依恋，连走后的孤魂也要远望着娘家。她嫁给爷爷的时候，她母亲早已过世，家里只剩下年老的父亲和一个十多岁的弟弟。也许是对娘家放心不下，也许是在婆家没有温暖，总之，她常回娘家。我想，和煦的阳光和山间的风，也许能温暖她疲惫的内心，还能缓解她常年未愈的哮喘。我站在奶奶的坟头，似乎听到了她不断的咳嗽声！

1960年，奶奶伴着无尽的咳嗽，眼见就要走到生命的尽头，自己选择了这朝阳的细山。她安葬在这片朝阳的坡地的时候，这片山上一座坟也没有，奶奶的坟孤零零地立在那儿。但是，这儿风景挺好，春天杜鹃花儿漫山遍野，兰草花儿馥郁馨香；夏天，这里树木苍翠、浓荫蔽日、郁郁葱葱；秋天，乌柏树红艳似火；冬天阳光普照，温暖干爽。奶奶葬在这儿之后，几十年来，在她的坟旁边，已经新添十多座坟了。我想，她在那边应该会感到热闹了吧。

奶奶走后，三十多岁的爷爷没有再娶，自己当爹当娘，尽心抚养四个孩子。我从没听到过爷爷对奶奶的怀念，只知道，在奶奶走的那年，爷爷在奶奶的坟头种了一棵柏树,等我记事时,已经有碗口粗了。有一天我给学生讲《项脊轩志》的那句"庭有枇杷树，吾妻死之年所手植也，今已亭亭如盖矣"，突然想到了奶奶坟头的那棵柏树，不禁潸然泪下。

2

在奶奶走后的第四十个年头，爷爷也走到了生命的尽头。在2000年春节的正月初一，爷爷给牛饮了水，然后坐在火塘边吃饭，一口丸子没咽下，就安详地去了。爷爷和奶奶合葬在一起。我听父亲说："你爹在后山上找了一块地，跟我说想葬在那儿，我不同意，他也就算了。"后山，是我塆的祖坟山，我觉得爷爷是最有资格进祖坟山的，一来，他识字断文、通情达理、德高望重，四邻有什么扯皮拉筋的事儿，都找他评个理儿；二来，他在大队（现在叫村）当会计三十年，兢兢业业，一心为公，光荣退休，得到了高度评价，当年公社给他发的奖证，至今还被我们保留着；三来，他走时七十七岁，在已过世的他那一代男丁里，是年纪最长的。

爷爷想葬在祖坟山的心愿可以理解，但是对于后辈，却颇多忧伤，哪家不想父母死后能葬在一处？让他们像树木一样"枝枝相覆盖，叶叶相交通"。

三年前的正月初一，我给爷爷上坟，发觉奶奶坟前的那棵柏树，竟然不见了。叔叔告诉我："被×叔偷走了，做了槲担（一种两头装有扁平铁尖的木制扁担，用于挑青柴等较重的东西）。"我表示没有确定，不要瞎说。叔叔说："那槲担，是你爸出（做）的，不信，你问他？"我父亲是木匠，塆子里做木工的事儿，多半找他。我瞥了父亲一眼，父亲烧着纸钱，没有看我，说道："我当时哪晓得，后来才想起。"

这使我悲伤，×叔和父亲是五服的兄弟，早已疏离得像路人，但是我爷爷曾经为了他的爷爷，受了很多的苦，甚至差点丢了性命，这事儿他也许早已忘了，或者说根本就不知道，否则，普通人根本做不了这种前人栽树后人砍的事儿，何况是自家叔叔坟头的柏树呢？

那是1948年，乡里的保长抓走了爷爷的堂伯父（×叔的爷爷），这位堂伯父年纪不小，家里人多，就这么被抓了壮丁，让家里人哭爹叫娘。家人反复商量，决定让爷爷去替换。那年爷爷二十六岁，已有一儿一女两个孩子，我不知道，一向脾气暴躁的奶奶怎么就应允了，也许家族的力量，无人能够抵抗。我曾祖父是个杀猪的屠夫，在众人六神无主的时候，他卖了一头小牛，买了一块金子，打成一枚戒指。他告诉爷爷，在这兵荒马乱的时候，能逃就逃，这戒指就是路上的盘缠。

带着儿女和老婆的哭声，带着对家人无比的眷念，带着对生死未卜的恐惧，带着一枚藏在衣服里的戒指，迎着天地间刮起的秋风，爷爷上了战场。

我想起杜甫的《兵车行》："爷娘妻子走相送，尘埃不见咸阳桥。牵衣顿足拦道哭，哭声直上干云霄。"

3

我最喜欢听爷爷讲他当兵的故事。

爷爷的部队驻扎在礼山县（今天的大悟），有一天，满脸横肉的排长集中了新兵训话："所有士兵都不可随身携带贵重物品，都得上缴，由部队统一寄回家。"说完，就挨个儿仔细地搜找。爷爷知道，都是骗人的，目的一是敛财，二是防止逃跑。爷爷站在后排，偷偷让金戒指顺着裤管掉在地上，并用脚刨了一个小土堆盖上。可是，等队伍解散后，爷爷回头去找，什么也没找到，他心里冰凉。

有一天司务长要爷爷去买米，爷爷拿了扁担，绕过一条街，在没人的地方赶快脱了军服逃跑了。他翻过了一座山，天黑的时候，在一棵树下躲着。农历十月的山里，到了夜里寒风瑟瑟，脱了外套的爷爷，在这寒气逼人的夜里，更是冷得哆嗦，看着天上的星星，突然就想到了头发斑白的父母，嗷嗷待哺的子女，嚎啕哭泣的妻子，爷爷不禁哭了起来。又饿又冷的后半夜，爷爷实在是忍不了，见不远处的村头，有一间还亮着火光的小屋，爷爷大着胆子进去，里面是一间铁匠铺。见到爷爷，两位抡着铁锤的大叔，先是一愣，一会儿就明白了，威胁要把他送回部队。爷爷哭诉着，"你们把我打死算了，我家里上有双亲，下有老婆孩子……"

后来一户好心的人家，收留了爷爷。爷爷在他家当了半年的长工，见他本分实在勤快，农活做得好，主人跟爷爷说："来年我们要去麻城贩猪仔，那儿离李婆墩很近，过了李婆墩，你离家就不远了，我想办法给你弄张路条。"来年春播结束后，主人家给爷爷做了一双鞋，还给了他一些盘缠。爷爷拿了路条，在麻城和他们分了手，又走了两天，终于顺利回家了。

爷爷当兵，能够一年不到就回来，家里根本没想到。

4

斯人已逝，情意长存。一晃眼，奶奶和爷爷离世这么多年了。我忽然想起陶渊明的那句"亲戚或余悲，他人亦已歌。死去何所道，托体同山阿。"的确，亲人的悲伤还在，2009年清明节之际，七十多岁的舅爷爷带着女儿，一脸沧桑地回来了。他说："无论是早年在北疆，开垦荒凉的石河子。还是后来在南疆，如今居住的繁华喀什，从没忘记对姐姐的思念。18岁那年看到的姐姐泪流满面的样子，铸在了心中。"说着，他老泪纵横。他回来时，在乌鲁木齐的商场被转门挤着了胸口，一直难受。他的外甥们要送他上医院，他不愿意去，他说："我多么想死在老家啊！"舅爷爷回去后的第二年，在喀什离世，永远安葬在异地他乡，这对互相思念的姐弟，错过五十年的时空，远隔万里，永不再会。

有一年正月初一，我给爷爷上坟的时候，发现墓前放着一瓶白酒。"这是四年前，表姑（舅爷爷的女儿）回来上坟的时候买的，当时只倒了几盅，剩下的都放在这儿了。" 父亲说着拧开了盖子，"四年过去了，还很香呢！"

"酒是越放越香的！"我说。

5

今年的清明节，天气很好，我在给高三的孩子上课，准备参加高考，依然不回去。我想，绿叶婆娑的红杜鹃定然开满了山；苍松灌木间生长的白色兰草花，定然发出馥郁的馨香；爷爷奶奶坟头插着的布花定然在无边的绿荫中摇曳。

我似乎看到父亲站在爷爷奶奶的坟头，清除坟头的杂草、插花、放鞭炮、点香、烧纸钱、跪拜。然后望着远山若隐若现。

韶德萱芷芳，焕彩满天光

1

每到清明节的时候，回家的长途车总是挤得满满的，父亲对我说："回不回，随便你，我和你妈还健在，这祭祖的事情不用你操心。"所以，大多数的清明节我都没有回去，但近年两老都年过七旬，走路不太利索，翻山越岭去上坟，累人不说，要是滚到田岸、沟渠里去了，或者被山间的灌木、树蔸子绊到了，那就不得了。更主要的是，有一次母亲说："过几年，我也会成祖人。"这让我无限伤感，所以今年的清明，一放假，我就回了老家。

"清明时节雨纷纷，路上行人欲断魂"，这是唐朝杜牧的诗句，说明清明上坟的习俗至少有一千多年了。所谓上坟，主要做两件事，一是扫墓。我家地处大别山南麓，到处都是高低不等的山陵，大部分的坟墓都在山边，所以杂草丛生。所谓扫墓，就是把坟头灌木清除。你要是不及时清除，树根就伸展到坟里，慢慢就会把坟石掀翻，如果遇到一场雨，坟墓就坍塌了。还有一个缘由，如果不把坟前的杂草灌木铲掉，不到两年，杂草灌木就会长得比人高，把整座坟给埋没了。如果山头很大，就不容易找到先祖的坟了。所以，每年的清明祭祖时，都要带一把镰刀，把坟头周围的灌木给清除。如果年年都有后代儿孙祭扫，哪怕几百年的坟墓，都会岿然矗立。很多野坟没有儿孙祭扫，都成了乱石堆。第二，祭拜。上坟时，须准备六碗菜，三个酒盅，三双筷子，都摆在坟前的小块平地上。当倒好了酒，请祖先尚飨时，就要开始化纸钱，放鞭炮。这一切就绪后，上坟的子孙就要挨个儿磕头，希望祖上保佑当官发财，读书进学，心想事成。但近年，这习俗似乎有点变化，几年前，烧纸钱、放鞭炮时引发了山火，造成了巨大的损失，所以，如今每到上坟的时节，大家学习城里，不烧纸钱，不放鞭炮，跪拜后，在坟头插一束红红绿绿的布花。

今年的清明，吃过早饭，父亲告诉我："你平爷（我们那儿，叔叔称呼为爷）组织大家，把我们这一房里的坟坪都面（铺）上水泥，免得年年祭祖的时候，连碗筷都放不下。"父亲说完，就挑起了土篼（竹编的筐，类似箐箕，用于挑土），准备把山脚的沙子挑上山。父亲年过古稀，挑一担沙子上山，累得直喘气，我说："我来挑。"父亲说："你几十年都没挑过土篼，肩背上搁不了扁担，让你挑沙上山，多半要泼了，沙子也是花了钱的。你去拿个刮锄（一种扁平的锄头，用于平整土地），把坟坪刮平了好糊水泥。"我深感惭愧，肩不能挑，背不能驮，正所谓"百无一用是书生"。我只好回家拿了刮锄，扛在肩上，上了后山。后山是咱家的祖坟山，沿着山边一百多米，密密挨着的全是坟，有的地方，还分上下两层。新坟很少，多是几十年前的老坟，最早的估计有几百年，以致有些坟坟头坍塌，长了大树，坟头的石条倾斜，坟面的石碑倒塌，成了乱坟堆。我问父亲："这是哪家的坟？怎么没人管？"父亲说："谁晓得是哪年的坟，哪个管？你不要管，你把太曾爹（高祖）的坟坪刮一下，等一下你平爷把水泥搬上来，就要面坪了。上午要面几十棺坟的坟坪，搞快些。"父亲说完，又下山挑沙去了，我把坟坪前的乱石刮走，又把杂草挖掉，坟前就有了一块平地。我弯下腰，去看坟前的石碑，尽管时代久远，有些地方还长了青苔，但隐隐约约还是看得清，碑中两竖行字"故先考历焕大人之墓""故先妣郑老孺人之墓"（"故""之墓"三字共用），右下方有两排小字"孝子代森"，"孝孙"后面的小字已被青苔腐蚀看不清了。我又移步看旁边一棺坟的碑石，已完全模糊，我正要用手去擦拭，平爷背着一袋水泥上来了，远远就说："你搞错了。长期不回来，自家的祖坟都搞不清楚吧！"我想辩解，但什么也没说。

2

在老家，一年中有三个日子须上山祭祖。

第一个日子是上元正月十五。按老家的风俗，小年腊月二十四"接祖人"，即把祖人从山上接回来过年，此后，祖人待在家里，家人万事得谨慎，有许多禁忌，例如不可吵架、不可瞎说。正月十五"送祖人"，即把过完了年的祖人送回山上。祖人是吃了晚饭才回家的（各家各户在家中祭祀），天色已晚，看不清路，所以要上山"送亮儿"。所谓"送亮儿"，指的是到每个坟前祭拜后，留一支点着的蜡烛。这仪式不是一家一户单独行动，而是在一个房头（长辈）领导下联合行动。比如，我家的大家族是曾爹领导，一家派出一人（走得动的小孩子也算），上山去"送亮儿"。我爹有兄弟四人，父亲有堂兄弟十一人，人数众多，"送亮儿"的时候，大队人马，浩浩荡荡，有提篮装祭品的，有提篮放香烛炮子的，更有说说笑笑去磕头的。上大学之前，每个正月十五，我都在家，到了下午，叔叔们开始吆三喝六，"送亮儿，送亮儿，走啊！"那时我爹七十多岁，尽管身板硬朗，但走在山间的沟沟坎坎、田边极窄的小路上，还是有点摇摇晃晃。但他每次都带头，一次没落下，他说："我要把这些祖坟告诉你们这些后辈儿孙，莫忘记了地儿。"从那时起，我就知道后山上葬了曾爹代森、太曾爹（高祖）历焕，上塝塆葬了太太曾爹国祥，铁栗咀葬了太太太曾爹华耀……虽然许多坟说不清葬了谁，但我知道这坟里埋了咱家的祖人，放牛的时候，多了几分尊敬。有人说在坟头放牛，有点阴森恐怖，可我在这些坟边放牛的时候，却有几分安详，似乎看到远祖在看护我。到如今，我爹已死了二十多年，我也有将近三十年没有上山"送亮儿"。我听父亲说，现在"送亮儿"有了大变化，以前家家户户割青柴，山上光秃秃的，现在各家不缺柴火，没人割青柴，地上一层枯叶子，挨着火星就烧了山，所以现在不敢留蜡烛，就买一个可以防火的硬塑料罩子，里面放短短一节蜡头。

第二个上山祭祖的日子是清明，第三个上山祭祖的日子是重阳。重阳节没有清明节受重视，所以在城里打工的人回去得少。从小到大，重阳节我都在上学，所以从没参加重阳节的祭祖。但我知道，重阳节的主要任务是"竖坟"。所谓竖坟，就是把那些因年久失修的坟整修一下，把坟头坍塌的条石码好，抹点水泥，把歪斜的碑石扶正。更多的人家在这一天，把死去没多久的长辈的坟修得庄重高大一点。现在有钱的人多，把先人的坟修得高大，是很有面子的事儿。清明回家，发觉山上的许多坟，修得很气派，坟框是宽大的花岗岩，雕饰着祥云，还要写上对联"银女凤凰福地，金童龙虎仙山。"更多的对联是祝愿子孙后代发达，写道"龙旺穴真发富贵，砂青水秀子孙兴。"记得有一年清明祭祖的时候，我对父亲说："我们家的坟，没有坍塌的！"父亲说，"那是前年重阳的时候，我和你平爷邀了几个人一起整过的。"

3

到了十点多的时候，该上坟了。我放下了刮锄，提着祭品，同本房叔叔、婶娘、堂弟、弟媳十多人一起走在山边，不时闻到兰草花的香味，寻香而去，会找到几支淡黄的花穗。我禁不住要采几支,闻一闻,感叹"真香"。又走几步，一大丛映山红娇艳欲滴，把一面青山点缀得多姿多彩，漂亮极了。山雀从头顶飞过，嘤嘤的鸟叫，欢快而纯情。在城里住得时间久了，真心喜欢这山里的清幽美丽，禁不住念叨"野芳发而幽香，佳木秀而繁阴"。忽然想到，再过十来年，等我退休了，我也要回到这山里，感受"策扶老以流憩，时矫首而遐观"的韵致。

我从一个山头，走到另一个山头，摆祭品、上香、放爆竹、磕头，看看碑石上那些隐约可见的字迹，感觉自己的血脉从远古而来，想起那个永恒的哲学命题——我是谁？我从哪儿来？我到哪儿去？

我是谁？我是父母的儿子，孩子的父亲，妻子的丈夫；我是国家的公民，这贡家冲的乡民；我是国家的职员，学校的教师……每一个回答都对，但似乎都不能界定"我是谁"。有人说，认识别人容易，认识自己难。唉，对于这个太玄的问题，也许只有在生命的尽头才可以作一个较全面的回答。那么，我从哪儿来？我的好多文章里，都在"挖古"，比如，我出生的这个小村子原先叫"付家冲"，现在怎么成了"贡家冲"，怎么住的都是姓胡的人家？尽管我作了富有想象力的揣测，其实是不对的。最近九爷（父亲的堂弟，排行第九）给我发了几张族谱的图片，让我对宗族的脉络有了较为清晰的认识。我非常高兴，因为它帮我解答了人生的第一个问题——我从哪儿来？

4

我家附近有座古庙叫"资福寺"，原是蕲水（今浠水）四大名刹之一（老家严坳乡以前属于浠水胡河镇，后来划归罗田骆驼坳镇），声名远播，规模宏大，我爹告诉我："这资福寺是胡、张、彭、叶、瞿、王六大姓的家庙，我就是在这庙里的西厢房读的私塾，下贡冲月清先生教的。"在本地六大姓中，咱胡姓估计是人口最多的吧，应该有几千人。但胡姓不是落户此地最早的，至少瞿姓应比胡姓早。

我读《曾国藩家书》，见一文载（道光二十九年四月曾国藩致诸弟信）："吾细思凡天下官宦之家，多只一代享用便尽。其子孙始而骄佚，继而流荡，终而沟壑，能赓延一二代者鲜矣。商贾之家，勤俭者能延三四代；耕读之家，谨朴者能延五六代；孝友之家，则可以绵延十代八代。"我顿然醒悟，吾家家谱确定的辈分二十四字："永世文章华国，历代诗礼传家。克勤忠厚孝友，自必功名显达。"饱含了先祖希望家族人丁兴旺，源远流长的愿望啊。

清明祭祖归来，临谱而叹，忽然想到魏徵的《谏太宗十思疏》中的那句"求木之长者，必固其根本；欲流之远者，必浚其泉源。"今天，我写作此文，是想正本清源，从先祖那里获得一些智慧，回答"我从哪儿来""又要到哪儿去"，更主要的是想知道，如何面对此生。我终于找到了答案，那就是：

思患之心与乐天之诚并行不悖。

第二辑

老家味道，唇齿留香

岁暮阴阳催短景，天涯霜雪忆旧年

——猪年忆"猪"事

小年将近，年味渐浓，南到深圳，北及京城的兄弟们都回了老家，每天在微信里发布走家串户、喝酒打牌的视频和图片。他们已经把年过得红红火火了，可我还要在这孤寂的江城，吹着江风，实在是有些悲戚。来自闭塞的乡村草野，有着安土重迁的心态，却身不由己，身出来了，心却总在家里。大学毕业，来到武汉，一晃几十年了，世事变幻，白云苍狗，我这个血肉之躯，怎能不被时光踩躏，日渐老去。也许时代和肉身走得太快，心却跟不上了，每到岁暮，归家的冲动，难以自制。

来到江城多年，我买了房，结了婚，有了孩子，没回老家过年只有两次。一次是 2002 年。买房结婚后，还没在城里过上一次大年，所以斗胆没有回家，结果落得父亲一顿好骂，我是第一次听到父亲这么骂我的，也知道了父亲是如此看重回家过年；第二次没有回家过年是 2008 年，那一年全国有了雪灾，武汉也下了几十年未见的大雪。母亲早就在家里准备着过年，父亲则在武汉帮我带孩子，要等到我放了假，他才能脱身回家陪母亲。可是这无边无际苍茫的大雪，阻碍了交通，没有回家的班车，父亲心急如焚，一天无数次给司机打电话，终于等到了回家的班车。我记得那一天是腊月二十二，雪还在下，中午时分，我目送父亲一头扎进大雪，消失在茫茫天地之间。本是傍晚就可以到家的班车，结果开了整整一夜，第二天才到。

我一夜无眠，不知道父亲那一夜挨冻受饿，是怎样熬过来的。

　　说是年年回家过年，其实待在家里陪伴父母的日子，没有超过四天。本来因此在武汉的家里也要置办一些年货，但我却不需要买些什么，因为有岳母大人给我的腊鸭、卤牛肉、卤香干、各类丸子等，更多的是父亲执意要送过来的猪肉，每年都有四五十斤，简直成了我的负担。一来冰箱里放不下，并非我家的冰箱太小——虽然它不是对开的大冰箱，但也是单开门中个头最大的。实在是因为猪肉太多。二来，我得想尽办法，把猪肉做各种处理。所以，我跟父亲说："你少拿点，少拿点行不？"父亲说："你可以腌一点，还可以做香肠呢！"于是，父亲弓着微驼的后背，挑着肉担，穿着我穿过的那件青色的羽绒服，一头白发，不顾车船劳顿，穿过江城熙熙攘攘的人群，喜洋洋地送来。此时，我怎么也不好意思露出半点愠色。尽管我每年都说："你不要送，你不要送。"但父亲依然我行我素，我毫无办法。

　　父亲送来的乡村猪肉，和城里的猪肉不同，它膘厚油多，做香肠的师傅说："太肥了，太肥了。"我说："就这样吧！回去我当肉油用。"这肥肉多，瘦肉少的香肠，怎么也晾不干，我从正月晾到二月，还是油分分的，但此时我得收起，因为气温已经很高了，日渐有了苍蝇蚊子。冰箱冷冻柜早已塞满了，只好放在冷藏柜。结果，几个星期不关注，再看那香肠时，每根香肠都覆盖了一层绿毛，外加蚕豆大的黄斑，看着这满是绿毛的香肠，我悲怆不已，心塞，眼里还噙着泪水。这样的香肠，肯定是不能吃了，新闻里早就报道过有人吃了发霉食物中毒而亡的先例，但当我硬了心肠，将其丢到楼下垃圾桶的时候，似乎看到父亲挑着肉担，颤巍巍地走来……

　　父亲之所以要那么倔强地给我送猪肉，那是因为他认为他送来的猪肉，要比这城里的猪肉好得多，"我是用红薯、南瓜、青菜、粮食喂出的猪肉，你哪儿买得到？"

　　说实在的，再好的猪肉，到我这儿也成了负担，我不得不拒绝。为了少些浪费，让父亲少给我送点猪肉，我从年头到年尾，都要想尽办法，来说服这个倔强的老头。先是在头年的时候，跟父亲打好招呼："明年我要不了这么多的猪肉，你可以多卖点。"父亲说："我是用红薯、南瓜、青菜、粮食喂出的猪肉，卖十来块一斤，亏得大。"我若再说，父亲就不理我了，我知道他的倔强，多说也无益。

于是，父亲在这一年里，每两个月给我"汇报"一次生猪的生长情况。正月里，一般是不买猪娃的，因为猪娃少，价格高，想买猪娃的人不少。这个时候就到处打听哪家有猪娃，是纯黑的吗，什么时候可以开卖。家里没有猪，看着一桶桶的潲水倒掉，父亲一个劲地叹息，"可惜了，可惜了"。二月里，买好了猪娃，要添料了，我对父亲说："最好的猪肉是一点儿猪饲料都不吃，全用潲水、菜叶喂大的。"父亲说："你这是书生的话，全用潲水、菜叶喂，到过年的时候，能长到一百多斤就不错了，怎么吃肉？"四月里，父亲说："猪长得很快，个头很大了。再吃两个月的饲料就不吃了，有这个个头再慢慢长，下半年肉少不了。还有，我得多种点南瓜。"六月里，父亲打来了电话，"哎哟，天太热了，猪热得喘气，蚊子苍蝇围着，看着它伤心。我给猪圈里装了电扇，晚上给他熏上了烟吧。"我听了，觉得这养猪的成本也太高了，没好气地说："你给猪圈安装空调吧，那玩意儿降温效果好。"八月里，父亲说："猪有一百多斤了，南瓜还有一些，我和你妈两个人吃饭，潲水太少，猪不够吃的，我去地里割些芋头藤（我们那儿把红苕叫芋头），加上碎米和糠，煮了一大锅，很要吃几天的。"我说："刚才下了雨，你还去割芋头藤？你要是搞病了，要吃药打针的。你这是要搞超级猪肉啊。来年，别养猪，要吃肉，我给钱。"十月里，父亲说："家里的芋头有一千多斤，把这吃了，猪又可以长不少。"我说："城里烤芋头，两块钱一斤，一千斤芋头，可以卖两千块。你这猪肉也特贵了。"过年了，父亲要准备杀猪了，他又打来了电话："过两天杀了猪，我把肉送过来，你要猪心和猪肚吗？"我说："内脏我一两都不要，肉一定要少送点，没地方放呀！""好吧，猪肚猪心，留给你们回来吃！"我还想说几句，他早已挂了电话。

有了父亲送来的这几十斤猪肉，一年就基本够吃了。仔细算过，一年三百六十天，对于一家三口来说，其实也并不多，但近年似乎对肉没有嗜好，还有点排斥，我知道这是身体和心理有了变化。现在把肥肉叫作脂肪，把瘦肉叫高蛋白，把米面叫碳水化合物。的确，当一个人开始用成分指代食物的时候，肯定是老了。有人说，人体机能三十五岁之前是上升的，三十五岁之后开始减缓，四十岁开始下降，四十五岁之后就急剧下降。这话对于我这种运动不多，老喜欢坐着的人来说，就是真理。年轻的时候，两年一次的体检，根本就不去，浪费了好多次体检的机会，这些年的体检每次都去了，还满是担心。记得去年体检后居然接到医院的电话，要我到医院去和医生面谈。到现在我都记得我那颤巍巍的手，有点拿不住电话，我反复询问打电话的护士："我怎么了？"护士说，"我不知道，你来问医生吧！"这本是最正常的回答，却把我打到冰窟。从学校到医院不过两三里的距离，但我觉得如同去刑场一般漫长，一路想着和我年龄相仿，却已远去的同事朋友，长叹一声。"生我的人啦，我还没有尽孝；我生的人啦，我还没有尽责。"我为什么眼里满含泪水，因为我对世界还有不舍。医生告诉我："转氨酶偏高，再查。"

今年的体检，医生的结论和建议居然有十条，视网膜萎缩、牙齿残缺、体重超标、轻度脂肪肝、左心缘肥大……这让我还咋活呀？我想起了韩愈的《祭十二郎文》："吾年未四十，而视茫茫，而发苍苍，而齿牙动摇。"当年给孩子们讲解的时候，我说："用夸张的手法，以自己的苍老，来衬托十二郎的死，强调此事给自己的打击。"今天看来，我是扯淡，误人不浅。为了不让来年的体检再多几条，我开始节制饮食了，脂肪不沾了，晚饭尽量少吃高糖的碳水化合物，我无限怀念小时候吃肥肉，大快朵颐的温馨。

我在乡村的一所完中读书，条件恶劣，自己带米去学校，从食堂里换来饭票，菜是家里带来的罐头瓶装的咸菜腐乳，一般是一个星期吃一瓶，多的没有。学校人数挺多，所以每餐剩饭剩粥也很多，潲水也更不少，校方故而养了很多猪，记得上课时常常能听到猪叫，幸运时操场上能踩到猪屎。这些并不会让我感到烦恼，因为每到寒假之前，学校杀猪过年，老师们分一块猪肉，学生们都可以饱餐一顿萝卜炖猪肉。吃猪肉，对我们来说是盛大的节日，学校为了有序吃肉，制定了严密的流程：先统计各班住校人数，走读的不算；然后按核定的人数发肉票。由于人数众多，一餐不能解决所有人的用餐，所以一连三天，每天两个年级吃肉，其他年级吃饭吃粥吃咸菜吃腐乳。多少年过去了，我还记得那是一勺怎样的猪肉啊！几块萝卜，几块块头挺大的五花，夹杂着不少黏黏的肥油。我吃得好香，哪管上面有长长的猪毛。那顿没有肉吃的同学的羡慕眼光，让我神气得超过考试得第一。

最让我得意的，倒不是吃肉时的香甜，而是可以多吃一顿肉的绝招。那时候，油印技术很差，所有的油印试卷上都沾着一层油墨，只要你把那油墨的字儿打上蜡，然后倒扣在另一张白纸上，用钢笔头在上面来回地摩擦，就可以把油墨上的字儿拷贝下来，如果不认真看是发现不了的。所以，在班主任发肉票的时候，我就在四处寻找蜡头，趁别人没有注意的时候在油墨上使劲地涂抹，然后找一张白纸盖上，用钢笔头来回摩擦，然后小心地裁剪，做成的"假肉票"与老师发的肉票高度相似，才忐忑地拿着碗进了食堂，混在长队里，紧张地把碗和肉票递给打饭的师傅。他看也不看地把票摔在盛水的碗里，把勺子伸到肉桶里，给我舀上满满一勺，那感觉又羞愧又兴奋。

小时候家里穷，所以拼命想吃一顿今天想来要呕吐的肥肉。那些年，多数人家平时是没有肉吃的，要等到过年才可以吃上肉。那些年的年夜饭，多是粉条、海带、豆腐、黄花菜、红枣等，掺加少许肉块，一锅煮。当然也会有些鱼和肉，比如，红烧武昌鱼，但不是用来吃的，要从小年放到正月十五，每次祭祖，都要拿出来祭拜祖先。若是馋不过，动了筷子，是要被父母敲头的。也会有一碗烧肉，只不过这肉半生不熟，咬不动。这肉用来祭祖，来了客人，也会放在桌上凑数。

年年如此年年过，年年都期待，毕竟过年总有新鲜感。在我记忆中，也有那么几个菜，令我记忆犹新。在我们那儿，有个说法是"女人也有三天年"，意思是说，一年到头都是女人做饭，所以除夕初一的饭菜该由男人做。父亲平时做饭的机会不多，所以他做年饭也会动点心思，记得有一年他告诉我：要做蒸肉。这让我期待不已，等到上桌的时候，我才看到这所谓的"蒸肉"，只不过是把煮得半熟的肥肉，撒上白糖，放在饭上蒸。记得当父亲把肉拿上桌的时候，白花花的一片，就像涂满白粉的女人的脸，我不记得我是否下箸，但视觉的冲击，几十年不忘。今天想来，他是想做红烧肉吧，但我做的红烧肉都比这"女人的脸"好吃多了。

买好多层的五花肉，焯水后切成一寸见方的肉块待用；锅里放油放大料，可以加点干红椒，大料炒香后，把肉块放进去爆炒，炒到肉色发焦，去掉大料起锅待用；锅里放少许油，放入几勺白糖，加热至白糖溶化，慢慢起了黑烟，有点焦味，再放入炒好的肉块，爆炒至酱油色后，加一瓶啤酒慢炖，小火至水干收汁，一盘美味的红烧肉就出锅了。我做的红烧肉外酥里嫩，入口即化，感觉爽极了。一向颇为挑剔的女儿，也是大快朵颐。可是这道菜，我一年也就做那么一两回，因为红烧肉是高糖高盐高油，绝对是催肥的最佳食品，对身体没有好处。对于人到中年的我来说，是个禁忌。

民以食为天，一个人肯定忘不了曾经留下深刻印记的食物，这些年在外面东奔西走，吃过不少所谓的美食，但是我印象深刻、难以磨灭的是小时候，父亲在新年里炖的一罐排骨。记得做法简单，只不过是把两根腊肋排，先焯了水，然后加了一点红辣椒，在锅里翻炒，最后盛到瓦罐里，放在火塘旁慢炖。多少年过去了，我都忘不了那种美味，也曾多次以同样的方法重做，却始终找不到当年的那种滋味。后来我才明白，不是味道变了，是心变了。清代周容在《芋老人传》里写道："犹是芋也，而向者之香且甘者，非调和之有异，时、位之移人也。"是啊，当年家穷食物有限，见识有限，身体强健，胃口超好，吃一碗香甜味美的食物，当然至今难忘。而现在，人至中年，为人父母，早已见识过各类山珍海味，没有什么食物能令我牵肠挂肚；终日饱食，行有车，坐有沙发，冬有暖气，夏有凉风，自然消化不良，难有胃口；再加上我整天担心疾病缠身。我连喝一口肉汤都要审视半天，是高了血脂，还是高了尿酸？

记得，去年回去的时候，父母已大不如前，一向忙前忙后的母亲走不动路了，有点老态龙钟；一向雄赳赳气昂昂的父亲，说什么都听不见，有一只耳朵已全聋了。大冷的天，他靠在椅子上，刚刚还在说话，一会儿就睡着了。

母亲对我说："你爸平时喜欢喝酒，你那些叔叔伯伯们有事没事叫他去喝酒，但我们很少回请的。我们老了，不会做菜，也做不动，趁你回来了，把他们都请来，好好喝一回酒。"父亲说："我们牙齿都不行了，吃不了煮得太老的肉，烧的肉有点硬，咬不动，就炒活肉吧。"家乡红烧肉的做法，和我做的很不一样，多半是把焯了水的肉，拿来干炒，炒到焦黄时，加酱油和十三香等调料，其实味道也挺好的，只是有些硬。父母这种年过七旬，牙口不好的老人，确实有点咬不动。

父亲所说的"炒活肉"，就是把新鲜的猪肉，切成薄片，然后加上淀粉、盐、十三香、生抽，最好加点蛋清，搅拌上浆，卤制约二十分钟，然后放在热油中爆炒，火要大，油温要高，炒的时间要短，熟了赶快起锅。

那一天，家里摆了两桌，叔叔伯伯们，还有平时天南地北打工的弟弟妹妹们都来了，热热闹闹，其乐融融。我看到父母静静地吃着我炒的活肉，心里很暖。

我告诫自己，一定要用心做好我擅长的红烧肉，我知道高油高盐高糖的红烧肉，对老人身体是没有好处的，但是偶尔吃那么几回，也绝不会对身体有什么伤害。最主要的是，我想：也许，有那么一天，父母吃不了肉，就算我非常用心，做出世上最好吃的红烧肉，也只能是遗憾。

板栗熟了

身在天津的堂妹，在微信朋友圈里晒着板栗，这是她亲爱的父亲（我的叔叔）从三千里外给她快递过去的。一粒粒的板栗，个头大，颜色金黄，色泽滋润，看着就满口生津。朋友圈还附有几张板栗炖排骨的照片，似乎隔着屏幕我都闻到了肉香，真有点垂涎欲滴。想到家里的板栗正是大收（大丰收）的季节，父母肯定又要忙了，我立刻给父亲打了电话。

我对父亲说："今年的板栗不收了，值不了几个钱。"父亲有点生气地说："当农民的，庄稼烂在地里，人家不骂你？"我说："一百块钱雇人收吧，板栗都给别人，你们不上树打栗子就行。"父亲说："没人要，又苦又累，危险还不赚钱的事儿，谁都不肯干。"我放下了电话，心里就嘀咕：这几天又得让我心神不宁，来年一定要让他把那些板栗树都砍了，免得年年收板栗，真让人烦心。

我自从上了大学，就基本没有做家里的农活了。有时回老家，看到年迈的父母在田地里忙活，自己却闲着，觉得脸红，就硬着头皮想下田，可是光板脚挨不了地，踩在石子上生疼，挪不开脚。看着背部微驼的父亲挑着一担粪水，我也去试试，好不容易伸直了腰板，结果粪水荡到身上，一身臭气。父亲赶快叫我放下，我暗暗责骂自己"百无一用是书生"。母亲在一旁安慰我说："你当先生的，做不了这些活儿，很正常。"这些田地里的农活儿，虽然累，但可以慢慢来。这收板栗的事儿，却完全不一样。

很多去过罗田的人都感慨，说我们那儿漫山遍野都栽满了板栗树，板栗成熟的时候，带刺的板栗苞紧紧地挨着，远看就像一个板栗苞织成的大盖帽，把一座山罩着。可是，我出生的那个山村，山不大，田地也不多，板栗树很少栽种在不种庄稼的山头，而是栽种在山边的梯地上，或者栽种在水田的田埂上。所以，在这板栗成熟的季节，当你走过我家门口的318国道（现在有了武英高速，国道改道了，家门口那段通往浠水的公路成了县道），你会看到田野里，门前屋后，都是高大葱郁的板栗树，枝头上挂满了累累的果实。现在你所见到的板栗树的树龄多半有几十年了，因为20世纪90年代全县搞经济大开发，建有不少万亩板栗基地。记得公路两旁的田埂山地上，强制要求栽满板栗树，县里还要巡回检查。树苗是国家免费发放的，这才改变了那些世代田里种水稻，地里种小麦、芝麻、豆子的耕种习惯。我父亲在栽种板栗树这件事上一点儿都不积极，一来，他是个木匠，从来没指望靠土地能赚钱。二来，他跟我说，你别看现在板栗价格贵（在我印象中，红壳的板栗最贵时卖过每斤十块，当时比一斤猪肉还贵），等板栗多了，就不值钱了。三来，父亲说，等板栗树长大了，地里就什么庄稼都不能种了，因为板栗树遮住了阳光雨水，还有它吸了肥。

板栗是落叶乔木，十多年，就可高达20米。板栗成熟的时候，那一簇簇的板栗苞，高高地挂在枝头，每个板栗苞上都长满了锋利的刺。板栗品种很多，品种不一样，刺也不同。毛栗品质最差，里面的瓣最少，很多只有一个瓣，苞上的刺比较柔和，它的刺是顺溜地向外生长的，没有交错穿插的，每根刺都是青色的，还泛着微微的白色，给人感觉那刺是软软的（其实也很硬）。我们那儿种的多是大红袍，是最好的罗田板栗品种之一，它苞上的刺就凶狠多了，那刺交错穿插，每根刺尖要么泛白，要么黑褐色，恶狠狠的样子，看着就心惊。

我之所以要父亲砍掉板栗树，就是因为害怕这高高悬在空中的刺球。很多板栗树生长在梯田梯地的边上（为了尽量不影响田地里的耕种），所以，人站在地上，树杪上的板栗就打不下来，只得爬到高高的树杈上，用力敲。板栗苞和树枝结合得很紧，力气不够，根本就敲不下来，得用大力。你想，举着长长的竹篙，艰难地站在树杈上，还要用劲敲打，是多么艰难！稍不留神，就会从树上摔下来，每年板栗大收的时候，不知有多少人摔断了胳膊摔断了腿。

记得前年，七旬的胖叔到一个偏僻的山冈上打板栗，从树上摔下来，腿折了，站不起来，在野草地里暴晒了一两个小时，伤心得大哭。我听父亲说起这事儿，心酸得不行，一个将近七十岁的老人，在荒田野地里哭泣，看着苍天白日，那该是一种怎样的无助啊！我对父亲说："他两个儿子，咋不回来打板栗？"父亲白了我一眼，说："你有点不食人间烟火吧，你咋不回去打板栗呢？"父亲的意思是说，收一季板栗得不了几个钱，那些远在家乡之外的人，要是回来收板栗，那是亏得大。"你算算回家的路费，耽误的时间，这几天要是不回来，能赚多少钱？再说现在的年轻伢，有几个做得了这样的苦活儿！"父亲对我说。是的，现如今再苦再累的农活儿，在农村也是六七十岁的老人在做，四十岁以下的年轻人，很少有干农活的。

我对父亲说："你七十多了，千万别爬树，树杪上的板栗打不下来，就不要了。"父亲说："我做木匠，给人家做房子，经常爬高处，我晓得要小心些，只是那刺球要是砸了眼睛就太可怕了。"父亲给我讲起去年上塆的张叔，一个刺球砸在眼睛上，当时就流血了，从罗田医院到武汉的同济、协和，钱花了几万，还失去了一只眼睛。父亲感慨说："收这点板栗，弄瞎一只眼睛，真是太不值了。今年好多人都怕了，准备把板栗树砍了！"我急忙说："你一定要戴帽子。""戴帽子又保护不了眼睛，帽檐遮了视线，看不到树上的板栗，怎么打呀！"我说："那就戴上骑摩托车的头盔！"父亲看了我一眼，没理我。

板栗大收的时间，基本集中在阴历七月底到八月初（中秋节前半个月），价格是一天一个价，有时前后隔一天，价格可能相差好几块。阴历七月底开始收板栗的时候，其实板栗没有成熟，苞里的栗子壳是白色的，成熟的板栗壳是深红色的；此时的栗子苞很紧实，一点缝儿都没有。若是完全成熟了，苞会自动裂开，风一吹，红红的栗子会脱离壳苞，从树上掉下来。板栗口感最好的时候，就是在板栗即将成熟的那一刻，甜而微脆，还有一股淡淡的桂花香（这是罗田板栗甲天下的重要原因之一）。若是太嫩了，虽然甜，却是一包水，生吃是美味，但没法煮熟吃；若是太熟了，虽然脆，但有点硬，煮熟吃是美味，生吃的口感却有点像红薯。听说，此时江浙一带的板栗收购商，掐着点，开着十二个轮子的大卡，停在县城，收购这口感最佳的板栗米。我们当地的各个大小商贩即刻奔赴各个村庄小镇，开着农用车，车上放着硕大的有盖的塑料桶，从黎明到黄昏，从黄昏到暗夜，守在村口，收购剥好的黄灿灿的板栗米。但近几年，听说罗田板栗主要是供应罗田的板栗厂，制成糖水栗子罐头销售！

农民也必须赶在这一个星期左右的时间里收摘。一来，此时板栗价格最高，在我记忆里，开始的两天，剥好的板栗米，一斤可卖十多块，然后价格一天天地下挫，到了中秋节前两天，一斤板栗米，可能只卖五块钱。二来，这个时候，是剥板栗米最容易的时候。白色的内壳是软的，很容易就撕下这白色的壳；然而，板栗米上还附着一层白色的膜，这膜是软而湿的，轻轻一撕，那膜就扯下来了，一颗板栗米就呈现在手中。此时的板栗米，非常完整，堆放在瓷盆里，黄灿灿的，带点湿气，带点微微的桂花香，是一道靓丽的风景。

可是，这种板栗米虽好，却给农民的收摘带来了很多难处，一是，由于板栗还是鲜活的，板栗树枝繁叶茂，板栗苞和树枝结合得很紧，不容易把板栗苞敲下来。记得前年在大收的时候，我正好在家，也拿起竹篙子打板栗，费了老大的劲也没敲下几个，手却酸疼得不行，父亲笑着说："怪不得是当先生的，一点劲都没有！"

二是，板栗开苞很不容易。由于板栗没有成熟，所以苞没有开口，板栗和刺苞结合得非常紧。要把这青青的、长满恶刺的苞撕开，得戴着手套，拿着剪刀，穿着解放鞋。把苞踩在脚下固定好，接着用剪刀刺入苞的顶部（如果板栗成熟了，顶部就会炸开），不能太深，太深了就刺破里面的板栗，然后斜掰，把苞剥开，再用戴着手套的手，用力把苞里面的几瓣板栗抠出来。此时要小心些，哪怕是戴着手套，要是被刺刺着，很疼，甚至会流血。在我们那儿，这活儿从大人到小孩都很娴熟，记得我外甥不到十岁的时候，就帮家人开板栗苞，一会儿就开出一簸箕。大人都穿着解放鞋，他却穿着凉鞋，也不怕被刺刺着。看着他娴熟的动作，我也手痒痒的，想试试。当我踩着板栗苞，拿着剪刀，刺破刺苞的时候，发觉苞很硬，我把剪刀一斜，就划到边上去了，手一下子碰到刺苞上，哎哟！一股钻心的疼，难以言说，我赶快丢了剪刀，直甩手，嘴里嘀咕："说了不要这些板栗，还非要。"

三是，板栗还没有完全成熟，水分很足，故而非常容易腐烂变质。剥好的板栗米如果没及时卖掉，哪怕只放了几个小时，就散发出一股微微的酒味，所以要抓紧时间剥，抓紧时间卖。在大收的这几天，老老少少齐上阵，抓紧一切时间。饭最简单，一天煮一次，一次吃一天；觉少睡，挑灯夜战，第二天都成了熊猫眼。所以这几天，很多人见面就说："腰酸背疼，手疼，欠瞌睡。"去年，母亲电话里说："年纪大了，一天下来，腰酸背疼，脖子也硬了，转不动，为了几个钱，真的受不了！"我赶紧说："不要了！"母亲说："家家户户都这样，你闲着，不好意思！"我说："你叫伯（我把父亲叫伯）每次少打一点回来，重了挑不动。你们慢慢剥，不要和别人比，他们比你们年轻。"

板栗米的价格下降得真快，也许就三天工夫，从一斤十块变成一斤五块钱，于是农民就再也没有熬夜剥板栗的兴趣，实在太不划算。农民开始卖没有剥壳的栗子，收板栗的商家就要看成色了，个儿大的可能收五块钱一斤，个儿小的低至两块多一斤。记得过年的时候，看到二楼露台的墙角上堆着一堆干枯的板栗。我问父亲："咋个不卖了？"父亲说："两块钱一斤，个儿小的还不要。我累死累活地从树上敲下来，黑汗水流地挑回来，一上午头也不抬地剥出来，卖不到三十块钱，我吃不完烂了也不给他！"听着父亲气愤的话语，我心里凉凉的。

板栗是不易保存的，剥下来的板栗，不加处理几天就烂了，现在有了冰箱冷库，储存不是难事。没有冰箱的时候，主要是风干，用网袋装好，挂在通风的屋檐下，可以保存很长时间。这种风干的板栗，吃起来很甜，和小时候吃过的风干的红苕差不多，但比风干的红苕要硬得多，我牙口一直不好，父亲给我带来的这种风干的板栗，一放就是半年。其实，如果勤快些，用这种风干的板栗煨汤是非常香甜的。父亲的生日是阴历十月，每年生日的宴席都少不了这种风干的板栗煨汤。把农村的土鸡宰杀洗净，切成块，用肥肉和着鸡块在锅里大火翻炒（防止烧糊了，炒之前最好放点菜油），当鸡肉炒得有点发黄，倒入炖罐，把炖罐放在煤炉上慢炖，一两个小时左右再放入洗净的板栗米（风干的板栗不太好剥，最好放在开水里焯一下就好剥多了），再炖大约半个小时，起锅之前，放点盐佐料就可以了，味道非常好，深受客人喜欢。

父亲到武汉来，每每看到带给我的板栗放了很久，就知道我懒，所以这两年带给我的板栗都是剥了壳的板栗米，我把它冷藏在冰箱里，吃的时候直接拿出来，解冻都不用。常吃的板栗烧肉、板栗烧鸡，孩子不是很喜欢，她最喜欢吃的是我做的板栗腊肉闷糯米饭。我把冰冻的板栗解冻，然后将每个板栗米掰成几瓣，和切丁的瘦腊肉，放在油锅里翻炒，几分钟后倒入电饭煲，加上糯米，加水，可以加少许盐，如果那肉很咸，就不用加盐了，和平时煮饭一样焖熟。熟后，当然可以直接吃，不过我还要继续加工一下，味道就好多了：在锅里放少许色拉油，然后把电饭煲里的板栗腊肉糯米饭倒到锅里，摊平压薄，用小火慢煎，当起了一层黄色锅巴时，翻面再煎，两面都煎好了，起锅，金灿灿，香喷喷，营养的价值就不说了，真是人间的至味，想起来，满嘴都是口水。

中秋节快到了，板栗大收的时节也快过了，随后有一些晚熟的品种开始收摘了，不过价格大幅下滑，就不用剥壳了，也不用熬夜了。昨天跟父亲通电话，父亲说提到还有几棵树的板栗，他不准备收了。"累死累活的，不划算，"他又说，"我在凤凰关水土保持工程工地上打工，一天能挣两百块。"我说："你要小心，另外，你叫妈别到畈里（田野里）打板栗呀，摔着了，那可不是小事。"父亲说："你妈今年七十岁了，身体不大好，她哪能打得动、挑得起板栗呢……"

忆红苕往事悠悠，念父母恩情泪流

1

八月里，我回老家探望父母的时候，父亲说："今年猪瘟流行，全塆里十八头猪死得只剩下两头了，我让你妈把猪圈锁好，不让别人进去，或许咱家猪能躲过这一劫。"父亲还说："今年的南瓜大丰收，特别是今年的红苕长势很好，到时候，可能有一千多斤，猪有吃的了，说不定今年又能养个大肥猪！"刚才脸上还挂着喜悦，突然又有点惴惴的。"不敢这么说，这猪瘟太狠了！"父亲每年必定要养一头大肥猪，除了自己吃，还要给点妹妹，特别是要送好几十斤猪肉到武汉来给我。其实，我是坚决反对他养猪的，因为特别不划算，且不说别的，一年内那猪吃的一百多个南瓜，一千多斤红苕，放在城里卖，也能变个两三千块，这钱买肉的话，就不止一头猪了。父亲说："我和你妈在家事不多，一年到头也给不了你什么，只指望过年的时候，给你送点猪肉。有很多事情，不能总算经济账的。"听父亲这么说，我立刻闭口不语。

九月刚开学，我突然接到父亲的电话，他说："咱家的猪可能不行了，已经一天多没有进食，恐怕是染了猪瘟，算了，明天找人把它制（宰杀）了！"我要去上课，匆匆说："制了好，制了好。"第二天晚上，父亲又打来了电话，悲怆地说："猪已经制了，肉不少，有一百多斤……" 我赶紧插话，"这肉一两都不能要……"一句话还没说完，父亲生气地说："你放心，一两都不会送给你的！镇上的肉已卖到二十多块，我哪里吃得起，家里有冰箱，冷藏着，

50

留着慢慢吃。"我知道，由于受猪瘟的影响，生猪极少，乡下猪肉价格翻番。乡下的那些老人，不像城里人，对于这些带有猪瘟病毒的猪肉是敢吃的。听人说，猪瘟只在猪之间传播，对人是没有损害的，我不知道这说法正确与否，但我知道让执拗的父亲把这猪肉丢掉，是要了他的命。我拗不过一向倔强的父亲，只能顺着他了。

父亲又说："唉，我和你妈老了，再也养不起猪了，你以后再也吃不到家里的猪肉了，儿啊，对不起……"听父亲这么说，我喉头一哽，眼前一片模糊。过了一会儿，父亲又说："还有几十个南瓜，可以做菜，我和你妈吃不了，只得送人。只是，那长势很好的红苕，没人要，怕是要浪费了……"

2

现在，回老家，很少看到有人吃红苕了。记得孩子还小的时候，母亲到武汉来给我带孩子。长在城里的妻子买回来的红苕，母亲是坚决不吃的。母亲对我说："小的时候，家里穷，吃红苕。出嫁了，你们胡家还是穷，还得吃红苕，真是吃够了。现在红苕一入口，就反酸。你小时候，家里人口多，粮食少，根本吃不饱，你爹有严重的胃病，不能多吃红苕，一天能有的一碗白米饭，给了你爹，你爹再分点你，其他人都吃这红苕度日。"我知道，爹能健旺地活到七十七，到老了胃病都没有复发，得益于母亲当年调理得好。记得父亲当年也用这红苕鼓励我好好读书，他说："应叔现如今是城里的局长，当年他家里可是穷得丁当响，兄弟姊妹六七个，根本吃不饱，在镇里读高中时，每星期回来拿几个红苕度日。他认真地把书读完了，当了兵，提了干，转业成了城里的局长。你看，你读书，条件多好……"

红苕之所以能成为救命粮，全在于产量高，一亩稍肥沃一点的旱地能产五千多斤，贫瘠一点的山地也能产三千多斤。我们那儿山地多，红苕多半是种在山地上，肥沃一点的旱地多半用来种小麦，也有种油菜的。六七十年代，粮食紧张，多种红苕，少种小麦，以便少挨饿。阴历九月份，红苕大收的时候，生产队里挖回的红苕堆得像山一样，家家户户得挖一个很大的地窖，贮存这来年的粮食——红苕。现在条件好了，吃喝不愁，没有人吃那么多的红苕，种红苕的人家也少了，所以很多家里再也没有当年的地窖了。但我家年年种红苕，还有这么个地窖，用来贮存喂猪的红苕，只不过没有早年的地窖那么大。

我家的地窖是挖在厨房的门口，一进厨房，就会踩上几块木板，拿开木板就是地窖了。地窖上大下小，是个斜井的样子，约一米五深，下面两个平米见方，里面可供一个人踩着椅子下去。地窖存放红苕的时候，要用一捆稻草放在里面烧一烧，去湿，然后堆一层红苕，放一层干沙，再放一层红苕，又放一层干沙。沙一定要干，如果湿了，红苕就会烂；沙也一定不要堆得太紧，不然，从沙里扒红苕的时候费劲。记得妻子第一次去我家的时候，是个新年，看到我家的地窖感到很奇怪。我从地窖里扒出红苕，埋在灶灰里烤熟，妻子乐呵呵地说："真好吃！"那时，妻子才二十出头，现在一晃二十年过去了，时间过得真快！

3

20世纪80年代，农村分田到户，粮食多了，吃红苕的时候少了，但是，那时我们的生活还是没有离开过红苕。记得那时农村办酒席，有"三丸宴""五丸宴"之分。所谓"三丸宴"，指的是酒席上要上三种不同的丸子，"五丸宴"，顾名思义，酒席上要上五种不同的丸子。这些丸子包括肉丸子、鱼丸子、藕丸子、糯米丸子、豆腐丸子、红苕丸子等。听父亲说，酒席上丸子越多，说明这家越抠门。我想，应该不是抠门，是家里的确拿不出东西来，只好拿这些米坨子凑数。那时，就算是肉丸子、鱼丸子也会掺大量的面粉。今天你去谁家吃酒席，都是大鱼大肉地堆了一桌子。那时候我还小，母亲要是吃酒席回来，带回几个红苕丸子，我会高兴很久。这红苕丸子其实也挺好做，就是把红苕蒸熟，去皮，然后加盐，像揉面一样揉，揉得细腻有点糯性，成为一个大面团之后，搓成一个个的丸子，放在油里炸，炸得颜色金黄，就可以吃了，甜而不腻，酥而不脆，对小时候的我来说，是零食，也是美食。当母亲带回红苕丸子的时候，我总要拿到同伴的面前，享受他们吞着口水，虔诚地看着我吃的样子。当然，看他们吃的时候，我也很虔诚。

其实，红苕做成的美食，最令我念念不忘是的家乡的红苕粉。这红苕粉的做法有些麻烦，先要将红苕洗净，接着用打豆腐的机子，将红苕碎成浆末，边碎边加水，再把加水的浆末，倒入晃杠（一种"工"字形木架子）上系好的包袱里过滤，通过晃杠的反复晃动，包袱里只剩下渣滓，细腻的浆液都落入了晃杠下的磨桶。静放几个小时候后，包袱里不再滴水了，说明红苕里的淀粉都融入了水里。那包袱里留下的渣滓是喂猪的好料，而磨桶里的浆液，还需沉淀几天，直到上面成了清水。把清水倒掉，桶底会平铺一层白色的苕粉。把苕粉铲起来，用包袱挂起，让它充分地滤水，水干后，倒到竹匾里晒，晒的时候，一定要把它碾碎，不能结块。晒到完全成了面粉一样的粉末，才收好，放在陶罐里，盖好，防潮。

吃法简单，就是把适量的水烧开，加盐，加佐料，喜欢吃辣的，放点酸辣椒末也可以，边放苕粉边拿筷子在锅里充分地搅动，直到凝结了，搅不动为止。此时把这浅褐色的苕粉盛到盆子里冷却，冷后倒出，切成小块。锅里加油，中火将油烧热，把切成块的苕粉，煎成两面都有壳的豆腐块，趁热吃。这是我一生难忘的美食，可惜，好多年都没有吃上了。主要是产量少，不好买，其实我好几次准备让父母做一点，可是没敢开口。让年过古稀的老人，挑着百来斤的红苕去镇里碎成浆末，再忙忙碌碌好几天，弄个七八斤苕粉，搞得腰酸背痛，作为儿子的我，于心不忍。

于是这美食就成了我的梦中佳肴，梦到小时候吃母亲做的苕粉，醒来后，发觉口水打湿了枕头！

4

我想，如果父亲累死累活地挖回了红苕怕浪费的话，我就告诉他：可以把这些红苕做成苕果儿、苕片、桷子钉。

小时候，苕果儿是家家必备的新年食品。你想，大年初一，每个孩子提个布袋子，到你家来拜年，你什么也拿不出，多尴尬呀，这情形也说明女主人不贤惠，是要被一塆子人议论的。这苕果儿，做法简单，蒸熟后去皮，像揉面一样，反复揉，揉好后，捏成饼，放在箅子布上擀成薄皮儿，然后平放在竹匾上，揭下箅子布，又擀下一张。一竹匾放满了，拿到太阳底下晒，天气好，三五天就晒干了。那一张张晒干了的薄饼就像一张张圆形的浅色黄纸，很有韧性，用菜刀切成两厘米见方的三角形或四方形，用干净的蛇皮袋装好，挂在通风的梁上储存。待到大年三十的下午，用沙炒。不过，这沙是有讲究的，须是绿豆大小的河沙，用菜油爆炒，炒得发黑，留存，越陈越好。当苕果儿炒成颜色发黄，吃起来枯脆时，连沙一起盛到竹制的米筛里，筛去细沙，筛子里就是甜脆的苕果儿，准备大年初一早上，打发来拜年的小孩。

如果你觉得这苕果儿，味道单一了点，还可以加料。可以把晒干的橘子皮碾碎，放在红苕的面团里，这样做出来的苕果儿吃起来甜脆之外，还有一种酸香的味道，实在是别有风味。更多的人家则是在其中放一把芝麻，吃起来有那么一点芝麻饼的味道，这也是颇有特色的，我就挺喜欢吃。记得我在县城里上高中的时候，朦胧中喜欢一个姑娘，假日里让母亲炒了一大包苕果儿带到学校里，送给那姑娘，父亲知道后，狠狠地批评我，说要以学习为重，不得分心，否则就不要读了。可惜，那姑娘长什么样子都不记得了，现在想起来，只能微微一笑。

苕片的制作则要简单得多，把洗净的红苕切成片，在竹匾里晒干，当苕片由浅红变得发白、很有韧性的时候，就用蛇皮袋装起，挂在梁上，待到过年的时候，拿出来，用沙炒，当炒至黄脆，一掰就断的时候就很好，味道脆而香甜。其实，小时候的我们，家里没有什么零食，哪能等到过年的时候再吃呀。妈妈开始切的时候，我就开始吃。晾晒的时候，我不时地从竹匾里抓一把塞到荷包里。何止是我，塆子里的小孩，见没人看着，抓一把就跑，其实有时还是被大人逮着了，大人只是淡淡一句："吃多了，肚子疼！"

　　椽子钉，是指我们农村做瓦屋时，把椽子（做房子时，铺在瓦下的直板）钉在梁上用的钉。这种钉不是现在常见的圆杆圆帽的铁钉，而是四方杆圆帽的铁钉。所谓红苕椽子钉，是指把蒸熟的红苕，切成椽子钉的形状，晒干后用沙炒。椽子钉本身就是熟的，是农村小孩最常见的零食，走到哪里吃到哪里。但是讲究的人家，做的油炸椽子钉则另有一番风味，更加酥脆香甜，掰开后，里面有许多小洞洞，似乎是微型的沙琪玛，吃起来，别有一番滋味。

5

　　昨天，又给父亲打了电话，我说："那地里的红苕，谁要谁自己去挖；要是没有人挖，你们慢慢来，有城里来的人来要，你就给点，反正你们自己又不吃。"父亲说："晓得，我准备多打点苕粉……"

老家南瓜大又甜，且牵魂梦忆故园

1

国庆节回家，见堂屋的条台上堆放着十多个黄南瓜。我问父亲，"今年冇看（没有养）猪，你们又不爱吃南瓜，种过多（那么多）南瓜做么事（什么）？"父亲说，"鱼也吃南瓜，看（养）鱼啊！"鱼也吃南瓜？我第一次听说，小时候有南瓜藤爬上了塘埂上的树，然后结了个大南瓜吊在水面上，从没见到鱼啃食，就算南瓜半截子没在水里烂掉了，也没见鱼来吃。母亲说："我把南瓜剁碎些，丢到鱼塘里，第二天早上都吃干净了。"父亲说："草鱼吃南瓜，鲢子、胖头不吃。"父亲说完，就从条台上搬下一个大南瓜，放在地上的砧板上，切开，露出黄澄澄的瓤子来。我以为他会掏出瓤子，然后挤出里面的瓜子，可是他没有，直接开剁。我说："过好（那么好吃）的南瓜子，就不要了啊？"父亲说："你妈手脚不灵便，嫌麻烦，她不要啊。再说，现在好吃的东西多，也没谁稀罕。"听父亲这么说，我有点怅惘，想起小时候吃过的南瓜子。

小时候，南瓜子是农家哄小孩子、招待客人的最好零食。记得小时候常生病，要到村部卫生所里去打针，青霉素疼，链霉素胀，总是躺在地上打滚，哭着嚷着不去，母亲扯着我的手，安慰着："伢儿，等会儿，我给你炒南瓜子！你去打针，我就给你炒南瓜子！"看在南瓜子的情分上，我便趴在母亲的背上，一脸鼻涕、一把眼泪地答应去村部卫生所，后背还有冇（没有）拍尽的枯草。个子娇小的母亲就这么背着我，走在田间地头窄窄的小路上。

其实，小孩子打针要吃南瓜子，大人也差不多。那时候，农村人害了病（生病了），多半是吃中药，一个黑色的药罐子在火塘里煎着，满屋子都散发着苦味，等煎好了药，倒出来满满一饭碗，下了狠劲，一口灌下去，可是一低头，药就要从胃里涌出来。为了防止吐药，喝完后，赶忙吃点东西压一压，那吃的东西就是南瓜子。抓一把南瓜子塞到嘴里，和着壳子，嚼一嚼，南瓜子的清香终于压下了黄连的苦味，用巴掌在胸口抚一抚，胃里平静下来了。至此，一碗药算是吃完了。

南瓜子尽管好吃，但要打针吃药才能吃，我可不愿意。我渴望的是来了亲戚，母亲炒南瓜子招待客人时，我可以顺便吃一盅。那时候的乡下，比现在的乡下要热络得多，连走亲戚的人，都可以到别家去串门。张婶的母亲走亲家，家家户户都要煮碗汤，再穷的人家也要煮一碗油面，盖上两个荷包蛋，用托盘送到张婶家，一个劲地说："吃点，吃点。"我记得，嫁到叶家塆的六十岁老姑奶回了娘家，就会到塆子里各家去走一走，说说各家的上人（长辈），她对母亲说："你婆婆当年个子大，她到叶家畈割担柴，你父（公公）个子小，挑都挑不起。那时日子穷，你家连盐都买不起，向人家讨腌菜的水当盐用……"母亲一边听着老姑奶念叨着她不曾见到的婆婆，一边在锅里炒南瓜子，用枞毛须儿（松针）做柴火，细火慢慢烙。熟的时候，撒点盐，就好了。然后盛满一茶盅，倒给姑奶，姑奶推脱说："不要，不要，你留着给伢儿吃！"母亲不由分说，拉开她的荷包，一把倒进去，说道："伢儿有。"母亲把锅里剩下的半盅南瓜子，倒进我的小荷包里，我就蹦蹦跳跳、欢欢喜喜地出了大门……

2

我好多年都不喜欢吃南瓜，原因在于小时候吃的南瓜饭吃得太多了，今天想来，偶尔吃一顿南瓜饭也是别有风味的。南瓜饭做法简单，把刷了皮，掏了瓤子的南瓜切成片，垫在锅底，然后铺上沥过水的生饭胚子，拿半瓢水一旋，加火烧，待到饭上了气，开始起锅巴，南瓜饭就做好了。拿锅铲盛一碗，半碗南瓜半碗饭，搅和在一起，吃到嘴里甜甜的。偶尔吃一顿，一定是美味，可是连吃几顿，就咽不下去了。后来，每次做南瓜饭，我宁可饿肚子也不吃，母亲就用锅铲戳（从面上平铲）一碗，不带南瓜的饭给我吃。我就这么心安理得地吃着白米饭，从不顾及顿顿吃南瓜饭的母亲。后来生活过好了，母亲从不吃南瓜和红苕，她说："我小时候家里穷，一年到头不是吃红苕，就是吃南瓜饭，现在我一吃红苕和南瓜饭就反酸。"

南瓜饭吃多了，家家户户都腻了，于是改吃南瓜粑。做南瓜粑有些麻烦，吃的次数不多，所以至今还觉得是美味。先把碎米淘洗干净，特别是要把沙拣除干净，浸泡一天，沥干后，放进碓上春成粉，留着待用。找一个又大又黄的南瓜，越甜越好。在我印象中，似乎柿饼瓜（像柿饼样子的南瓜）要比枕头瓜（长南瓜，似乎可以做枕头用）甜一些，所以多选用柿饼瓜做南瓜粑吃。把皮剥干净，把瓤子也掏干净，切成片，堆放在锅里，要多旋（放）点水，蒸得越烂越好，然后盛到钵子里。趁热加春好的粉子，使劲揉，揉得比较糍和（黏性强），面团就揉好了。然后做成圆形的饼状粑，放在疏箅（有空隙而能起间隔作用的片状器具）上蒸，水要加多一点，不要水干了，粑还没蒸熟。粑熟后，打开锅盖，锅里面是金黄的南瓜粑，空气中洋溢着甜甜的味道，一家人都开心地吃着，不是过年，胜似过年。那时，凡是做南瓜粑的人家，一定要做得多，因为必须要家家户户地送几个，记得母亲做南瓜粑时，第一锅，自己是不吃的，一家挨一家地送，当她拿着菜碗装上三五个南瓜粑，送到人家的灶上，人家拿一个碗接着，说道："三姐，你好勤快，过过细（非常热心），喝点茶儿！"母亲说："趁热吃，甜得很！茶就不喝了，我要回去蒸粑！"说完就急急地回家，送下一家。

我到城里已二十多年了，偶尔也见到南瓜粑，但做法要精致得多，它是密封的塑料袋里装三五个小饼子，解冻后放在油锅里炸，外酥里嫩，味道挺好，但是，和我小时候吃过的南瓜粑还是有区别的。第一，小时候用的是籼米，并且是碎米，现在的南瓜饼用的是糯米。20世纪七八十年代粮食金贵得很，一点都不敢浪费，做南瓜粑正好把碎米用起来；至于糯米，少得很，要留到过年打糍粑吃。第二，小时候，南瓜粑主要是蒸，也有些人家煎，但绝没有人家是油炸，那时候吃油要精打细算，谁舍得油炸南瓜粑呀！

现在的南瓜粑，有时候还裹点面包屑，再炸，就是精致的糕点，美名"黄金饼"，很有点档次，但在我心里，还是很想念儿时母亲做的南瓜粑！

3

南瓜的本分是道菜，只是在缺吃少穿的年代里成了主食，到了1980年，各家各户的粮食富足了，谁也不再把南瓜作主食，尽管南瓜饭、南瓜粑还是有人吃的，但吃的次数少，多半是忆苦思甜，作个回味。在农家做菜，炒大碗的黄南瓜不多，多半是用青南瓜炒辣椒，作为时令菜，挺好吃的。炒菜用的青南瓜一般都不大，比粗菜碗大一点，摘下后刮了皮，切成丝；在菜园里，摘一把青辣椒，洗净后，切成滚刀片；把灶里的火烧大，待锅里的菜籽油冒着青烟，把切好的青椒放到锅里干煸几下，再把南瓜丝倒进锅里，和在一起炒，加盐，加一点水翻炒几下，就可以起锅了。清香，有点脆，挺好吃的。这道菜，南瓜坨儿（小而嫩的南瓜）炒得最好吃。饭碗大的南瓜嫩得很，同样，把切成丝儿的南瓜，稍稍在锅里翻炒几下就可以了，哪怕有点生，也没关系。进口的味道最好，清香，软和，甚至能体味到小南瓜里凉凉的汁水。可是，把这么小的南瓜摘下来是一种罪孽。假如你摘了这么小的南瓜，又碰巧被垸里的婶娘看到了，她会说："过没（那么没有）经欠（正经），把这么小的南瓜也摘了，太浪费了！"这会让你很不好意思，红着脸，编个理由说："锄地不小心，把南瓜藤挖断了！"

阴历三四月，茄子、辣椒、豇豆等还没出世的时候，农家也是没有菜吃的。此时，南瓜蔓虽然长得好长，叶片也长得茂盛，但是，花儿开得不多，小小的南瓜不过拳头大，自然不能摘下来做菜吃。这时候，我记得母亲就炒南瓜秆叶吃。所谓南瓜秆叶，用的不是南瓜藤，而是南瓜的叶柄。把有着长长叶柄的叶子，从南瓜藤上扯下来，叶片不要，只要叶柄，但是叶柄上有一寸绒毛，甚至有点刺手，需要把表皮撕掉，吃起来才不糙口。如果多给点油，用红辣椒炒，味道还是不错的，但我总觉得有些糙口，不喜欢吃。城里人似乎也吃这道菜，但用的不是南瓜秆叶，而是南瓜尖，就是藤蔓的杪子，这挺奢侈，每掐一个杪子，就掐死了一根藤。要知道，每根藤上都会结南瓜，你看，掐藤杪子是不是很过分。

南瓜做成的菜，我最难忘的是南瓜菇儿。

过了中秋节，南瓜的藤蔓都枯死了，枯叶一片萧瑟，只有一两片泛黄的叶子在秋风中摇曳，给萧瑟的田野来一点活力。各家各户的黄南瓜早已摘回了家，在堂屋的大桌子上、条台上堆成了小山。人是不大吃的，猪也一时吃不了那么多，可是就这么堆着，很快会烂掉，为了不浪费，得赶快处理。于是把所有的南瓜都切成片，和上草木灰，然后在竹匾里晒干，为了防止返潮，用蛇皮袋子装着，挂在屋梁上通风的地方。吃的时候，舀一碗，浸泡一下，把沾着的草木灰洗干净，然后，用大火焖熟，很好吃，甜丝丝，又有点嚼劲，回味无穷。这做法有点像萝卜菇的做法，但做萝卜菇儿，是不用掺草木灰的。至今，我也没想清楚，为什么做南瓜菇儿，要掺草木灰，而做萝卜菇儿却不用。我父亲是木匠，家里有刨子，所以我家做南瓜菇儿时，不用切，直接用刨子刨，刨出的南瓜片，厚薄匀称，还省力，让别人家羡慕。可是，到现在，也好多年没见着做南瓜菇儿的了，大约，南瓜菇儿要消逝在历史的尘埃里了。

4

当人们都不再热衷吃南瓜的时候，南瓜成了猪的美食。20世纪90年代，我读高中和大学，家里开销大，为了多点儿收入，家里养了母猪，母猪下崽儿，能比肉猪多卖些钱，但猪吃得多，潲水根本不够吃，所以家里会多种南瓜和红苕。每年暑假，我从大学里回来，家里的南瓜堆满了堂屋。父亲还说："畈里的南瓜，还有好多个。冈背田岸上有个大南瓜掉到水田里了，不摘回来，会烂掉。"于是，我挑着大提箩儿（长形的竹筐）跟着父亲到田畈里摘南瓜，太阳刚上了山脊，红彤彤的，照在野草的水珠上，晶莹夺目，也照在父亲黝黑的脸上。父亲拨开田边地岸上深深的蒿草，露出十几斤的大南瓜，父亲说："这南瓜，猪又要吃好几餐。再过几天，这窝奶猪儿要散窠（奶猪满了两个月，人家来买走）了，可以卖好几百块，你上大学的钱就有了。"又说："养奶猪很吃力，不说别的，就说这南瓜，你妈个子小，这畈里的南瓜搬不回去，我又要在外面做工，她是一个一个地抱回家的，你不好好读书，对不起你妈……"

进了新世纪，我在城里安了家，操劳一辈子的父母自然可以轻松些，乡下养猪的人家也很少，都说养猪不划算，猪吃的南瓜、红苕和粮食都可以把猪肉买回来，完全是吃力不讨好。我也跟父亲说，你别养猪了，父亲很生气，说道："你在城里买的猪肉好吃吗？卖到城里的猪，全是吃饲料，三五个月出栏，猪肉味道还不如白菜。我跟你妈养的猪，吃的都是白菜、红薯、南瓜，不吃一点饲料的，这肉吃起来有多香，你冇（没有）吃到？"于是，每年过年的时候，刺（宰杀）年猪，父亲总是不畏车船劳累，给我送来几十斤肉，看到他挑着担，走在城里车水马龙之中，我不禁酸了鼻头，模糊了泪眼。

这些年，父母都年过七旬，实在养不活猪了，我以为他不再种南瓜，可回到家里，依然看到堂屋里堆着不少南瓜，当我得知种南瓜是为了养鱼时，心里挺酸。父亲说："我都这大年纪了，也做不了么事，养点鱼儿，你过年回来吃，比水库里养的鱼要好吃得多，这吃南瓜的鱼就是不一样……"

想起家乡的老糍粑

1

那年，我的母亲是腊月二十满七十岁。在学校放假前最忙的时候，我要赶到几百里外的乡下，给我妈做寿。但现在想来，有点后怕，因为之后不到十天，武汉就因为疫情严重而封城。我从武汉回去，要是把病毒带回了乡下，那真算得上是罪人了。还好，一切安然无恙，疫情期间悬着的心，算是落地了。

我妈过生日的这一天，正准备开席，叔叔说："你们先去帮忙打两盒粑，吃完饭，永林要到河南媳妇家去'辞年'（到亲戚家辞别旧年的礼仪）。"永林是我的堂弟，比我小不少，生意做得还行，开着大奔。我觉得奇怪，到千里外的河南，带两盒并不值钱的糍粑，有必要吗？再说，用糍粑来辞年，是我们这儿的习俗，并非是河南人的做法。堂弟告诉我："他们那儿没有打糍粑的习俗，但咱喜欢吃呀。"

叔叔之所以要喊我们几个兄弟去帮忙，那是因为打糍粑是个力气活儿，身体不好，或者缺少锻炼，就坚持不了一会儿。能坚持打完一盒粑的，我这几个年富力强的弟兄，还没一个。我们堂兄弟一起五个人，每人轮换，才把两盒糍粑打完，替换最少的还是叔叔，他笑着说："么用（没用），一个个年纪轻轻的，一会儿就累得气喘吁吁的。"的确，我们都不如叔叔。其实，叔叔不年轻，已经六十多了。他也不是专门干农活的，当过大队书记、乡长、镇长，三年前才退休。

我们打不完一盒糍粑，其实不是力气的问题，而是缺少技巧和锻炼。第一，打糍粑要趁热。蒸熟的糯米放在甑里，用锅盖盖好，打的时候直接倒到碓凼（春碓用的石窝子）里，比较好打。因为蒸熟的糯米热乎乎的，比较软糯，容易搅碎。如果冷了，米就犟得狠，用尽了力气也戳不碎，打出的糍粑还能看得见米粒儿。第二，打糍粑的时候，粑杠（打糍粑用的木杆子）要拿稳，捏紧，松了用不上劲。拿粑杠的地方高低要合适，拿低了，腰疼，还容易摔着；拿高了，抽不动粑杠，也用不上劲。第三，弓步要站好，离碓凼的远近方位要合适。眼睛要看着对方的粑杠，你要戳在对方粑杠的边上，不能让对方把糍粑带出了碓凼。第四，双方配合要好，特别是节奏，一戳一抽要配合默契，戳的人要把糍粑压住。节奏也要注意，不要慢腾腾的，糯米冷了，就戳不动了。

我在乡下打糍粑的次数比较少，还有许多我不知道的道理，很多看似简单的劳动是有很多技巧的，正所谓实践出真知。

叔叔说，"我塆的前辈有个叔，过年连打了九盒粑。"我笑着说："我不信。"叔叔说："你不信，你回去问你爸，看哄你冇（没有）？不锻炼嘛，要是你每年回来，多锻炼锻炼，就不会是这个样。"想想也是，自从进了城，每年回家都是快大年三十了，父母早就把糍粑准备好了，哪用得着我动手。有一年是大年三十打糍粑，我正兴致勃勃地想显显身手，可母亲说："你是个教书的先生，冇得（没有）力，做不了这体力活，莫（不要）把腰闪了。"其实我心里早就怯了，听母亲这么说，立刻顺势作罢，不出这个丑。

2

堂弟带两盒糍粑到千里之外的河南去辞年，正所谓"礼轻情意重"。糍粑对于走在小康路上的我们来说，的确值不了多少钱。但是，三十年前，那时我还在乡下读书，一盒糍粑却是一份重礼，要是走亲戚带一盒糍粑，那绝对是至亲。

天下最亲的亲戚当然是老丈人家，所以到外父去，是一定要带糍粑的。

一年之中打糍粑送外父的，一般是两个时候，一是外父过生日，送寿礼；二是辞年。

外父过生日，对于女婿来说是大事，头天就要让媳妇把糯米洗净浸好，特别是要把米里的沙择干净，要是第二天丈母娘用你带的糍粑待客，客人吃出了沙，硌了牙齿，就会笑着说："这粑里硬米多，咬不动。"那可是丑大了。老丈人过生日的当天，得早早地起床，媳妇在洗净的木盆里架起甑，把淘过三遍的米堆在甑里的疏箅上，再把堆满米的甑放到添了半锅水的灶上蒸，灶里要烧片柴，才有大火，直蒸得灶屋里一片烟雾缭绕，才算是可以了。蒸好了糯米，媳妇把早已洗好的碓凼再次用干毛巾擦干净，在面板上撒好生粉，掇到碓凼旁，还得带上一个装了些红糖的碗。男人则把隔壁的邻居或兄弟伙叫上，一人抱着冒着热气的饭甑，一人拿两只粑杠，急匆匆地跑来打粑。他们都是干活的好手，三下两下就把糍粑打好了。当把糍粑从碓凼里撬起，堆在面板上，女人赶快趁热掐几坨下来，掺上红糖，首先要给帮忙的那个邻居或兄弟，再给孩子、丈夫一人掐一坨。孩子们在大快朵颐的时候，女人要趁热把糍粑压成圆饼，好放在米筛里装好。

打好了粑，吃完了早饭，得早早地去外父家，女儿不是客，娘老子过生日，你要去切菜、烧火、倒茶。女婿伢要去上烟、搬桌子、摆凳子，所以得抓紧时间。女婿先找块红纸，剪个大红的"寿"字贴在糍粑上，然后用包袱布把装有糍粑的米筛包好，挂在扁担的一头，另一头挂上篾子箩（竹制的长形箩筐）儿，里面是几斤老油面外加一块腊肉。妻子锁好了门，就上路回娘家。

男人挑着担，女人手里抱着娃，衣角上牵着娃，走在乡间的小路上。这情景，在那时的乡下是极常见的。要是碰上了乡邻，那人一定会说："到外父家去祝寿，多让外父喝两盅，莫把自己搞醉了……"接着是"哈哈"的笑声应和着田间地头的鸟叫或虫鸣。

3

到外父家去辞年，和送寿礼稍有不同。一是糍粑上贴一块红纸就可以了，不剪字；二是除了肉、面以外，还得外加几包烟，有的还得给父母做双鞋。

收到女儿送来的寿礼或福礼，收受多少，似乎有个规范。当然不能"来者不拒"，寿礼的糍粑要割下一半，肉是要收的，面多少随意；辞年的福礼，糍粑一般是切下一点是个意思，免得女儿回家还得打糍粑，麻烦得很。肉、鞋、烟似乎是要收的，养女儿一场，吃块肉是理所当然的，再说开年还得给外孙压岁钱呢。

打糍粑送礼，除了外父家这样的血亲外，其实也有一些不是血亲，但本人十分看重的亲戚或朋友，比如帮过你的恩人，过年去辞年，你一定要打糍粑，让别人明白你看重他，他对你来说很重要。记得小时候，到我家辞年打糍粑的不少，这倒不是我父母有多大本事能帮得上人家，而是我父亲是当地小有名气的木匠，带了不少徒弟，那些徒弟到我家来，多半是要打糍粑的。

记得小时候，父亲年富力强，在我家当学徒的一般是两个，最多的时候有三个。父亲曾经告诉我，带徒弟不容易，一是累，徒弟，特别是头一年，他不会做，你得把本来是徒弟负责的事儿赶出来，否则主人家不高兴。师父一个人要做几个人的事，会累死人；二是烦躁，有很多徒弟不用心，把人家的木料搞废了，有扯皮的主儿要你赔，很难受的。还有很多为难的地方，父亲多次跟我说起：不是每个师父都能带徒弟的，脾气不好的，带不会徒弟，动不动就打人，徒弟一天都待不下去；没有一个好师娘的，也带不会徒弟，师娘要愿意帮徒弟浆洗，话要少。师娘如果一天到晚絮絮叨叨，人又不贤惠，是没有哪个年轻人愿意在你家当徒弟的。我父亲说："我之所以能带这么多徒弟，最主要还是要感谢你妈，没有哪个徒弟对你妈有意见。就算有徒弟抱怨你妈没能把他沾了树油的衣服洗干净，你娘二话不说，再拿去洗。这样的师娘很少。"

父亲今年七十四，不带徒弟二十多年了。他一生带过二十多个徒弟，这些徒弟绝大多数一生都干着木匠的营生，听说还有几个发了财，在城里买了几套房。由于父亲年老，我又不在老家，礼尚往来的事儿照顾不周，所以这二十多个徒弟到现在还在往来的，只有几个了。其中有个叫爱民的徒弟，和我同姓，是父亲的同辈人，我得叫他叔，现在快六十了，已是做了爷爷的人了。父亲的生日和过年，他必定要到我家来，三十年来，从未中断。小时候到我家来一定打糍粑，现在不时兴打糍粑，就每次给我父亲带几瓶酒，好几次跟我说："这酒也值不了几个钱，但是是我的一片心。人不能忘本，我这一生也还可以，要感谢你爸给我的这个手艺……"

4

这庚子年的春节情况特殊，大家尽量不出门，在这艰难中想吃糍粑几乎不可能，但我还是仔细地搜寻网购群，因为按照老家的习俗，不吃糍粑，少了许多新年的味道。我终于在一个叫"青山小镇"的网购群上买到了一袋红糖糍粑，满是欣喜。这糍粑沾满了面包糠，要放在油锅里炸，油炸好后淋上糖浆，吃起来味道还不错，但和老家新年吃的老糍粑大不一样，我到底还是开始想念家乡的老糍粑了。

按老家的习俗，大年初一的早上，必定要吃土罐汤淋糍粑。你要是没吃，拜年的时候，人家问一句："早上吃粑冇（没有）？"你都不好意思回答。在我家，汤必定是两样：一样是鸡汤，一样是肚片汤或肉汤。鸡是年前杀的老母鸡，早已挂在厨房的墙上沥干。三十的晚上吃过了晚饭，开始炖鸡了，先把鸡洗净，切成块，再切点肥肉，一起爆炒，一直炒到鸡块颜色发黄，甚至有点焦黄，放点姜，加水，烧开后，盛到黑色的土罐里，端到火塘边上，从火里掏点红红的火炭煨着。把鸡汤放到了火塘里后，开始煨肉了，肉一定是瘦多肥少的"坐凳肉"（猪屁股那一块），洗净后下水焯，焯好了切成小块，再倒进锅里加点菜油炒一下，炒得稍微有点黄色，再加水煮，水不能加得太多，水太多就冲淡了肉味。水开后，把肉盛到黑色的土罐里，端到火塘边上，也从火里掏点红红的火炭煨着。

我们讲究"三十的火，十五的灯"，所以大年三十火塘里的火要烧旺，一般是烧一个陈年的干树蔸子，为了更多一点温馨的感觉，有的还加几片柏树的片柴，烧着了，满屋都香，此时如果土罐里的肉也煮得差不多了，会散发出强烈的肉香，真是过年的气氛。在我的记忆里，过年就是一家人围着火塘，烤着大火，闻着肉香，嗑着瓜子，看着电视，这就是大年三十的"守岁"。

"守岁"要通宵，以迎接新年的到来，但我总是早早地睡了。初一早上，等父母喊我，我才起床，哪怕是近几年，仍旧是这样。我起来后，开了大门，点着了鞭炮，和着四面八方传来的鞭炮声，渴望今年万事顺利，身体健康。母亲开始烧水煮糍粑了，每人下两块糍粑，两个荷包蛋。煮熟后，母亲把糍粑和鸡蛋盛到饭桌上，喜欢吃鸡汤的淋鸡汤，喜欢吃肉汤的淋肉汤。我喜欢吃肉汤，因为父亲会在肉汤里放几颗红枣，放一把洗好的黄花菜，让肉汤别有一番滋味。此生最好的记忆就是：倒肉汤的时候，土罐里发出"滋滋"的声响，一股肉香沁人心脾。

我喜欢吃糍粑，两块不在话下，但我女儿不喜欢，每次给她煮的糍粑，她都夹给我。近来这几年，女儿总是头天晚上就跟奶奶说："我不吃糍粑，明天早上给我煮面条。"

5

总觉得一个人喜欢什么，都是缘分，我喜欢吃糍粑，大概和我的生日有关。我出生在中秋节，但我们那儿却无吃月饼的习俗，差不多到高中才知道什么是月饼。作为重要节日的中秋，古往今来，天南海北，人们都是重视的。小时候重视中秋就是吃糍粑。中秋前已是秋收的季节，刚收割了稻谷，新米散发着馨香，包含着充足的水分和糖分，用这样的新米打出的糍粑，格外地香甜。再说，四十年前的乡村，能吃上一顿糍粑，何尝不算是一次盛宴。母亲常跟我说起一件事，我听了总觉得温馨。她说大约在我五岁的时候，那时爷爷不过五十岁,叔叔们都没有娶媳妇,一大家子在一起生活。中秋那一天,打了糍粑,一家人围在桌子旁欢快地过节,我站在矮凳上,趴在桌子上吃糍粑,一边陶醉,一边自言自语:"么过好(非常好),我过生(过生日),打糍粑。"一家人听了,都笑了。

母亲跟我说这事的时候,也笑了,笑我少不更事,天真烂漫,把和我并无相干的打糍粑习俗,非要说成是为了庆贺我的生日。我却陷入了沉思,我想,人生的很多快乐和幸福,是你自己的感觉,无须刻意去纠结。你快乐,大家都快乐,是最大的快乐。

时令过了小满,已经开始收割冬小麦了,要吃新麦做的发粑了,不再是吃糍粑的季节。我要上班,不能回去看望许久未见的父母。父亲打电话说,他们年纪大了,实在是种不了水田,准备把唯一的丘田的一大半做鱼塘,一小半种谷子。我说:"早就该不种了,用你请人插秧割谷花的钱能买到更多的粮食,种田太不划算了。"父亲说:"伢呀,没指望种田赚钱,农民嘛,不种田不像个样子。"挂了电话,我有点迷惘,好想吃一回父母亲手做的老糍粑……

想起家乡的老豆腐

1

记得在乡下，过年一定是要磨豆腐的，哪怕是几十年前，各家都很穷的时候。最穷的人家也要磨豆腐，形容穷就是"大过年的，穷得吃不起豆腐"。如果真的不磨豆腐，乡邻就会骂你"懒得要死，过年连豆腐也不磨"。磨不磨豆腐不是穷的标志，而是懒的标志。

年谚说"二十三，祭灶官；二十四，扫房子；二十五，磨豆腐"。作为"七零后"，有幸看到古老的石磨。磨豆腐得要两个人，一个人推磨子，一个人点豆子，推磨的把推杠悬在梁上，推拉之间，旋转着上层的磨盘，这转动的磨盘中间有个孔，洗净又浸得发胀的豆子和水一起倒入孔里，磨盘下就流出浓稠的白色浆液来，落入磨盘下的水桶里。据说这种石磨磨的豆浆，味道要比后来粉碎机打出的豆浆味道要好。时间久远，全塆里再也见不到一个石磨，自然也喝不上这石磨的豆浆，无法比较，但我想，工具不同，味道应该有差异。比如，我在城里买上好的米，用高科技的电饭煲煮出的饭，我吃一碗就足矣，但回到老家，母亲在土灶上做的锅巴饭我要吃三碗。妻子总笑我："哥，你吃的不是饭，是情怀。"

豆浆磨好了，满满的一桶。此时，各家的母亲开始忙乎了，扯着嗓子对着孩子喊："哎哟喂，把年澡洗了，我要趁这磨豆腐的热水把衣服洗了。"孩子们怕冷，不理不睬，母亲就怒目圆睁："不洗，等会儿就不准喝豆腐脑儿。"

一年之中，也只能在过年的时候喝一回豆腐脑儿，这一年的等待岂能错过？于是，孩子们都老实了，把水缸里的水用葫芦瓢舀进锅里，到灶旮旯里塞几把柴火把水烧热，再去搬澡盆、找衣服、乖乖地把澡洗了。穿了个把月的脏衣服堆了一地。

孩子们在洗澡的时候，母亲正忙着袋豆腐（过滤，使豆渣与豆浆分离）。先把晃杠系在梁上悬着的绳子上，四角系上沾了水的包袱布，包袱布下放好水缸大小的磨桶。用瓢把水桶里已经磨好的浓稠豆浆，倒进包袱里，上下左右晃动晃杠，让浓稠的浆液通过包袱布的过滤。那纯净的豆浆渗过包袱布，落在磨桶里，干干的豆渣就留在包袱里。这似乎比较简单，其实也是有技巧的，开始要快，倒桶里浆液的时候要加水，以便把豆渣里的豆浆都稀释出来，后来要慢，让包袱里的豆渣来回翻转，把豆浆过滤干净。

袋完了石磨里出来的豆浆（含豆渣），磨桶里是纯净的豆浆。这豆浆要过锅烧开后点卤水，才能成为豆腐。现在点豆腐的卤水是可以直接从商店里买到，但我小时候，点豆腐是用石膏水。还记得，母亲用两口大锅烧豆浆，边烧豆浆边准备石膏水。先把一块石膏放在灶里烧，烧热后用锤子锤成粉末，倒入泥钵子里，加一碗水，再用擀面杖的一头，在钵子里磨碎石膏粉，让它尽量地溶入水里。那时候，母亲很忙，一会儿在灶里把火，一会儿磨钵子里的石膏，母亲说："传明，莫光晓得玩，把火啦！"又说："把你爹找来，要点豆腐了。"

2

点豆腐是个技术活，全塆能点好豆腐的人不多，所以我爹在年前的这几天很忙，东家找西家找，在塆子里跑上跑下的。一是，石膏要磨好，溶于水的石膏要尽量多一些，不要都积在水底。记得那时，我妈很忙，灶上灶下的，不能集中精神磨石膏，再加上手上的力气有限，磨出的石膏水浓度不够，我爹来了就说："你这石膏水太清了，点不了豆腐。"说完，挽起袖子，来回快速地搅动擀面杖，把桌子弄得"吱嘎""吱嘎"地响。二是，热豆浆点下去，才能成豆腐，冷了凝结不了，成不了豆腐。有时，我爹忙着给别人家点豆腐，等他忙完了，来我家的时候，锅里的豆浆凉了，上面起了一层皮子，我爹说："起几张豆油，比豆腐好吃多了。"多年来我以为豆油就是腐竹，后来才知道，豆油比腐竹好吃得多，豆油很细腻，腐竹则糙得多。三是，点豆浆要慢动手，细观察。右手拿一把长柄瓢，伸到磨桶的底部，轻轻地搅动，让豆浆沿着磨桶边从下往上地翻动，左手则把磨好的石膏水慢慢倒入。一边倒，一边观察豆浆的凝结情况。有时候，石膏水还没倒完，磨桶里就凝结了，爷爷说："豆腐来了，豆腐来了，好豆腐。"

我爹点的豆腐非常好，老嫩恰到好处。我爹跟我说："石膏水点多了，容易老，豆腐硬邦邦的，口感不好，也显不出堆头。石膏水点少了，豆腐来得慢，豆腐不成块，容易垮；豆腐里含水多了，不好炸，也不好煎。"

点好了豆腐，我就急不可耐地拿着碗，要喝豆腐脑儿。我爹说："喝豆腐脑儿不如喝豆浆。"我不理他，自己拿瓢，从磨桶里舀一碗。我爹把豆腐匣子架在澡盆上，以便接住豆腐里的水，让我妈好洗衣服。在豆腐匣子里铺上打湿的包袱布，把磨桶里的豆腐脑儿都舀进匣子里，用包袱布包好，然后盖上木盖子，压一块大石头，以便水能沥得快一些，豆腐结合得紧一些，不容易散。

做好的豆腐，总会放在堂屋的大桌子上摊一下，过往的左邻右舍都会夸一句："好豆腐！"我妈则风风火火地在澡盆里搓衣服，回一句："他点的豆腐，冇（没有）得话说。"

3

以前的乡下，家家户户是农民，没有不种豆子的，豆腐来得容易，但是我觉得豆腐之所以是家家户户过年必备的菜肴，最主要的还是美味，它可以做成很多好吃的菜。来一碗肉汤，切一块鲜活的豆腐，煮开，就是好吃的菜。在如今城市的餐馆里，在大大小小的餐馆里吃过很多次"柴火豆腐"，完全没有小时候的味道。这个菜最好用新鲜豆腐，以前，乡下没有冰箱，豆腐放两天就发酸，所以这"柴火豆腐"不是想吃就可以吃的。更多的人家把豆腐做成两样：一样是炸豆腐；一样是煎豆腐。

以往的乡下，比较穷，如果说穷得吃不起盐有点夸张，吃不起油就是事实了。人们炒菜的时候用一个很小的汤匙舀一点油，打湿锅底。在这艰难中，家家户户都要炸豆腐，用炸油豆腐待客是一家的脸面。用自家菜地油菜籽榨的油，炸出的豆腐有一种田野的香味。把炸油豆腐和着肉丝一起炒，再给点汤，就成了名菜"家常豆腐"。多少年来，我每次回家，父亲总是要给我一大包炸油豆腐，我说："我吃不了那多。"父亲说："你有冰箱，要放多久放多久。"

其实，这炸油豆腐也是容易霉变的，所以一定要冷冻，不能冷藏。由于豆腐不易保存，煎豆腐是个好方法。煎豆腐是那么普及，以至在老家家家户户必备一种炊具，叫"豆腐铲"，它类似于锅铲，但它和锅铲有点不同，一是铲面小，和一块豆腐大小差不多；二是它没有凸起的边沿。煎豆腐要细心，一是灶里的火要小，灶膛里的火要匀称，一般是烧枞毛须儿；二是，切豆腐的时候，要注意手法，每块的厚薄要匀称，不然，煎的时候，有的糊了，有的还是白的；豆腐块不要切得太大，不然翻面的时候容易破。两面金黄的时候，就煎好了，煎好的豆腐盛起来的时候，要摊开。为了保存时间更长，可以撒点盐，腌一下。

小时候，我家的煎豆腐可以保存一个月。我从初中起就开始住校，吃得最多的豆制品自然是腐乳，但那时正月里带到学校吃的腌菜炒煎豆腐干，已经有好多年没有尝到了，今天想来，仍然流口水。在当时，我妈把煎好的豆腐干在簸箕里晒干，然后装在塑料袋里。吃的时候，用水泡软，然后放在锅里煮一下，再加咸菜一起炒。这腌菜炒豆腐干，便是我一周的拌饭菜。现在再说起这些生活，我妈总觉得有些内疚，我妈说："你现在个子不高，眼睛不好，就是当年咸菜吃多了。"但我从未这么想，常觉得，生活中的有些不幸，是事后强加的，幸福与否是比较得来的。当年我能吃着豆腐干已经是很幸福的了，有的同学带一瓶酱油，天天是酱油拌饭，也把初中读完了。古代文人苏轼曾说"回首向来萧瑟处，归去，也无风雨也无晴"，大概是最为实在的人生态度吧。

4

五月份，菜场里各种菜应有尽有，一进菜场，我就买了豆腐。父母做过的那些豆腐，虽然好吃，但有点"久在兰室，不闻其臭"，突然想起在重庆读书的时候，吃过的麻婆豆腐，很是觉得好吃。

在重庆读大学时，没进过大餐馆，但路边的大排档都是美食，永远忘不了西南大学（我读书时，叫西南师范大学）后街大排档的烧白、泰安鱼、锅巴肉片，更忘不了那些无数的火锅店，吃过的那些肚片、泥鳅、鳝鱼、鸭肠。说来好笑，印象最深的似乎还不是这些，是我大四实习时，吃过的重庆市第二十三中学的食堂，那里大师傅炒的菜很好吃，又不贵，大师傅给每位同学炒一个菜，放在一起，一大桌子，让人觉得天天是过年。我觉得那里的大师傅炒的麻婆豆腐很好吃，做法也简单，但是多年来，试做过多少次，也做不出那味道，百思不得其解，后来就再也没有尝试了。有一天，女儿点名要吃麻婆豆腐，我决定做一次，快熟的时候，突然发现少了上浆的生粉，打开冰箱仔细搜索，找到年前从老家带来的自家做的红苕淀粉，舀两汤匙，用凉水化开，倒在豆腐里。那红苕淀粉立刻凝结了，将豆腐和肉丝糊在一起。这道菜，让一向颇为挑剔的女儿也赞不绝口，觉得好吃。我也觉得味道很好，这虽然不同于正宗的川菜麻婆豆腐，但味道合适，不太麻，不太辣，又很鲜，很合我们湖北人的口味。

有一年过年，父母亲打来电话，我没敢问：过年磨豆腐没？心里想，父母要是来武汉了，我一定要给他们做一道，我自认为很好吃的麻婆豆腐。

第三辑

温馨暖境，沉醉我心

油灯微微亮，温情照四方

暑假回家小住几日，一天突然停电，我妈四处找寻蜡烛，我问："妈，我们家的油灯呢？未必（难道）一盏也没有。"我妈说："现在煤油都没有卖的，要油灯干什么？以前的那些灯早就丢了。"我们早已吃过了晚饭，在蜡烛的微光下，我无所事事，天气燥热，只好不停地翻动手机，但信号不好，数据连接不上。我有点坐立不安。我妈说："你早点睡吧，心静自然凉。要不，你明天就回武汉吧！"父母千盼万盼，希望我在家多住几天，可是她知道没有电灯的日子我过不了，只好违心地跟我说："早点回城。"我心里一阵酸楚。

我们塆子是 20 世纪 80 年代才通电的，之前家家户户点油灯。在我记忆中，我家用过的油灯很多，印象最为深刻的是挂在灶屋的提灯。它是从商店里买的，花了五毛钱，在当时已经是很贵的了。用铁皮焊接成一个小小的喷壶，有着长长的嘴，上面用铁丝做成一个用于悬挂的提手，就挂在灶屋从梁上悬下的铁丝上。挂得比较高，以便能把整个屋子都照亮，但是不能挂在饭桌正上方，因为它会投下自身的影子，正所谓"灯下黑"。

在这盏灯下，我妈把盖水缸的面板翻过来，用丝瓜瓤做的洗碗布擦干净，在面板上摊开泥巴钵子里揉好的面团，用擀面杖擀成匀称的薄皮儿，越薄越好，但不能弄破了，然后把它卷起，切成细丝，当然有的时候也切得比较宽——这就是在那时的乡下人人都会做的手擀面。我妈又要擀面，又要烧开水，忙不过来，她就喊我或妹妹："莫光记得玩啦，把点火呀！"此时，我和妹妹正拿着一根绳"翻托儿"（一个在绳套里，左右手指穿插，变换花形的游戏），一会儿翻成"网"，一会儿翻成"筷子"，一会儿翻成"马槽"，听妈妈喊，我

77

跟妹妹说："我去把火哈,你别动。"灶旮旯的柴火实在是不好,要么是麦草把子,要么是高粱秆子,用铁钳夹到灶里,灶里的火半天都不着,妹妹说："你快点。"我急忙用吹火筒,鼓起了腮帮子,使劲地吹了几下,就把火弄着了,又跑过去和妹妹"翻托儿"。此时,我父亲正在收拾他做木匠的那些斧头、锯子、刨子、锤子、凿子等,准备第二天一早去干活。

手擀面里放点苋菜或是放点韭菜,再放一大坨猪油,吃起来真是美味,要是还能搅两个鸡蛋,撒满锅,感觉就像过大年。有时候,手擀面里放的是豇豆,豇豆里的肉虫不易发现,吃的时候,挑出来,也没有丝毫的不适。在这昏黄的灯光下,做面吃面的温馨就像六月里的冰水,冬天里的炭火,爽快在心里。

可是现如今,吃完了饭,我在翻看着红色的曲线,计算着股票的涨跌,揣测着最难琢磨的人心,疲惫极了。孩子吃完了饭玩手机,我想到她最近的一次考试,成绩又退步了,心里毛躁,吼道："以后到工地去搬砖,累死你。"孩子只好不情不愿地回了房间,"砰"地把门关上,做她永远做不完的作业;妻子则开始淘宝了,看直播了,看世间最好看的衣服,看世间最好看的装扮。

其实,自制油灯很简单。找一个有铁盖子的玻璃瓶,洗干净,在铁盖上用铁钉钻个孔,用牙膏皮子的锡箔卷成一节小圆筒,插进孔里,再在孔里放一段棉绳,这就是一盏灯了。但是,那时候铁盖子的玻璃瓶并不好找,医院里的药瓶盖子多半是塑料的,用不了。我发现母亲装雪花膏的小白瓶子是铁盖子的,我跟母亲说："妈,香香用完了,把瓶子给我。"用雪花膏瓶子做的油灯白净、小巧,是我的最爱,但是它个头太小,装不了多少油,拿来应急还可以,日日用它,天天要倒油,麻烦。做灯最好的瓶子是装补自行车车胎胶水的那种铁盒子,大小合适,盖子盖得特别严实,不会漏油,但是,当时连自行车都很少,哪儿去找这种铁盒子呢?

我记得在油灯下,母亲做得最多的事情,就是纳鞋底、补衣服。千层底儿千针线,一针一线是娘心。不知道多少个日日夜夜,母亲是在油灯下度过的。最让我记忆深刻的,是母亲补衣服。小时候,我从不讲卫生,在地上爬,被石子、小树苑子扯坏了衣服;在树上爬,衣服被树枝钩扯着,扯破了衣服,弄掉了扣子；还有，那时我还小，经常流口水，口水很容易弄脏衣服。一件新做的衣服，三两天就破烂了。裁缝上午做成的一条裤子，我穿上新裤子去玩，下午回来已经破了。裁缝只好补好裤子才收工。母亲在油灯下，一针一线地缝补，从没有指责我，任我自由成长。

母亲在油灯下纳鞋底、缝补衣服的时候，我就和妹妹在床上玩耍。在我记忆中，我家的床上一年四季都铺着竹席子，从不撤掉，到现在我还记得冬天竹席子的冰凉。那时候，我和妹妹玩一种"拨火棍"的游戏，有好几种玩法，一种玩法就是把芭茅秆子掐成三寸长的小棍，聚在一起几十根，一手握着，向空中一抛，用手背去接，把接好的小棍再向空中一抛，用手的正面去接。若是一根都没接着，你就输了，换下一家。另一种玩法就是只接一根小棍，用它把散在地上的小棍一根根拨动，但不能绊动其他的小棍，其他的动了，你就输了，换下一家。还有接两根的玩法，你就得用拿筷子的方式去夹地上的小棍，不能绊动其他的小棍，夹掉了或绊动了其他的小棍，你就输了，换下一家；接三根，叫"挑柴"，把三根小棍叠成"工"字形，从中间小棍拿起，两头的两根小棍不能掉，掉了你就输了，换下一家；接四根，叫"舂碓"，把三根小棍叠成"A"字形，从横杆上再插一根小棍进去，压动尾部，头要能抬起，头抬不起或散架了，你就输了，换下一家；接五根，名为"晃桶"，在每个手指头下压一根小棍，做成一个水桶样，要晃动三下才算赢，散架了你就输了，换下一家。我们的小手的背面接不住五根以上光洁的芭茅小棍，很多时候连一根都接不住。游戏结束时，谁的小棍多，谁就赢了。一场游戏下来，其实耗时不少，我和妹妹沉浸其中，感觉不到时光的流逝，有时非得等父母喊"要吹灯了，要吹灯了"，我们才睡觉，不知不觉中，我们在长大。

匡衡凿壁借光的故事从小就听过，在油灯之下读书，似乎是古人最温馨的记忆，我却经历得少，一来父母不识字，家里连一本黄历都没有，没有书看。偶尔有几毛钱，我也没有买图画书，多半是买了瓜子或火炮儿；二来小时候读书，只有《语文》《数学》两本，作业少，最主要的是我不用心，没有做作业的习惯，偶尔被父母逼得急了，也读读书，记得二年级的时候有一篇

79

一百多字的短文《赵一曼的碗》，我读了一晚上都没有读顺，还有好几个字不认得。我爷爷说："不是读书的料。"父亲说："小学读完了去学漆工。"父亲觉得漆工要比木工轻松得多。小学毕业的时候，我个子太单薄，父亲说："再读三年，长长个子，读完了跟我学木工。"父亲觉得跟他学木工，不求人，挺好。读书上大学，在当时是不可置信的事儿。

岳飞的母亲在灯下激励岳飞报效国家，还在岳飞的背上刺字"精忠报国"，我母亲是个农妇，也没读过什么书，自然没有这么高雅，但也给我讲过故事，那些故事从没听别人讲过。《梁山伯与祝英台》是个美丽的爱情故事，我母亲讲的则是它的别传，是个嫂子和小姑的故事。说的是嫂子故意刁难祝英台，说她不知礼节，要进学堂。祝英台进了学堂，嫂子又说，不出一年，祝英台一定会带个姑爷回来，并且打赌，在桃树下埋下一个铜钱，要是铜钱锈了，说明小姑子没有守身如玉，要是没锈，那是嫂子信口雌黄，污人清白。祝英台去了学堂后，嫂子天天在桃树下泼水，祝英台的母亲则天天把铜钱挖出来，把它擦干，看它锈了没。这故事实在是有趣，但我最关心的是铜钱锈了没。母亲告诉我，铜钱只是锈了一点点，因为书读完了，梁山伯还不知道祝英台是个女的，但是祝英台心里还是许了梁山伯，叫他早日来提亲。"我家有个妹妹，十七八。"

我油灯下读书的次数不多，实在没多少印象，但是我爷爷在油灯下给我父亲记账的事儿我却记忆深刻。

那时候，各家各户都很穷，平时根本就没有闲钱，要等年终的时候，各家各户互相结了账，卖了猪，甚至要借点贷款，才可能有点钱。过了小年，父亲才能去要账，所以，平时要把账目记清楚。也许，记账对我们来说，是件不值一提的事儿，可是对我父亲这个没有读过一天书，不会识字的人来说，是件难于上青天的事儿。我爷爷读过私塾，是大队的会计，还兼任乡村的信贷，但平时也很忙，所以父亲就得提前几天给爷爷打好招呼。记账那天，爷爷在细佬家吃了晚饭，早早地来我家等着，父亲收了工，吃了晚饭才能回。有时候，父亲回来时，伸手不见五指——乡村的夜特别黑。

记账之前，父亲拿出做工时人家给的两包烟，放在爷爷的面前，然后去找放在床头的长方形的账本。爷爷则拿出他的墨水笔，把账本接过来摊开，说道："上回写到八月三十，这回从九月初一写起。"父亲说："初一，在三苕家收（做）寿枋（棺材）……"爷爷说："叫什么名字，叫三苕的太多了。"父亲说："我也不晓得他叫什么，别人都叫他三苕，你就写章咀三苕吧。"父亲接着说："从初一到初三，做了三天，初四做了半天，下昼（下午）我回来挖芋头……"

父亲的账本挺有特色，一般人看不懂，但父亲却从来没有弄错。父亲说："你爹忙，一个月记一次账，为了防止忘记了，每过几天，睡前我就将一将……乡里乡亲的，扯皮的少，有不一致的，让人家想一下，万一和我记的不一致，就以人家的为准呗……"

爷爷帮父亲记完了账，父亲就拿着油灯，把爷爷送回到塆里的细佬家。黑夜里晃动的灯光，在无边的夜里显得特别微弱，但照亮了地上的路，哪怕是一块石头，一道小坎。

此时此刻，我用电脑记述着这些往事，头顶上有一盏明亮的LED吸顶灯，还开着六个射灯，明亮极了，但是远不及儿时那一盏油灯给我带来的温馨。也许是老了，爱回忆过去。也许是日子走得太快，灵魂没有跟上。

81

常忆旧年火，寒冬悠悠过

1

昨天还艳阳高照，今早上就气温骤降，从江边吹来的寒风，刀子般割脸，还直往衣服里钻。早晨起床实在不利索，我看着手机，能挨一分钟就挨一分钟，结果差点迟到了。女儿嚷道："你还没我起得早，再别说我磨磨蹭蹭的啊！"我有点尴尬地说道："你快点，又要罚站了！"严严实实地穿好衣服后，我一头扎进寒风里，天还没大亮，我开着电动车的大灯，一路小心地来到了学校。我刚停下电动车，女儿就着急地背着书包冲向教室，我嘀咕道："天真冷！"刚拔下钥匙，手机就"嘟嘟"地响了。

"明，好冷啦，莫把伢儿冷着了，多穿点衣服！"是母亲的声音。

"妈，文文上学在，教室里人多，不冷。倒是你跟伯（我把父亲叫伯）要注意保暖，现在可以烘火了。"

"我晓得，我整天不出门，是准备烧火烘——"母亲还没说完，站在一旁的父亲说，"骑车子骑慢点，戴个帽子，江边的风吹得冷。你给文文买件长衣服，保暖——"

"我晓得。你跟妈两个莫怕烧了柴，把火烧大些……"说着说着，我突然有点酸楚，很想回家去烘火。

罗田有句民谚："老米酒，苑子火，除了神仙就是我。"老家罗田骆驼坳，和浠水搭界，离长江不远，地势相对平坦，虽然是江北，但隆冬似乎来得迟些。

北部的天堂寨过了立冬就开始烤火了，而我们这里要到冬至才开始有烤火的人家。天堂寨立冬就开始烤火，除了海拔高、气温低以外，最主要的原因是他们靠山吃山，有柴烧。而我老家的山，都是小山包，我们要搞到烤火的柴，不容易。

小时候，用于烤火的柴，主要是树蔸子。我出生在20世纪70年代，那时山上没有大树，碗口粗的枞树已是大的，基本都是胳臂粗的小树。父亲告诉我："我小时候，后山树大的有晒芡（农家竹制用品，圆形，主要用来晒谷、晒麦子）那么大，笋羌（方言，笋筐）大的树满山都是。1959年大炼钢铁，都砍了，连塆中间那棵比晒芡还大的朴树都没放过，这朴树不晓得是哪位祖人栽的，我小时候常在树下遮雨……"所以，到后来封山育林，常常看到林业局的人到村前村后转悠，还派人来巡山，早晚打两遍锣，喊"封山育林，利国利民"。但不管怎样，要用到木头的时候还是得砍树，比如做房子，嫁姑娘打嫁妆，没有树是不行的，那时就要找大队批准，到林业局备案，按规定还是可以砍几棵树的。他们砍走了树，留下的树蔸子成了稀罕物，很多人都盯着，都要去挖。为了防止别人挖走，他们在树蔸上盖一层土，防止别人发现。

挖树蔸子，是个力气活，一般的人干不了。你想，那树蔸子的根深深地扎进土里，又多又紧实，主根有胳膊大小，你想将其连根拔起，根本不可能。先围着树蔸子，挖一圈，将树蔸子露出一大截，将旁根用镐头挖断，再深挖二三十公分，只剩下最大的主根，从左右两个方向用力挖，各挖出楔形的口子，中间只剩下一个薄片相连，最后用力一摇，蔸子就起来了。挖完后人们看着这树蔸子，很是踌躇满志，就像干成了一件大事。的确，挖树蔸子不容易，一是得用很重的镐头，没点力气的人举不起，所以我从没见过女人挖树蔸子；二是挖树蔸子，特别累，要出很多汗，哪怕是寒风直吹的冬日，也会热得让你脱得只剩秋衣；三是挖出来的树蔸子，湿漉漉的，少说也有几十斤，又有树根突兀着，是扛不上肩的。所以，当塆子里的爷们扛着树蔸子（要把树蔸子拿回，通常的方式，就是把镐头挖进树蔸子里，卡紧，然后借助镐头的长柄扛回家），经过田埂回家的时候，很多人都站在家门口张望，说道："真勤快，他家过年又有大火烘！"

我父亲是个木匠，总是年头忙到年尾，我没见过他去挖树蔸子，但每到过年的时候，他总能从套屋的楼板上翻出一两个树蔸子来，常常让我惊奇。那时候，要是在过年的时候，不能烧起蔸子火，是会让塆里人鄙视的。

树蔸子很珍贵，但落雪的日子里，还是要烤火的，能用来烤火的，有晒干的板栗苞、枞球儿（松球）。中秋节前，把栗子卖了，布满尖刺的栗子苞则摊放在门前的坪上晒干，然后堆放在屋檐下，要烧的时候，就用戳瓢铲到火塘里。栗子苞烧不了大火，但挺耐烧，还有一股淡淡的坚果味和植物的独特气味。就是烟有点大。枞球则比板栗苞要好烧得多。枞树是南方山里最多的马尾松，上面结了无数松果，待到秋天，那些松果都干枯了，上面的鳞片都炸开了，是极好烧的枞球，不仅能烧起很大的明火，还有一股松香。我很小的时候，背个小箩筐，跟着在山上薅柴（用笆子在灌木间扒柴）的母亲，在灌木间捡枞球，母亲总是不停地夸我："明，好乖呀，能帮妈妈捡柴火！"

后来，我在城里安家了，没有烤火的地方，太冷的时候，多穿点衣服也能挨过去。回老家，我们似乎突然之间对柴火燃起的烟有点受不了，妻子说："烟大，飞起的灰尘弄得身上脏死了。"于是，父亲买回了栗炭。栗炭是烤火的佳品，白居易的那首《卖炭翁》给栗炭作了最好的宣传。栗炭火，没有烟，不扬灰尘，火旺又耐烧，最大的缺点就是贵，2000年的时候，一百斤栗炭就要几十块，一般人家是烧不起的。父亲买的一百斤栗炭，我记得烧了好几年，因为只有我们回家的那几天，他才舍得拿出来烧，平时他把栗炭藏在二楼的杂物间。

这几年，我突然发现家家户户的屋檐下，或者柴屋里都堆满了片柴。片柴就是把山上的枞树砍掉，锯成一尺左右的圆筒，然后劈成四片，堆放在屋檐下，等到自然的风干的干柴。这样的片柴，火大，烟小，以前，谁家要是烧这样的片柴，就是大富大贵。我问父亲："你们都把山上的树砍了作柴烧，林业局不管？"父亲说："林业局早就不管了。以前之所以管得紧，那是因为很多人要砍树。现在做房子是楼房，用钢筋水泥，又不用木头，连门窗都是买的铝合金。嫁女儿的嫁妆早就是在家具店里买，用不上木头？所以只要不砍别人家的自留山，就没人管！"看到家门前檐下靠着墙根的两码（堆）片柴，柴屋里的墙边还有几码，想起年过七旬的父母，我说："我家的自留山在钓鱼咀（离家有两里路），把这些柴搬回来累死人，够烧就行，何必搞这多？"母亲说："你伯老了，搬不动，他把一棵树锯成四五节，一筒筒地搬，回来累得喘不过气来。我在山路上空手也会摔着，帮不上他。人老了，伤心，过冇（那么没有）得用！"母亲的感慨，让我心酸不已，父亲说："你们过年回来烧大火，不怕没柴烧！"

2

20世纪80年代，家家户户都是土砖屋，盖的是一片片的青瓦，烘火的烟是可以从瓦缝间排走的，在家里烘火不是太熏人。故而，大部分人家就在灶屋的墙边，拿几块砖围个火塘，一家人围坐烘火。所以，那个年代，很多人家都有一面墙黑黢黢的——那是烟熏的。有的房子太老，多年的烟熏火燎，以致屋子里光线极差，哪怕是夏日里屋外艳阳高照，屋里还是暗淡无光。我家婆家就是这样的房子，那是间老房子，套里有个天井凼，过了天井凼，就进了灶屋。家婆家的灶屋特别大，一边是灶、水缸、碗柜，一边是饭桌，饭桌旁边的墙角就是火塘，我小时候就常偎依在母亲身边烘火，瞅着在灶边忙上忙下的家婆。大概是多年烘火的原因，家婆家的房子墙壁黢黑，光线极差，即使夏日进屋，眼前也是一片漆黑，过了好久才能借助屋内阴暗的光，看清墙上挂着的草帽。我想，这是由于多年的烟熏火燎，把瓦片也熏黑了，透不进光，才使得屋内如此昏暗。今年春节，我去了多年没去的家婆（方言，外婆）家，家婆家公早就不在人世了，舅舅也搬到县城里去了，老屋的地基上长着两畦青菜，我心里酸酸的，忽然就想起当年偎依在母亲身边烘火的温暖。

也有很多人家很讲究，专门用一个房间来烘火，免得烟雾满屋都是。这间专门用来烘火的房间，一般不大，便于保暖。在两米高的墙上横着几排杠子，挂着腊鱼腊肉，下面生火，起到熏制的作用，所以这肉和鱼就有一种烟熏的味道，别有风味。在屋顶的桁条上悬挂一个滑杆，滑竿是一根不长的竹竿和带弯钩的树干组成，可升可降，便于挂锅、挂罐子、挂铫子。下边就是火塘。一家人在寒冷的日子里，就围着火塘过活。在我们老家骆驼坳，由于柴火紧张，所以烘火的天数有限，也不会从早烧到晚。我听母亲说，她嫁到天堂寨的细姨（我应当叫她姨奶）家，一到冬天就整天烘火，火塘里的火是从不熄的，一家人围着火塘其乐融融地过完整个冬日。早晨起来，男主把火塘里灰烬下的明火拨开，盖上枞毛须，吹着了，再加几块片柴。火烧旺了，女主在滑竿上挂上罐子，煮粥；粥煮得"咕哝"响的时候，给小孩子穿好衣服，大的放在椅子上坐着，小的放在架椅上坐着。此时，爷爷奶奶早就起来了，坐在椅子上，拿着铁钳，收拾着木柴，掏空火心，让火烧得旺，奶奶嘴里念叨："莫冷着伢儿了！"煮好了粥，端一碗咸菜、一碟儿腐乳、一碗青菜放在火塘边的砖上，暖暖和和地吃着热粥、热菜，身上热烘烘的，红彤彤的火苗映着他们红通通的脸庞，完全没有屋外数九寒天的冷意。

在我记忆中，我家烧蔸子火的时候不多，多半是围着踏盆（火盆）烘火。这踏盆可以搬来搬去的，早晨冷的时候，就在灶屋里烘；来人客的时候，搬到套里（堂屋）烘；晚上睡觉之前，就搬到房间里烘，脚手烘热了，钻进被窝里，一晚上都不冷。但我最怀念的，还是多年前大年三十晚上在灶屋墙角边烧的蔸子火。民谚说：三十的火，十五的灯。意思是说大年三十晚上要把柴火烧得旺旺的，来年才能家运旺，发旺财；要是火烧不大，甚至烧熄了，那是个极坏的兆头。所以过年时，父母在灶上准备年货，孩子在屋外放爆竹，火塘边即使没坐一个人，父亲也会把火烧得旺旺的，火苗把墙壁映得通红。我家族里做木匠的人很多，且不说爷爷兄弟四个都做过木匠，单说父亲堂兄弟十一个，也有一半是做木匠的，由于父亲是大师傅，自己带两个徒弟不算，还经常带着堂弟们做事，所以每到大年三十的时候，这些弟弟（我的叔叔）都聚在我家来盘账，好多人都围坐在火塘边，是我记忆中又热闹又温馨的时候。大年三十晚上，吃完了饭，父亲就催促母亲："赶快洗碗，一哈儿（一会儿）弟兄伙的都要来盘账。"母亲赶快收碗，父亲则把早已抱来一些片柴（那时的片柴，多是做房子剩下的烂木头）放在旁边。正说着，兄弟们就前前后后地来了，说道："烧个大火，明年要发大财。"父亲说："就是要发财呀。"母亲则拿着茶盅，一个一个地泡茶，端上一米筛瓜子、花生、芋头果儿，放在火塘边的饭桌上。此时，父亲则从房间的枕头底下拿出一个账本，是有一个封皮的小本子，那是在大队里当会计的爷爷给他的。父亲的账一般人是看不懂的，对旁人来说，就是天书，就像我们看不懂医生的处方。单说那账上写的名字，你就看不懂，很多名字是"三苕""二狗""毛头"，这些名字还都有重复的。我懂事时，就开始质疑他的账本，还嗔怪给他写账的爷爷，我对父亲说："你上面有几个三苕，谁是谁，哪搞得清楚。"父亲说："我也晓不得他的大名呢——你又不懂，瞎操心，我几十年就是这么写的，冇见到（没有见到）哪个扯皮。"兄弟们的盘账一般是很快的，因为他们在家里早就盘算好了，只要总数对得上就可以了，然后父亲就给钱。父亲给完了钱，兄弟们装好，起身走了，出门前，张开手，在火上烘两把，说道："我还有两个人家的账，还冇算清楚，过了今晚上，又要等一年，走了哦。"

后来，父亲老了，父亲的那些兄弟们也老了，还在做木匠的只有两个，早就不算账了，所以那些年的大年三十，再也没有人到我家来盘账了，我和父亲呆坐着，烘着踏盆里的火，静悄悄的。我常常忆起，那些年，树蔸子的火苗映红着每个人的脸，屋子里的欢声笑语……

3

罗田有名的美食"吊锅"，便是和这冬天的烤火紧紧相连。现如今的吊锅红遍大江南北，食材也丰富多样，但我记忆中的农家吊锅却没有那么丰盛。那时物资紧张，杀一头年猪，多半的肉都要卖掉，挂在火塘上的腊肉就那么几条，要在过年或来了客人时，才煮一块。平时的吊锅里，多半是青菜或萝卜，偶尔拿一升黄豆到镇上去换两块豆腐，就是享受了。所以，我常常渴望家里来客人，可以吃腊肉。

　　我家吃吊锅是在我很小的时候，那时一大家子，我的两个叔叔还没有成家，住在湾子中间的老屋，也是光线暗淡的房子里。后来，他们做了新屋，家里的火塘上没有滑杆，自然没有吊锅、吊罐。不过，有类似吊锅的火锅。在踏盆上放一个带圆圈的铁架子，锅就架在踏盆上，边烘火边吃饭。这火锅里放两碗腊肉汤打底，把煮烂的腊肉倒一碗，煮得热气腾腾，然后下农家豆腐。豆腐分炸豆腐和煎豆腐，这似乎是家家户户必备的菜肴，又好吃，又倍儿有面子。蛋丝也是必备的，做法简单，就是把鸡蛋和面粉和在一起，在锅里烙成薄薄的面皮，等冷却后，切成丝，在汤里一捞就可以吃。有的年份，还有榨鱼，就是把鱼剁成块，拌上姜、蒜，特别是要多放辣椒粉，撒上盐，压紧实密封在陶罐里腌制。吃火锅时，把榨鱼盛一碗，下到锅里，吃起来，别有风味。我在火塘边吃过的最好的菜，是尿泡（猪膀胱）豆腐。我不记得是在哪家吃过，但我知道尿泡豆腐的做法有点复杂，是少数人家才有的好菜。在制（宰杀）年猪的时候，把新鲜的猪血同新鲜的豆腐拌在一起，调好料，然后灌进猪尿泡里，挂在火塘上的横杠上，经过多日的烟熏火燎，熏干水分，就做好了，吃起来有一种特别的风味。

　　如今过了几十年，我在梦里常常围着火盆吃火锅，听我爹和亲戚讲过去的故事。因为每次围着火塘或火盆烘火，我总是紧挨着我爹，他不时把我的小手握一握。我听着故事，惊讶不已，瞅着火塘里一明一暗的火苗，看着火锅里翻滚的豆腐。

　　其实，在火塘或踏盆上架锅吃饭的次数并不多，更多的时候是把踏盆的明火去掉，只剩下些木炭，然后将其塞到桌子底下，一边吃饭，一边烘火，还可以暖酒。这样做没什么稀奇，只不过是暖和些。小时候,烘兜子火的时候，一般都临近过年，杀了年猪，可以煨上土罐汤。土罐汤应当是我们乡下饮食的代表，在城里长大的妻子总说："你们那里的土罐汤还可以。"老家的习俗，正月初一早上，一定要喝土罐汤，吃糍粑，所以大年三十的晚上，家家户户的火塘边，一定都会煨着两罐土罐汤。我家的土罐汤通常是两样，一罐猪肉汤，一罐鸡汤或猪肚汤。这猪肉汤（或猪肚汤）的做法简单，一定要用本地的农家猪肉，猪厂里吃饲料的猪，做不出纯正的味道，把新鲜的黑猪肉（或猪肚）洗净、焯水，起锅后切成小块，再倒进锅里加水煮开，倒进陈年的土罐里，放到火塘边煨就可以了。鸡汤的做法也差不多，焯好水的鸡块，要和着肥肉炒一炒，再倒进土罐里煨就可以了。但在火塘里煨瓦罐汤，一定要注意，煮开后，要离大火远一点，否则要不了多久就把汤汁煨干了，会有煳味的。小时候，我家煨汤一般都要夜深的时候，父亲说："兄弟们来盘账，要烧大火，这瓦罐汤禁不起大火烧。等迟一些，蔸子烧得差不多，剩下的多是炭火，正好煨汤。"小时候，对过年有一种特别的喜悦，深怕在我睡梦中，年就走了，所以除夕的晚上我很能熬，一边烘着火，一边嗑着瓜子，闻着满屋的肉香。有时候，母亲和妹妹早就睡了，我还要熬着。火塘里暖暖的火，照着我们父子俩，一股股的热气蹿上身，全没有夜的寒气，父亲拿着铁钳，偶尔戳几下烧了大半的树蔸子，或添一块片柴，让火大一些。到了十点多，我实在熬不住，就靠在椅子上睡着了，也不知是什么时候，父亲把我抱到床上去。

4

这些年，我回老家，再也没有烘过蔸子火，因为家家户户都做了小洋楼，在家里生火肯定不行，烟子出不去，会熏得鼻涕眼泪流。再说，各家各户很讲究，地上铺了瓷砖，有的人家还有木地板，墙上刷了乳胶漆，白白净净的，哪能让火苗熏黑呢。确实冷，要烘火，一般是烧栗炭，或者电烤炉，干净、卫生，挺好。家家户户屋檐堆放的片柴，是供一种特殊的炉子来当燃料的。它是铁做的，形状像城里餐馆里摆放的火锅桌，不过下面是个灶膛，用来烧木柴，旁边有一个烟囱通到屋外。这种炉子优点很多，我觉得很不错，它是铁做的，只要木柴燃烧起来，整个屋子就暖和了，很有点暖气片的功用。因为炉子是封闭的，又有烟囱通到屋外，所以屋里干净卫生，不熏人，多好啊。炉子上是一个带灶台的圆桌，桌面上放盘子，放碗筷，灶台上煮火锅，放铫子烧开水，实在很方便。唯一的缺点就是桌面温度高，要小心，别烫着。但是，千好万好，我还是忘不了小时候的蔸子火。

时常，我嘀咕着"老米酒，蔸子火，除了神仙就是我"，忽然就有一种想回家的冲动。回到家，烧一回蔸子火，屋内不方便，就在屋外烧，也挺好！

鞋行千里远，长忆故乡情

1

作为一个大男人，我穿 37 码的鞋，这让我很有点尴尬。

一是，我不知道穿什么样的鞋好。买皮鞋吧，我走过很多商场，看过很多专柜，了解过很多牌子，一般的品牌是没有 37 码的。我跟服务员说："有37 码的皮鞋吗？"服务员似笑非笑地说："我们这儿是买成人皮鞋，不是童鞋专柜。"我立刻红了脸，啥也不敢说了，匆匆地逃遁。所以逛皮鞋专柜的时候，我仔细地寻找，绝不说出自己的想法，服务员站在我身后，三番四次地说："你要什么样的皮鞋，我给你介绍，我们这儿样式很多，码子很全的！"我还是不做声，也不看她，临走的时候，指着一款样式还行的鞋说："把最小的码子给我拿一双试试。"一上脚，39 码，成了拖鞋，我讪讪地说："不合脚。"有一次逛红蜻蜓专柜，居然发现了 37 码的皮鞋，如获至宝，尽管那样式不好看，但我决定一次买两双，服务员说："这种小码鞋，要定制，你登个记吧，这鞋是别人定制的。"我颇为失落，从此以后，我很少穿皮鞋，在正式的场合，比如讲公开课，我就穿那种带鞋带的皮鞋，显得很老土。一年四季，我穿运动鞋，因为成人男子运动鞋的最小码子尽管也是 38 码，但是运动鞋都是有鞋带的，我可以把鞋带绑紧，大一点也没关系，更主要的是，有那种男女同款的运动鞋，实际上是不分男女的，所以我就可以买女人穿的小码，也不觉得难为情，怕的是穿到学校上班，和学校的女同事，甚至和班上的女生"撞鞋"了，那会让我难堪得要死。

　　二是，常常穿着冒牌鞋，我总是遭人取笑。我从小就对衣着不上心，能保暖就可以了，所以老婆总说："你走到哪儿都是个农民。"老婆给我买的衣服，我总觉得有点怪怪的，穿着浑身不舒服，所以更多时候，我自己买衣服。对于鞋，一上脚，觉得还行就买了，记得有一个名牌叫"361"，我却买了一双牌子叫"316"的鞋，在校园里走来走去。有同事用怪怪的眼光看着我，我问："怎么啦？""你这鞋挺有意思啊，只听说有'361'，还没听说有'316'。"其实，听同事这么说，我有点不坦然，于是，也开始留意品牌了，准备买一双"李宁"牌的运动鞋，但听说一双要五百多，我就直咋舌。我想到五百块钱给父亲可以买一拖拉机粮食，心里就很不平静。后来打听到特价商店可以打三折，心理平衡了许多。女儿长大了，有了品牌意识，希望买一双"阿迪达斯"的运动鞋，居然要一千多块，我虽然不舍，但还是给她买了，我对她说："这种鞋我穿在脚上，都不知怎么走路。"

　　三是，大概总是穿着不合脚的鞋，遇到雨天或是泥泞路面，总是弄得一身泥，搞得一身脏兮兮的，难受。小时候，玩着泥巴长大，没觉得一身泥有什么不对，大人笑着说："糊得像个泥巴狗儿样的。"全没觉得是批评。后来长大了，父母说："长大了，要爱干净。"才隐隐觉得爱干净是美德。后来，进了城，衣服穿得脏兮兮，别人是要鄙视的，由于受不了别人的鄙视，我比以前更在意一身干净的衣服。可是，雨天总免不了一身的泥泞，这让我苦恼。于是，我在商店里买一双黑色塑料的雨鞋，可是走在校园里，同事们总嘲笑："像个插秧的。"我心里想，你见过插秧没有？插秧的人全打赤脚。

2

　　我从小就和千千万万个乡村小孩一样，整个夏天都打着赤脚，现在想来，有点后怕。那时的乡下塆子里都是泥巴路，泥巴路上布满了棱角分明的石子，还有碎玻璃、陶瓷的碎片、瓦片，还有散落的荆棘，我健步如飞，有时候还撒腿狂奔，居然没有磕出血来，真是奇迹。还有，我家对面是 318 国道（现在有了武英高速，对面的公路改成了县道），在 20 世纪 70 年代就铺了柏油，是沥青路面，但那时的工艺差，和今天的柏油路不一样。一是铺路的石子儿个儿大，和我们那儿大个的板栗差不多，铺得特别不平整，石子之间凸凹不平，人走在上面，磕磕绊绊。但我走在上面居然全无感觉；二是铺路沥青的质量非常差，有的地方沥青没有散开，冬天还好，要是夏天正午的时候，沥青融化了，你走上去，不仅烫，还黏脚，要费好大的劲，才提得起脚板，脚底还会黏上一层沥青，刮不下来。那时的我，竟然在日头最大的时候，赤膊赤脚，举着绑着塑料袋的竹竿，走在这滚烫的沥青里，在高大的道旁树上捕蝉，居然没有中暑，简直是个奇迹。后来我进了大学，参加了工作，也曾在暑假里，偶尔也光着脚板，踩在沥青路面上，居然直不起腰杆，更不用说迈步。在路边池塘里洗衣服的婶娘笑着说："你是当先生的，打不了赤脚。"我只能尴尬地笑一笑，赶紧穿上鞋。

在乡下，老老少少打赤脚的多，但是，教书的先生是不可以随便打赤脚的，因为先生要文质彬彬的，这是我从小就知道的。我家附近的镇上有一所中学，那儿的年轻老师，都是师范毕业的，吃的是国家饭，不用下田插秧，所以总穿着鞋，衣服干干净净，显得神清气爽，与众不同，成为乡民羡慕的对象。父母总是对赤脚在田里插秧的孩子们说："好好读书，考上了大学，你也可以穿着丝光袜，不用露着个烂脚管子，在烂泥巴田里插秧。"很多的农村孩子，正是受了这样的刺激而努力读书的。1992 年的那个夏天，我正打着赤脚，在汗蒸一般的田里插秧，叔叔从学校里回来，告诉我考上大学了，我立马从泥巴里抽起脚杆，从秧田里浇几把浊水，打着光脚板跑回了家，穿双拖鞋，骑着自行车到学校里拿分数。从此，我再也没有下过秧田了。后来，好多次看着年迈的父母打着赤脚，佝偻着身体，在秧田里插秧，我实在不好意思，穿着丝光袜，在田埂上游手好闲。我把袜子脱了，把白皙的脚杆伸到铅灰色的泥巴里，可是站都站不稳，脚底被石子硌得生疼，根本动不了脚，一用劲，一个趔趄，虽然没有摔倒，但双手已插到泥巴里了。母亲说："你是当先生的，插不了秧，你上去吧！"我深感惭愧，只那么几年没打赤脚，居然在泥巴田里，连路都不会走了。

3

打赤脚主要在夏天，到了深秋季节，鞋还是要穿的。那时的乡下，几乎所有的鞋，都是千层底儿，都是女人们一针一线缝起来的。所有的农村女子，一辈子都离不开做鞋。我奶奶不到四十岁就撒手人寰，留下丈夫和三男一女四个子女，姑姑老大，奶奶走的那年，姑姑十二岁，得开始照顾父亲和三个弟弟，上灶做饭一日三餐不说，一家人的鞋都得她做。做鞋最难的莫过于纳鞋底，难在那几分厚的鞋底，能把带棉索儿（比较粗的棉线）的针穿过去，得要手劲，稍不注意，就会刺破手指头，弄得鲜血淋漓，所以，得辅以工具，在中指上套上顶针，纳鞋底的时候，顶着针尾，用力顶，好不容易针尖被顶出了半截儿，用大拇指和食指捏住针，没点手劲，根本就抽不动，又得辅以工具，用针钳夹住，用力拉，把一段棉索儿全部拉出来，还得用一把力，把棉索儿勒紧，否则，鞋穿上脚，很容易就磨断了线。我难以想象，十二岁，个子又小又瘦弱的姑姑，是如何纳鞋底的，她抽得动那长长的棉索儿吗？我听父亲说："你大爷（我们那儿把姑姑、婶娘叫爷）纳出的鞋底，针脚不匀称，不好看，你爹就把粘好的鞋底用钢笔打上小点，让她照着小点进针。"我想，不是她纳不匀称，而是力气太小，用尽了浑身的气力，使出了各种招式才抽出了棉索儿，能匀称吗？这大概和我十岁的时候，挑一担水，摇摇晃晃，洒得一路都是一样，你还指望我和大人一样，平平稳稳，桶里的水不涌不荡？那办不到！

女子二十岁前后，到了出嫁的年龄，最大的准备，就是做鞋。记得小时候，出嫁的女子要给男方所有的长辈及兄弟姊妹们都做双鞋，还包括并无血缘关系的干爹干妈，学艺的师傅，甚至关系要好的朋友，做成的鞋会堆满两簸箕，放在睡柜里，成为一件嫁妆。到结婚那一天，那些参加婚礼的亲朋好友回家的时候，都要拿着贴红纸的鞋回去，到过年的时候，会给新娘一个红包，以示感谢。以前的人和现在的不一样，父辈和同辈的兄弟姐妹多，做四五十双鞋的新娘多得很，所以女孩子出嫁，任务重大，要早作准备，否则，出嫁前做不完这么多鞋，就成了笑话。女子过了 15 岁，有空就要纳鞋底了，一年要纳很多双，把这些鞋底都存放在自己的柜子里，你要是贪玩，母亲会毫不客气地大骂："懒婆娘，到时嫁不了人，成了老姑娘。"其实，不管你多努力，出嫁前你也纳不了那么多鞋底，所以母亲、姊妹们都会来帮忙。来帮忙的姊妹们多，说明你人际关系好，大家都喜欢你。有一次，母亲告诉我："我出嫁的时候，我伊（母亲）帮我做了一双花鞋。"母亲说的"花鞋"指的是绣花鞋，这鞋是专为我的曾大大做的。母亲在 1971 年嫁给父亲的时候，曾大大七十多岁了，是缠过脚的小脚女人，有着"三寸金莲"的小脚，母亲做不了适合"三寸金莲"的小鞋，而我家婆会做，家婆是地主家的女儿，从小就擅长女红。母亲告诉我："那双绣花鞋，漂亮得很，你曾大大喜欢得不得了。"

4

记得我家原来有一口樟木箱子，里面放的多是母亲纳过的鞋底，一把把的棉索儿，也有鞋垫，还有一堆小孩子穿的布鞋，花花绿绿，鞋面总是红红绿绿的，必有一个带扣子的鞋带。这些鞋和大人穿的鞋不一样，大码的长不过三寸，小码的一寸多，只放得下成人的一个大拇指。我奇怪地问母亲："我和妹妹都这么大了，你还把这些细伢穿的鞋留着搞么事？"母亲说："这些鞋，是你和你老妹满月和过周岁时，亲戚朋友和塆里的婶娘们送的，他们家孩子满月和过周岁，我再送出去，礼尚往来。"1980 年以前，孩子满月时要办满月酒，办酒时，女子娘家要为外孙置办几件家业（用具），一是摇窝，二是架椅，三是小孩的被子衣服等。衣服中最重要的是鞋子，一大堆鞋子中一定要有一双虎头鞋，用布头做个老虎头，缝在鞋面上，栩栩如生，特别是虎嘴边上的三对胡须和额头上的"王"字。由于那时的农村穷，亲戚们在这满月礼上送来的东西，除了鸡蛋米面外，还必送一到两双小孩子穿的鞋，算是对小孩子最好的祝福。吃酒席时,塆子里的婶娘会过来凑热闹,也会给小孩子送一双小鞋,嘴里念叨:"祝细伢冇(没有)病冇疼,一长一大的。"主人家赶快上茶敬烟,临走时,再给两个点红的花粑作为回礼。因为满月酒和周岁收的鞋实在太多,鞋又那么小,孩子又长得快,所以根本穿不完。这些没有穿过的鞋子,多用来还人情,送来送去。

送鞋是农村人真挚情感的表达。我父亲是个木匠,一生带了二十多个徒弟,每年腊月里,会收到好几双徒弟辞年的鞋。所谓辞年,就是年前给一些重要的亲戚送礼,一般是糍粑和肉,几斤油面。但是,我父亲是师傅,传给徒弟手艺,所以按照当地"爱子重先生"的习俗,辞年的礼物要显得更隆重一些,礼物会加两双鞋,我父亲一双,我妈一双。我妈是师娘,很重要,要管徒弟浆洗吃喝的。这习俗,到了1990年还有,但那时候,送千层底鞋的人家很少,因为那年头大家都不穿手工鞋,送的鞋,多半是买的,记得我父亲有个叫张伟的徒弟,出师好几年,还来给父亲辞年。有一年,他给父亲送的鞋是两双长筒雨鞋。父亲说:"他们一家都在福建鞋厂打工,这鞋质量好,特意从福建带回的。"如今这习俗有了很大的变化,父亲七十五了,不能礼尚往来,所以大部分的徒弟都没有来往了。也有几个徒弟每年还是会来给父亲辞年,送的礼物是两瓶酒一条烟,父亲高兴得不得了,说道:"这些徒弟真重礼性。"

5

我从小就知道,做鞋是非常辛苦的。记得我小时候,非常黏母亲,可是母亲每天晚上都要在油灯下纳鞋底。半夜,我从睡梦中醒来,她还在纳鞋底。母亲有一次对我说:"我的辛苦,你伯(我把父亲叫伯)一点儿都不晓得,有一次嫌我睡得晚,把我纳了一晚上的鞋底用斧头剁了。他不晓得这一屋人,全要指望我做鞋!"母亲说的一屋人,指的是父亲、我爹,还有二父、细佬,那时他们才十多岁,没有结婚。

做鞋辛苦,从"闭壳儿"开始。所谓"闭壳儿",指的是把一些破旧的衣服撕成片，用糊糊把他们黏成厚薄匀称的一大块，待干后，硬邦邦的，有点厚，像蛋壳儿一样。今天说来，似乎很轻巧，但在 20 世纪 70 年代并不容易，家家户户都很穷，破旧的衣服谁也舍不得扔，所以要收集一大堆旧布片不容易。"闭壳儿"的糊糊，不是麦粉做的，麦粉太金贵了，是把碎米舂成粉，在开水里搅成糊糊。待把洗净晒干的布片备好了，逢一个大晴的日子，先烧一锅开水把糊糊弄好，盛到盆子里备用，卸下一扇门板（那时的门，多由两扇门页对开，每扇门页边上都有一个轴，可以轻松地从门框上卸下来）横放在两个条凳上，用丝瓜瓤做成的刷子把糊糊在门页上刷一层，然后把布片平平整整地贴一层，再刷一层糊糊，再贴一层布片……一共要贴五层布片，这道工序就完成了。然后把贴好的布壳儿放到太阳底下暴晒，干透了，一下子就可以把布壳儿从门页上撕下来，存放在塑料布里防潮——做鞋的底料就准备好了。

做一双鞋底一般要打四层布壳儿，就算是四层布壳儿，还是显得单薄，为了加厚，更主要的是为了加强韧性，得在每层布壳儿之间加一些干枯的笋叶，所以每到春天的时候，竹园的笋子有两丈高，我就跟着母亲到竹园里捡笋叶。笋尖上的笋叶太脆，没有韧性不要，低处的笋叶早已被人捡走了，所以，母亲总是拿着柯刀（在竹篙子绑一把小镰刀），昂着头，把高处的笋叶剥下来，我把掉在地上的笋叶捡到提箩（竹制的长形的箩筐）里，拿回家晾干。晾干的笋叶除了做鞋外，还用来系秧把（系在一起的一把秧苗），那用钉子剖成一绺绺的笋叶丝比草蓑（纠在一起的一束草）系秧把强多了，软和，长短也合适。

鞋底做好了，鞋面要容易得多，鞋面一般是青布，也有黑色绒布，这些布一般是到商店里买，也有人用做衣服剩下的布头。做鞋一定要用里衬，里衬一般是白色的棉布，这白色的棉布可不是家家都有现成的，得到有织布机的人家去讨要。在那时的农村，有老大布（老大布指的是土大布，老百姓家纺的棉布）的人家很多，除了做被里子外，最重要的是作孝服，凡是家里有年纪大的人，务必准备一匹老大布，以防不时之需。所以塆子里死了人，母亲一定要带我去送葬，除了祭奠外，还有一个目的就是"戴的孝服可以做双鞋"。

6

前天，我在收捡鞋柜的时候，翻出一双布满灰尘的棉鞋。厚实的鞋底，厚实的鞋帮，可惜里衬破了，露出填充的棉花，但黑色绒布鞋面却很好，一点都没有破，只是脏了些。这双鞋是好多年前，母亲给我做的，当时我嫌不好看，穿不出门，还坚决不要，母亲说："冬天冷，你洗了脚后穿啦，很暖和的，我在鞋帮里和鞋底上都加了好厚一层棉，你起夜穿着一点都不冷。"听母亲这么说，我才拿到城里来，确实是在冬天洗了脚之后才穿一穿。由于这鞋是有鞋带的，穿的时候，要系上鞋带，不如拖鞋方面，所以穿得并不多。如今它破了，不是穿多了磨破的，而是洗脚后没把脚上的水擦干净，弄湿了鞋，鞋就烂掉了。看着这双露出棉絮的布鞋，我踌躇着是否把它丢掉，忽然想起七十多岁的母亲，她的双手由于帕金森综合征，颤抖得拿不了筷子，好几次还摔了碗，是不可能再给我做双鞋的，想到这里，我不禁模糊了眼睛，喉咙发哽。

我赶紧把鞋子弄干净，放到阳台上晒一晒。今年，我的脚突然疼痛得厉害，有时疼得不能走路，也许到了冬天，天气冷了会加重，正好穿上这双老棉鞋。

坐在春天的列车上，欣赏万紫千红的景

——记我们一起走过的春游

1

"日出江花红胜火，春来江水绿如蓝。"不用说，春天就是一年中最好的季节。可是，我却无福消受。每到春天，我要么鼻子堵塞，喷嚏连天，双眼肿胀；要么鼻涕长流，泪眼婆娑，头昏脑闷，吃遍各类感冒药也不见好，非要等到四月底落红遍地的时候，才能慢慢好转。近来才听好友说，这不是感冒，是过敏。过敏的源头，要么是漫天飞舞的梧桐树的绒毛，要么是随风传播的花粉，吃感冒药是好不了的，得吃抗过敏的药物。于是，我开始同吃感冒药泰诺和抗过敏药开瑞坦，虽略有好转，但要痊愈，还得等到春红落尽的春末夏初了。

尽管如此，我却没有错过一次春游，去年去的是蔡甸的九真山，我是一路打着喷嚏，流着眼泪，揩着鼻涕，"哭"着上山的，但这并没有妨碍它给我留下的那些美好的记忆，就像春天虽然细菌蔓延，疾病流行，但终究敌不过春光明媚，百花盛开。

那天早上，我上了大巴，坐在张老师的身边。在打着喷嚏，揩着鼻涕，流着眼泪的间隙，我给张老师读起了《门孔》，这是著名文化学者余秋雨为著名电影导演谢晋写的一篇纪念文章，文辞真挚，感人至深。

"……阿三还在的时候，谢晋对我说：'你看他的眉毛，稀稀落落，是整天扒在门孔上磨的。只要我出门，他就离不开门了，分分秒秒等我回来。'"

　　我读到这儿的时候，张老师评价说："这种父子情深，是一种天性，一种与生俱来的血亲……"

　　可惜，张老师退休了，少了一个可以"奇文共欣赏，疑义相与析"的对手。

　　张老师喜欢书法，冬练三九，夏练三伏。他的字里融合了颜体的厚实，欧体的圆融，别有一番味道。很多同事向他求墨宝，他都欣然应允，每一幅字，既追求字体美观，又求文字内容贴切。有"琴心剑胆"，有"惠风和畅"，有"天道酬勤"。他送给我的是"海纳百川"，我看后，很惭愧地说："你折杀我了，我能当一口长着杂草、开着野花的小池塘，就觉得此生没有虚度。"张老师说："我看你高谈孔孟，又阔论老庄，有时闲聊如来，又有点海纳百川的意思，我送你的字，主要是鼓励你努力学习读书……"

　　去年春游，除了和张老师阔谈的《孔门》，还有那道桃胶炒鸡蛋的菜肴，让我印象深刻。

　　老家的门口有一棵很大的桃树，是我爷爷年轻的时候栽的，等我有记忆的时候，已是亭亭如盖。但我从不知道春天的时候要把桃树砍出口子，冒出油来，夏天才能长出又多又大的桃子，只知道从节疤里冒出的黑油显得很脏，抹到手上，洗不净。当一盘桃胶炒鸡蛋端上桌的时候，我以为是木耳炒鸡蛋，但仔细看来不像，又以为是地衣炒鸡蛋，但却没有这么滑口，我惊讶地问："这菜是什么做的呀？"有人告诉我，这就是桃树油。我第一次知道桃树油可以炒鸡蛋，还可以美容，我赶紧打电话，叫老娘把家里的那一棵桃树砍几刀……

2

　　今年春游要去东坡赤壁，我很激动，因为这是我第一次春游去的地方。记得那是 1982 年的春天，一天早上，天气阴沉，我背着母亲给我煮的四个鸡蛋，揣着五毛钱，翻过两座山，到了学校。山村小学的操场上停着一辆敞篷的货车，大概是因为要拖人，所以加高了两旁的挡板。今天这种车还能看得到，多半是拉牲口的。我们是如何颠簸着去的黄州（还去了鄂州西山），在东坡赤壁看到了什么，大半没有印象，唯一记得的是在西山的山洞里，有很多的玻璃瓶里浸泡着的标本。那种惊奇是山里孩子从没有见识过的，所以一直记得。除此之外，还记得在回家的路上，下起了淅淅沥沥的雨，在敞篷车里站着的孩子们，裹紧了衣服，挤在一起。雨越下越大，顺着额头，蒙住了双眼，流到了嘴里。有好多孩子因此生病了，第二天没有来，但似乎没有人抱怨，那种兴奋和骄傲，绝对超过考试得了满分。

我之所以对这次春游念念不忘，其实最重要的不是装在瓶子里的标本，而是两块蛋糕。我第一次在鄂州西山，看到了那种松松软软的，用一张油纸裹着的黄色小蛋糕。蛋糕五分钱一个，很多同学都买了，我当然也买了。我觉得那是人间美味，那种惬意，后来从没感受过。回家路上，我们淋着雨，我看到邻村的同伴紧捂着湿漉漉的衣服，就奇怪地看着他。他解释说："我给我妈带了两块蛋糕。"我一听，觉得脸上热辣辣的，是的，我怎么就没想到给我妈买几块蛋糕呢？她也没吃过呀，我爸给了我五毛钱，我只用了两毛，还有三毛在荷包里。我常常为自己的迟钝感到羞愧，也许没有经过世事的孩子，总也长不大。后来，为了安慰自己的内心，我总是想方设法地让父母感到高兴。多年来，在父亲的生日里，我必定要回老家（母亲的生日是腊月，本来就是假日），四百余里地的赶赴，就是为了让自己少一份自责。

3

今天，我们又要去东坡赤壁，应该是多年后的一次还愿。我早早地吃了泰诺和开瑞坦，我不想"哭"着去给我带来美好回忆的地方。

这次坐着豪华大巴，宽敞、明亮、干净，和三十年前那辆敞篷货车相比，天上地下。可惜，张老师不在身边，没人和我一起读书。

第一次到东坡赤壁，我还是个懵懂无知的孩子，不闻"大江东去"，今天我再到东坡赤壁，已过不惑之年。"人世几回伤往事，山形依旧枕寒流。"我多少开始懂得了一点苏轼当年被贬黄州的落寞，也开始喜欢苏轼的旷达——

纸上抱怨天地不公，却踏踏实实地热爱自己的生活。

记得苏轼填词一首《临江仙》：

夜饮东坡醒复醉，归来仿佛三更。家童鼻息已雷鸣，敲门都不应，倚杖听江声。

长恨此身非我有，何时忘却营营。夜阑风静縠纹平，小舟从此逝，江海寄余生。

这首词第二天就传到对面鄂州太守的耳中，他可有监视苏东坡不得擅离黄州的职责，这把他吓得不轻，当他急忙划着小舟，越江追寻苏轼的时候，发觉苏东坡卧床未起，鼾声如雷，仍在酣睡。

也许是来自乡下的缘故，我从小就喜欢吃肥肉，特别是那种肥瘦相间的五花肉，过开水后油煎，白糖熬出红亮的糖色，用文火慢炖至入口即化，这方式类似东坡肉的做法。苏轼在《猪肉颂》里说："净洗铛，少著水，柴头罨烟焰不起。待他自熟莫催他，火候足时他自美。黄州好猪肉，价贱如泥土。贵者不肯吃，贫者不解煮，早晨起来打两碗，饱得自家君莫管。"据说，苏轼在这里所说的猪肉，是当地的土猪，在城里是没有的，还听说每一种地方美味，务必要用当地的水，就像全国各地都有兰州拉面，但正宗的兰州拉面只有在兰州吃得到。这一点，我曾经问过一位来自兰州的回民拉面师傅，他很肯定地告诉我："绝对是！"可是，春游的时候，菜肴丰富，独缺了这东坡肉，正觉得遗憾，有主事的人告诉我："东坡肉太油腻，很多身体有疾的人吃了不好……"我听后默然，深以为是，的确，没必要为了一时口舌之福，而让身体受千日之累。古人说"病从口入"是有道理的。忽然想起，《红楼梦》中的那句对联：身后有余忘缩手，眼前无路想回头。

4

今天天气真好，早上下了小雨，一扫空中飞舞的绒毛和花粉，我闭塞的鼻孔，一下子就畅通了，还闻到了花的香味；一早上有点热辣的眼睛，现在也一下子清新了。春光无限，顺着江边行走的时候，我忽然想起了古人和圣人，他们大概也是要春游的，《论语》里记载，曾皙说："暮春者，春服既成，冠者五六人，童子六七人，浴乎沂，风乎舞雩，咏而归。"孔子深以为是。如果说朱熹也算是圣人的话，他在《春日》写道"胜日寻芳泗水滨，无边光景一时新。等闲识得东风面，万紫千红总是春。"他去泗水边春游，肯定也是高兴得像个小姑娘，但我不喜欢他，《关雎》明明是一首追姑娘的诗，非要写成后妃之德，岂不是不解风情？不懂倒也罢了，明明是懂了，还要做作。我最喜欢的还是李白的那首《春夜宴从弟桃花园序》，他写道："夫天地者，万物之逆旅也；光阴者，百代之过客也。而浮生若梦，为欢几何？古人秉烛夜游，良有以也。况阳春召我以烟景，大块假我以文章。"是啊，人生短暂，来到世上只不过是寄居一时，为什么不在这最美的春天里感受最好的景色。

"人生天地间，忽如远行客。"有个故事讲得最好，说的是，旅行有两种态度：一种人背着箩筐，低着头，寻找地上最美的石子，然后把它拾到筐里，他边走边拾，石子越来越多，筐越来越重，最后没有到目的地，就累死在路边。另一种人，他轻装上阵，悠闲地看着远山，欣赏着潺潺的流水，他轻轻松松地到了目的地。也许，此时，他拿不出多少五彩的石子，但是他却能滔滔不绝地讲述这一路的美景……

第四辑

梦里故乡，魂牵梦绕

山野放牛

1

父亲告诉我，全垮只有两头牛了，一头是二伯家养的，一头是五叔家养的。二伯和五叔都是年过七旬的人了，不能像年轻人那样去外地打工，只能在冬耕或春播的时候，带着牛给人家翻翻地，赚点工钱。现在农村的牛那么少是有原因的，一是因为耕种的方式有变化。原来我们那儿种两季，有"双抢"的说法，指的是头季稻的抢收和二季稻的抢插，要抓节令时间，必须赶在8月1日前，把二季稻的秧插了。再加上山地难用机械耕种的现实情况，使得家家户户必须有头牛，否则，二季稻的抢插根本搞不了。但现在种两季的人家很少，以前地里多半是种麦子、豆类、芝麻，必须要用牛来翻耕，现在很多地都栽上了板栗，就不用翻耕了。二是没有精力去养牛。年轻人大多去了城里，哪有时间照顾牛啊。三是，近年农村机械耕种的大力推广，大部分农活无需用牛，租用农用小机械就可以了。

但是，多年前，打工的人少，大伙儿都窝在家里，农业机械用得又少，要填饱肚子，牛显得尤其重要，人们对牛的感情和对家人的感情是一样的。记得20世纪80年代，我家有过一头黄牛，这牛是与二父、细佬家共有的，轮流放养，每家一个月。那时，我爷爷还健在，六十多岁，和细佬一起过活，所以轮到细佬家，都是爷爷放养的。轮到我家的时候，这放牛就成了难事，我父亲是个木匠，每天都到别人家里做工，我母亲要照顾一家人的吃喝浆洗，还要做些田里的农活，所以大人就没有时间来专门放牛，所以我家放牛的事儿就交给妹妹了。由于家贫，妹妹小学还没毕业就辍学了，十多岁的小女孩就要放一头大黄牛了。小孩子放牛自然没有我爷爷那么细心，所以，我爷爷总是抱怨："牛到你家就瘦了，不能叫小孩放牛，她放不好的。"爷爷看着消瘦的牛，总是很心疼。

2

爷爷放牛和我放牛是完全不一样的。爷爷放牛喜欢牵着牛走在田埂上、地沟里，而我喜欢在山上放牛。

田埂上的草很肥美，有叶片厚实的白茅，在风中晃动的狗尾草、鸡爪草，还有肥美的稗草、苜蓿草、三叶草和许多我叫不出名字的草。地沟里的草，也长得很茂盛，以鸡爪草为主，也有白茅、狗尾草、野燕麦、野豌豆苗、鸡公花等。爷爷在这田埂、地沟里放牛，放不了多久，牛肚子就鼓鼓囊囊的，和牛背浑然一体，不会露出一个凼子。而山上的草就差得多了，以牛筋草和铁线草为主，当然也有些白茅、狗尾草、蒿子草、蒲公英、地菜等。牛筋草是贴着地面的，棵子小；铁线草，根须多，叶片小；白茅、狗尾草，很干枯。我在山上放了一个上午的牛，牛肚子还是瘪的。我记得我放牛最大的焦虑就是牛屙屎，一泡牛屎下去，刚才还滚圆的牛肚子，立刻瘪出两个凼子，要是爷爷看到了，又要责骂："你看你，放个么（什么）牛？肚子还是瘪瘪的。"

我不愿意去爷爷喜欢去的田埂、地沟里放牛，是有原因的。一是在田埂、地沟放牛是要精力集中的，这我做不到。田里有秧苗、田埂边上有桑叶，地头有豆苗，你要拉着牛绳，眼睛盯着它。当牛扭着脖子，或者伸长了舌头，卷起庄稼的时候，你要使劲地拉着牛绳，和它较劲。小小的我和妹妹根本就犟不过牛，结果牛吃了人家田里的秧苗、地里的麦苗、地头的豆苗，我们就得挨骂。塆子里的婶婶们，个个是吵架的好手，骂架的声音难听刺耳，多少年都漾在心头。爷爷放牛的时候，将牛绳放得很短，他会挨着牛头，牛吃不到别人的庄稼；他还会用芭蕉叶做个小扇子，看到苍蝇叮在牛腿上，一下子把它拍死。牛很享受，轻轻地晃着尾巴。在爷爷面前，牛也似乎很听话，没见它和爷爷犟过。

二是田埂地沟里的草是茂盛的，但里面有蛇，这是我最为恐惧的。长长的、颜色发绿、滑得极快的是青竹飙，当走过田埂的拉拉藤时，一条青蛇飞快而过，我觉得那是一股阴风吹过。拨开地上的杂草，里面有个黑红色的"树根"在蠕动，那是赤链蛇。看到它，我会丢了牛绳，撒腿就跑。听会捕蛇的叔叔说，我们这儿还有剧毒的眼镜蛇、银环蛇，尽管我放牛的时候从没看到过，但心里总是有阴云笼罩。爷爷走过田埂、地沟，把牛系在远离庄稼的树上，他要么脱了鞋，站在泥巴里割草，有蚂蟥趴在脚上，他上了岸，把蚂蟥拉掉，留下长长的血痕；他要么在地里扯起一把一把的鸡爪草，有时带出了长长的蜈蚣，他视而不见，一点儿都不怕。爷爷放牛回来的时候，牛背上总是驮着牛草，作为牛夜里的吃食。

三是在田埂地沟放牛不自由。你要紧紧跟在牛后面，不能瞎跑。把牛放饱，一般要两三个小时，长期站着，脚会酸，所以每个放牛的人都会随身挂个小矮凳，牛走到哪里，你就把凳移到哪里。田埂上、地沟里崎岖不平，放不下小矮凳，这让我受不了。爷爷放牛是从来不坐的，所以从不带小矮凳。我喜欢把牛丢在山上，让它自由地吃草，我要么坐在山脊上，远远地看着它，要么坐在桐子树的树杈上，优哉游哉。

总之，牛在我家是日渐消瘦的，在爷爷家是日渐长膘的。

3

其实，我对放牛的事儿也不是很讨厌。因为可以和一大堆伙伴在山上打牌，我们几个伙伴就在山坡上"打升级"，或者"打王三八二一"（一种扑克牌的打法），或者"不准动"（一种扑克牌的游戏），任凭牛在山坡上悠闲地吃着草。有时我们太过投入，牛跑不见了而不自知，结果牛吃了人家的麦苗，啃了人家的豆苗，讨来人家的一顿好骂。

招骂不算太坏，让我害怕的是牛聚在一起爱打架。两头牛，角死顶着，头低着，前脚半蹲着，后腿死撑着，身上的骨头外凸着，看着它们你来我往地斗牛，我两腿发颤，不知咋办，也不敢上前拉架，干瞅着它们把草地刨起沙土，甚至压平了人家地里的庄稼，所以很多时候，我放牛是单独行动。我小时候胆子小，不敢在人多的地方大声讲话。在学校，老师点我回答问题的时候，我要么声音很小，像蚊子嗡嗡叫，要么语速快，让人听不清。但是在放牛的时候，我可以放声长啸，无所顾忌。记得高中时学过巴尔扎克的《守财奴》，里面有这么一段："噢，是真金！金子！"他连声叫嚷："这么多的金子！有两斤重。啊！啊！查理把这个跟你换了美丽的金洋，是不是？为什么不早告诉我？这交易划得来，小乖乖！你真是我的女儿，我明白了。"我很有感觉，在山头大喊，"噢，是真金！金子"引得对面马路上的行人驻足观望，我觉得很爽快。

放牛的时候，偶尔也坐在牛背上，寻找骑马的感觉。由于我放的是黄牛，是不能骑的，如果真坐在黄牛背上，黄牛会狂奔。我那时个子小，我家黄牛专心吃草的时候，有时较温顺，我能趁机坐上去。

有时，我也会在山上掏鸟窝，找鸟蛋，在牛尾上扯根毛，系在竹竿上钓蝉……

4

最让我难忘的，是放牛时吃过的那些野果。

过了立春，田野泛绿，牛筋草、铁线草开始复苏，把冬日裸露的大地覆盖；狗儿草、蒿子开始在春风中晃着脑袋，蒲公英开着白色的小花；娇羞的金银花，则让藤蔓缠着田边地头的灌木，偶尔也攀上树干，绽放着白色的或是淡黄色的针形小花，远远地送来阵阵馨香；拉拉藤平铺在地上，中间可能夹杂着紫色的小喇叭花儿；映山红开始从山脚爬到山顶了，给山布满了一片红，此时便是一年中最美的光景。此时的我，也最为欢喜，可以四处寻觅田野里的美食。

和狗儿草、蒿子一起夹杂着生长的，也生长得最为起劲的，应是白茅。白茅冒头不久就开始抽穗，这穗子里是一段又嫩又软的白芯，吃起来甜甜的、滑滑的，是我儿时吃过的最美的棉花糖，这便是乡里孩子人人皆知的茅针儿。我和妹妹放牛的时候，妹妹就最喜欢抽茅针儿。她娇瘦的小身子，弯在茂密的草里，白色的豆花里，寻找一根根最嫩的茅针儿，风儿吹过她的头发，朝阳映着她的小脸，露水打湿了她的衣裳，牛静默地吃着草，这是我记忆深处最美的放牛时刻。

春天里最好吃的，还有刺泡儿，红红的，甚至有点深紫的小果，挂在矮矮的灌木上，吃起来酸甜，微微有点儿涩口。它长得有点儿像草莓，每粒果子上有一个个小凸点，每个小凸点都挂着一段须。它不像茅草那样四处生长，碰到它要看运气，吃起来也不容易——灌木是长刺的，每个果子的叶柄上布满了锯齿一样的小刺，让你无法下手。我记得妹妹总是提着几片叶子，小心翼翼地采下这好吃的刺泡儿，我对她说："小心，别刺着。"妹妹说："晓得。你看着牛，别让牛吃了人家的豆苗。"

春天的田野里，刺苔吃起来也不错，它像月季一样会开着淡淡的粉色小花，茎上也长满尖尖的小刺。我放牛的时候，小腿上常被它划出一排血痕。但初春的时候，轻轻地折断刺苔，剥掉它带刺的外皮，露出里面的嫩肉，把嫩肉含在嘴里咀嚼，微甜里带着些许苦味，别有风味。

其实，在春天的山野，我吃过的东西可多了：篱笆边生长的刺梨，上面也是长刺的，吃起来酸多甜少；松针上蒙着的一层白色的蜜糖，像吃冰棒一样地吮吸，甘甜中有一股松香；淡淡的映山红，我们也吃的，不怎么甜，没有芝麻花里的汁水香甜……

5

过了端午，收获了地里的冬小麦，只剩下一茬茬的麦桩子。野草长得正盛，鸡爪草已经长得过膝，到处蔓延；白茅早就抽穗了，在空中扬起了如马尾般的白毛；狗尾草开始有点发黄，孩子们掐一根狗尾巴，在手上转动，嘴里嘀咕"狗儿呜，狗儿呜"；蒲公英的白色小花开始老去，扬起一张张小伞，随风飞舞；鬼刺发黄的小花已经干枯，留下一球小刺，放牛的时候嵌在衣服上，半天弄不下来；苍耳已经成熟，颜色有点发黑，抓几个揉在同伴的头发上，想弄下来，得扯下几绺头发才行。于是，我们在田野里疯打……

麦收后的麦地，菟丝子、野豌豆苗、鸡爪草缠在一起，把地面封得严严实实。麦地里间或还高高地竖着野燕麦、鸡公花、蒿子，真可谓水草丰茂。麦地里没有了麦子，牛绳挽在牛脖子上，这时候，我陪着妹妹放牛，就很轻松，自己玩自己的。

此时，山边的野柿子树上结满了青果，个子不大，和牛眼睛差不多，我们叫它牛眼睛柿子，涩得很，不能立即吃，摘下来后要插上芝麻棍儿（芝麻的茎。芝麻收割后，茎变得很硬实，像小木棍一样），在棉絮或者谷堆里放上十多天才能吃。我对这柿子没有多少兴趣，似乎只摘过一次。板栗还没有长成，有时嘴馋打下来几个，里面只有花生大的小米，虽然甜，但吃到嘴里只是一泡水。

这时的田野，最令我念念不忘的，就是和妹妹一起掰高粱秆子了。

老家不是高粱的主要产区，每家只在田埂地边上栽种一点，目的是为了收割高粱穗子做扫帚。当高粱收了穗子，就光秃秃地立在那儿，像个沮丧的老人。再等些日子，它将作为柴火塞到灶里去。但是，刚去了穗子的高粱秆，还挂着青叶，像甘蔗一样甜。我们放牛的时候，就掰下这些甜甜的高粱秆子，像享受甘蔗一样地大嚼。可是，在一排竖起的高粱秆里，能像甘蔗一样甜的，就那么几棵，更多的是又苦又涩，下不了口。妹妹能准确地找到那些甜甜的高粱秆子，她告诉我："你使劲地一掰，能'咔嚓'一声折断的，就是甜的。"

6

妹妹长大后去了南方，我也长大了，上了大学。我和妹妹一起放牛的日子日渐稀少，记得最后一次放牛，是1994年的那个夏天。那一天，父亲在外做工，母亲洗了衣服又要干农活，我则牵着黄牛，沿着棉花地的沟涧放牛。高过人头的棉花秆早已挂铃，茂密的长着绒毛的叶子簇拥着我。沟涧里长满了鸡爪草，沟岸上厚实地生长着茅草、蒿子等，还布满了一些藤蔓。可是，我一条沟还没有走完，身上就生出了大块的疹子，又痒又疼。我急忙牵牛回家，用了一块香皂，一桶水，也没洗净身上的痛痒，留下了满身的抓痕。从此，我这辈子就再也没有放牛了。

2000年的大年初一，爷爷接受了儿孙们的新年祝福，晚饭前给牛饮了水，添了草料，吃饭时，一个丸子没夹起，就溘然长逝，从此也不放牛了。

我听母亲说过一个故事，多年难忘。那是20世纪60年代，母亲家里很穷，我家婆放一头老牛。那牛太老，生产队要在年终将其宰杀，把肉分到各家，作为新年的食品。家婆晚上出门的时候，发觉系在门口的老牛化身成一个老人，半躺在屋檐底下。家婆进屋后对孩子们说："明天生产队里分牛肉，我们一两也不要……"

母亲告诉我，那一年春节，全家一口肉都没吃。

那些年，我们挑水吃

1

某年八月份回家的时候，看到自来水管铺到家门口的公路边了。我问父亲："我家装自来水吗？"父亲说："不装，全塆装自来水的只有几家。"

大部分乡亲们不装自来水是有原因的，一是家家户户有水井，在井里装上了水泵，抽水进屋，跟自来水差不多。二是自来水水管只铺到公路边，进户材料和安装都得自己负责，听父亲说要花一千多块，很多人觉得不划算。三是有人觉得这来自凤凰关水库的水并不卫生，哪比得上自家水井里的水甘甜。不过，我觉得还是装自来水比较好，一来父母年纪大了，井水虽好，但水泵易坏，要是坏了，很是麻烦，自来水水管坏的可能性就小得多了。二来，吃井水是要掏井的，一般是半年左右就要掏一次井，否则容易把井底的脏东西抽上来。如果遇上大暴雨，井水也容易变得特别浑浊，也是要淘井的。父母年纪大了，淘井多危险呀。三来呢，我想，父母都七十多了，他们百年之后，我想回老家住一段时间，难道每住一段时间就淘一次井吗？要知道，长时间不用，那井水就是死水，要发臭的。我真的不愿意因为井水的原因而把我推离这个生我养我的小山村。水，决定了我和故乡亲近的程度。

装上自来水，对全塆来说，应该是渴望了几十年的事儿，现在真的能装上，大家却又显得那么淡然，正所谓此一时彼一时。记得小时候，全塆吃水就靠一口井，就是下畈田里的那口井。我们塆几十户人家是顺着一面山的缓坡散落的，从下塆到高上塆有一里多路，但不管远近，都得到下畈田里的这口井来挑水，住在下塆的那几户离井比较近，吃水的问题不大，但是住在高上塆的那些人家，吃水可是一天中最辛苦的事儿。你想啊，挑着一担一百来斤的水，走在窄窄的田埂上，顺着山边的小路，走一里多路，多辛苦啊，一年三百六十天，何时是个尽头呀？要是碰上天寒地冻，路面结冰，田埂是没法走的，只能走塆对面的马路，再拐弯走上进村的主道——主道也不过是勉强通过手扶拖拉机的土路，这样的话，要多走一倍的路程。吃水如此不便，成了当时塆子里的叔叔伯伯们找媳妇的一个劣势。很多媒婆抱怨："这个塆，冇（没有）靠着山，烧柴难；冇靠着水，吃水难，媳妇不好找啊！"

2

小时候，我家住在高上塆，是离下畈井最远的一户，吃水自然不容易。我父亲是个木匠，我总觉得他做的家具结实有余，轻盈不足。我家的水桶就是一例，这桶由杉树做料，箍上找铁匠定制的铁箍，三层的桐油刷制而成，特别结实，估计空桶不会少于二十斤。我记得在井里提水的时候，水桶竟然能沉下去，那时我很难理解木头做的水桶居然不能浮在水面。现在想来，这水桶确实非常结实，几十年过去了，如今我再回去，发觉这水桶还稳稳当当地立在二楼的杂物间。

其实，不但我挑不起这么一担水，母亲也不能。她每次只能挑个大半桶，回来累得气喘吁吁，连连抱怨："做个苕头苕脑（特别笨重）的水桶，哪个挑得起呀！"父亲说："挑一担水，来回要跑两里多路，要是只挑一口水，一早上做得了么事？桶大好，一次可以多挑点水。"

其实，母亲挑水的时候并不多，因为父亲是我们那儿小有名气的木匠，常年带着一两个徒弟。当学徒，自然少不了为师父家里做些事，挑水就是其中一件事。在师父家当学徒，主要是要勤快，懒懒散散是学不会手艺的。父亲带的徒弟大多很勤快，他们早早起了床，挑着水桶去了下畈井，挑回两担水,接着就刷牙洗脸,再去别人家里做木工。去下畈井挑回两担水是要时间的,夏天还好,冬天天蒙蒙亮就得起床,现在想来,得感谢父亲的这些徒弟。当然,父亲带的徒弟,也有没有学会手艺的,因为没有待满两年,就急匆匆地走了。这其中,我对其中一个小伙子还有点印象。那是正月里的一天,我在垸里玩,听到父亲放了鞭炮,急忙奔回来,看到一个十七八岁的小伙子正跪在堂屋的地上,父亲正把他牵起,这算是拜师了。可惜,这小伙子在我家没待满三天,就再也不来了。现在想来,会不会是一天两担水,让他无法承受?

3

小时候,我觉得下畈这口井挺神奇。冬天的时候,天寒地冻,它却冒着热气;夏天的时候,人们热得汗流浃背,它却冰凉刺骨。还有呀,这口井离公路有十多米,实际上是位于田中间,可是耕种的时候,不管田里多么浑浊,甚至洒化肥、打农药,都没有影响到井水的清澈、甘甜。它的水质之好,让叔叔伯伯们对它赞不绝口。

不管是天晴下雨,还是大雪纷飞,我们垸的每家每户,都是从挑水来开始一天的忙碌。天刚放亮,男人们就挑着水桶出了门,在田埂上碰上另一个人,就说起了话。

"今年干旱,你看这正畈的田,稻飞虱(一种吃庄稼的飞虫)严重得很,谷叶发黄,谷穗子打卷,谷秆子的心都发黑了,有的都烂到谷蔸子上了。"

"得赶快打敌敌畏,再不打药,就会只有一半的收成。"

他们挑着水桶走在无边的绿色田野里,像绿色绸布上的两个动点。呼吸着无边稻苗散发的幽香,看着稻穗上挂着的露水,他们轻轻走过田埂的时候,露水沾湿了裤脚。来到井边的时候,已经有人正在打水,担起水要走。他们得尽量退后一点,否则挑水的人过不去。

"这井边的水泥坪修得太窄了,才一米五宽,完全打不开转。"

"那你出点钱,全垸人都感谢你。"

在这窄窄的田埂上挑水，的确很吃力，我尽管正儿八经地挑水的机会不多，但我很早就懂得"挑东西不跑，压死大苫"的道理。那时，村里办红白喜事、做房子等大事儿，需要一垮人帮忙的，一定要安排个挑水的跑堂。这跑堂一要年轻，因为一天挑十几担水，年纪大了吃不消。二要耐烦，做饭的那些女人们，用水是很厉害的，洗米做粑的要把米淘三遍，如果饭里或粑里有沙，吃酒席的时候，那些男人们一边推杯换盏，一边伸直了脖子嚷道："哪个堂客煮的饭啰，米不够是吧？"淘米的女人会很不好意思，脸红到脖梗了。

4

我个子不高，总是笑着自嘲说，挑东西压的。其实，我挑东西的机会不多，草头是挑过的，但加起来不会超过二十回。但是，挑水的次数却是不少，这倒不是家里需要我挑水，而是挑水自有其中的乐趣。

下畈这口井就在早年的罗浠公路边，而公路两旁长着高大的法国梧桐，法国梧桐茂密的树冠把整个路面遮住了，树下全是阴凉。再加上田畈里山冈上吹来的风，在夏日，坐在路边比现在呆在空调房里还舒服，但这并不是孩子们喜欢在夏日里挑水最主要的原因。

全垮的孩子，都会以挑水为名，集中在马路上玩耍。下午四点多的时候，太阳还高悬在空中，蝉爬在树梢上使劲地叫着，树阴之外的沥青路面开始发软。此时，已经有孩子来到了井边，先在井里打些水，冲冲脚，但没有人用水冲凉，因为井水太冷了。然后，他们扒在井沿打水，把扁担上的钩子绳挽得最高，担起水桶，颤悠悠地走过十多米的田埂，来到公路上，长吁一口气。此时，就可以等着陆陆续续来到的同伴，一起玩耍了。

几个大女孩，笑眯眯谈着一首诗：

记得当时年纪小，

我爱谈天你爱笑。

有一回并肩坐在桃树下，

风在林梢鸟在叫。

我们不知怎样困觉了，

梦里花儿知多少。

几个半大的女孩，则谈着学校的趣事，多半和老师有关，说什么"大头大头，落雨不愁，我有雨伞，你有大头"。原来她们在谈论一个姓涂的老师。男孩子则野得多，他们把村民砍来做柴火的大树杈扔到路中间，让来往的车辆过不去，司机只好把车停下来，他们一边把树杈扔到边上去，一边骂道："要是出了事，你娘老子要坐牢的。"

我那时最喜欢香港电视剧《射雕英雄传》，梦想着学习郭靖的"降龙十八掌"，也想学梅超风的"九阴白骨爪"，能学会黄蓉的"打狗棒法"也很好，所以我总喜欢在路边捡个棍子晃来晃去。

就这样，我们在马路边度过了一个个夏天，然后长大了去远行。

5

不管孩子们在公路边有多少乐趣，每个从塆里出来的孩子都记得挑水的难。后来，凡是在外面混得还不错的，不论是官场上得意，还是商场上如意，都有一个愿望：给塆里通来自来水，让父老乡亲不再受挑水之苦了。有个在省城工作的姑奶，曾经想借助一个国家扶贫的项目，给塆里装上自来水，但塆里人意见不一，始终拿不出上报的意见，最后这事儿黄了，成了姑奶的一个遗憾。

还有个在武汉做生意的堂妹，二十年前，也好几次跟我聊起，想给塆里做点事儿。她念念不忘的，还是给塆里装上自来水，她说跟我说：有一次雪后初晴，地上特别滑，高上塆的大妈，挂着棍子，挑着水，小心翼翼地从坡上下来，突然脚一滑，"咕噜"一下子……

的确，那些年，我们挑水吃！

塆中的那口塘

1

清明节，回老家祭祖，我在家门口正感慨门前公路上悠闲而过的行人，突然看到一辆拖车拖着挖掘机，直奔塆中的那口塘。父亲告诉我，这是国家出钱来清理池塘了。

塆中的这口塘的确该清理了。记得小时候，春上雨水来的时候，塘里的水漫过了塘埂，村里的长辈要到畈里去插秧，经过这里，都要提着裤腿，小心翼翼，不然就会摔跤，甚至连着蓑衣、斗笠，都滚到塘里去。冬日枯水的时候，水能漫过塘埂里的涵洞，老人牵牛饮水，站在塘埂上就可以了。父亲告诉我，他小的时候，冬天这塘中结着厚厚的冰，他们能在冰上玩。而如今，由于多年没有清理，淤泥、垃圾堆了一层又一层，把一个圆锅形底变成了一个平底锅了。

存不了水，自然成不了塘。春天雨水来的时候，塘里只有一层薄薄的浊水，直接从涵洞里溜走了，只把一堆烂草、塑料袋等拦在塘里的淤泥上，除了一片狼藉什么也没有。前几年叔叔撒了些莲子，一到春天就长出了荷叶，把大半个塘面给盖住，看不到淤泥，倒也清新了不少。只是到了夏日，虽然满塘开出了粉红的荷花，确有几分美丽，可是，连续几日的高温，淤泥会发出阵阵浊臭，让人难受。冬日里，雨水少，荷叶也枯死了，塘中的淤泥也干裂了，加上家禽在里面觅食，更有碍观瞻。现在国家要求建设美丽乡村，把污浊的池塘清理一下理所当然。

我闲来无事，和塆子里的几个堂弟叔叔站在塘边围观，看着挖掘机的大铲，挖起黑色的淤泥，然后堆放在靠近稻田的塘埂上。这淤泥比较干，但还是有几分松软。"仔细看看，看看有脚鱼（甲鱼）没？一个脚鱼百多块！"堂弟笑着说。

"哪儿来的脚鱼，没有水，泥巴都干了。"叔叔说。

今天，肯定是没有脚鱼的，但在我小时候，这塘里的脚鱼、乌龟却很多。那时候，杀脚鱼的人经常到这里来"打捧"（在水中用手掌互击，响声和浪花会惊动水下的脚鱼，脚鱼会在水底发出一串串的泡泡，暴露自己的行踪，抓脚鱼的人就顺势用叉将脚鱼叉起来）。农村杀脚鱼的人，都是一样的装束，除了一条短裤，什么也没穿。他们剃个光头，浑身晒得像黑炭头一样。他们背个杀鱼叉，拿个脚鱼箩儿（这脚鱼箩儿是个稀罕物，我已经三十多年没见到了，这箩儿像个长颈的瓶子，只不过是竹篾编的，有个瘪肚子，小嘴口，所以把脚鱼放进去，它爬不出来。我们方言里形容把事儿做得妥妥的，就叫作"放到脚鱼箩儿里去了"）。杀脚鱼的人来到塘边，立刻就下了水，站在齐腰的水里"打捧"。我小时候，在塆里玩，一听到打捧的声音，总是飞奔到塘边，我不是去看脚鱼，而是去观赏杀脚鱼的人的水性，他一个猛子朝水底扎下去，过了好久才从池塘那边起来，手里还拿着脚鱼。这潜水的本事让我敬仰，我也曾学着扎猛子，父亲知道后，用杉树刺斗（刺）我的脚。此后，我再也不敢了。

2

我曾经很想知道，到底是什么时候开始有这口塘。后来我才知道，每个塆子都有一口塘，不是先有塆后有塘，而是先有塘后有塆。一个家族要兴旺发达，后面要有靠山，才可以逢凶化吉，前面要有集宝盆，才可以富贵有余。所以，以前的塆子一定是在一个山坳里，山像两支手臂把塆子拢着，塆前一定有一口塘，塆子里的水就汇到塘里，供日常的生活用水。可是，自我记事起，很多人在山上建新房，没有了后有靠山、前有映心塘的感觉。

后来我才弄清楚这贡家冲的变迁。这塆子原先不叫贡家冲，而是叫付家冲，是几户姓付的人家住在对面的木屐塆（也有人说是屋迹塆，我觉得叫屋迹塆更合理），后来人丁不旺，就搬到浠水去了。大约明朝时有个总兵致仕（古时官员辞职归乡叫致仕）后，住在胡家大塆（胡家大塆有我们胡家的总祠，围绕胡家大塆的几个塆子里姓胡的人口有好几千），他生有七个儿子，每个儿子占一个山头，另成一个塆子。这位总兵，对每个孩子都很关心，每天起床后，他都要站在山头上，看哪家先燃起炊烟，表扬那个早起做饭的，批评那个日高不起的。父亲告诉我："现在人口少的那个塆，当年就是被骂的。我们塆，就是当年受表扬的，所以现在人口多。"如果这事儿是真的，我们姓胡的来到这塆子已有三百年了。我们塆人口多，也不过是近七八十年的事儿。七八十年前，这里也不过七八户人家，他们都住在老屋里。

我爷爷曾经告诉我："我小时候，我们塆子就八户人家，都住在老屋里，每家的房子都连在一起，有公用的套（堂屋），这家可以穿到那家，不用走到屋外去。青龙咀是大门，晚上一锁门，谁也进不了塆。雨水先汇到中屋的天井凼（坑）里，再流到塘里去。塘边有一棵很大的皂角树，掩映了半个塆，树身要几个人才合抱得过来。大炼钢铁的时候，皂角树被砍了，当柴塞进了土炉里。"原来这塆也曾是绿树掩映，山环水绕的啊！

父亲说："我小时候，这塘比现在大得多，因为塘四周都没有房子，水也清澈不少，大家还在里面洗衣服、洗菜，后来，塘边上都做了房子，树也砍了，生活用水都放到塘里去了，水变绿了，猪常到塘里浴澡，荡（洗）粪桶的人也多了，洗菜、洗衣服就不能在这塘里了，都到对面的塘里去了。"

我小时候，这塘似乎比现在要大些。自我记事起，这塘的三面已做了房子，两面砌起了石岸（靠田畈的那一面一直是土埂子，砌成石岸，是近十多年的事儿。左手边也是后来才砌的石岸），进塆的那一面是两户人家的大门口，那时还没有围成院墙，塘边栽了一排柏树和两棵柳树，我常常坐在柳树下钓鱼。

上牛栏屋（牛栏屋早就没有了，那是生产队修的一排养牛的小屋，在我十多岁时，牛栏屋就拆了。据说在做牛栏屋之前，这块地是打谷场）那边栽的是一排麻柳，不知何时砍了，如今是叔叔栽的白果树，这白果树的确比麻柳漂亮多了。最里面的那家住着细爹，很早就修了个院子，我在里面待的时候很多，一是因为我的曾大大住在里面，我们一大家子总要在这里集会；二是因为我的细佬（细爹的小儿子）和我是同龄人，我总是缠着他；三是因为这院子里种了一棵枣树，枣子又大又软，非常好吃，我常常很馋，不像前头屋（所谓前头屋，指的是早年靠近进垮大门的那一家）的那两棵枣树上的枣子，虽甜，但个儿小，有点硬。可惜这些枣树一棵也没有留下，也不知是什么时候砍的。

每次回家，我总要站在塘埂上，看着垮里，回想着小时候的样子，寻找我记忆中的那些树木和那一塘绿水。

3

春天，这塘是绿莹莹的，并非是池塘里长了很多水草，而是塘水本来就是那么墨绿墨绿的。今天想来，估计是因为水里长了许多细小的水藻。这不够清澈的水，恰好掩映这塘四周的绿树，更显得温润。塘里的鱼，有时候啃食岸上长的狗尾草、茅草，甚至啃食拂在水面的柳条，露出的小小嘴巴，激起一团一团的涟漪，衬出了乡村的静谧。当然，春天一到，池塘里开始热闹了，到处是绿色的小青蛙在"哇哇"地直叫，此时我喜欢拿一人高的竹竿，偷偷把母亲纳鞋底的细索儿扯几米，系在竿头，捆住青蛙的一条腿，把它摔到塘里去，又扯起来。这"钓蛤蟆"的游戏大约玩到十来岁，从没想到要把青蛙抓来油焖煎炸，做成菜来吃。直到我上了大学，进了城，才知道美味的田鸡就是青蛙。

夏天，池塘就是我的乐园，我最喜欢躲在塘边柳树的树影里钓鱼。钓竿我选择垮子对面公路边的高岸上长的野竹子，小拇指般粗小，不到两米的小竹竿我最喜欢。我喜欢这种小竹竿是有原因的，一是，它柔软，钓那种长不到两寸的小鲫鱼，最有手感。你想啊，就算是一条小鱼，它也能压弯钓竿的梢，划出一个美丽的弧线，多么令人惬意啊。二是这种野竹子，竹节长，竹面光滑，看起来就像一个长长的芦苇秆，很好打理，偶尔有一个弯，在油灯上一烤，掰一下，然后系一个石头，挂在檐头，过不了几天，就"虽又槁暴，不复挺者，𫐓使之然也"。钓线和鱼钩，我一定到镇上去买，镇上有个驼子，他用竹凉床摆个摊，专卖小玩意儿。我买那种最便宜最小的钓钩，看起来像大头钉弯曲的钩子，但一定要有个倒钩，否则哪怕出了水的鱼都会脱钩。线就买最便宜的线，一毛钱能买好几米。至于浮子，这驼子也卖，他说是鹅毛做的，要买两角钱，我舍不得，回家总在扫帚把上揪一段高粱秆做浮子，这总惹得母亲一顿嘀咕："把扫帚搞散了。"

我常常坐在柳树下钓鱼，有时候一个中午就可以钓半盆鱼。不是我钓鱼的本事有多高，而是这塘里的鱼很苕（蠢笨），你只要把缠着面团的鱼钩丢下去，它就咬钩拉沉了浮子，我提起来就是一条一寸长的鲫鱼。在这塘里钓鱼的人很多，叔叔伯伯也来钓，惹得队长在塘里插个牌子"禁止钓鱼"，大家才不钓了。我后来不钓鱼的原因，不在于队长禁止，而在于上学去了，没有时间钓鱼，后来就渐渐没了兴趣，再后来，鱼塘分到各家各户，属于私人空间了。

秋冬季节，天气转凉了，在塘边玩的时候少了。我站在塘埂上，看着铅灰色的一塘水，有点无精打采。有时候我突然来了兴致，捡一个瓦片，弯下身体，将瓦片贴近水面，用力扔出去，那瓦片掠过水面，激起几个水圈，飞到塘对面去了。这"打水漂"的游戏，我多少年都不忘，如今我住在长江边，傍晚时分在江边散步的时候，也偶尔像小时候一样打水漂。可惜，那水漂飞不远，一沾水就沉了。晴朗天气的早晨，太阳刚从后山上升起，塘面上结了冰，像一面镜子，反射着强光，让人睁不开眼睛。这让我突然有了兴致，我小心翼翼地走到塘边，准备踏上去，但刚一抬脚，薄冰一下子漫出水来，打湿了脚，母亲就在后面喊："苕伢，好啊，絮鞋打湿了，你冷一天吧！"

令我印象最深的，则是冬日干塘的盛景。那时候，生产队没钱买肥料，需要把塘里的淤泥挑到地里作肥料，所以一般两三年就要干一次塘。干塘一般都是在过年的时候,打鱼过年。用水车慢慢抽水,实在是太慢了,磨磨唧唧的,我没兴趣。最兴奋的是用抽水机抽水,不用半天,就把一塘水抽干了。我还在被窝里赖床,听到父亲说"今天干塘,去捉鱼啊",我蹦了起来。听到抽水机轰隆隆地发出声响,看到抽水管里喷出水来,我就兴奋。一塆老小,都站在塘埂上,看水喷鱼跳,偶尔有一条鱼,跳到岸边,有人捡了就跑,队长就大声喊:"集体的东西,不能拿啊!"可还是有几个婶娘拿了麦锄,从淤泥里捞走一条鲫鱼。水抽干了,几个青壮劳力,拿着大提箩儿(长形的箩筐)到水里捉鱼,胖头、鲢鱼、草鱼、青鱼,连大一点的鲫鱼都捉尽了,剩下的小鱼被各家各户到塘里哄抢,那些平时讲干净的叔伯婶娘也全然不顾形象,打着赤脚,在冰冷的泥巴凼(坑)子里薅鱼(用脚把水推出坑),大家说啊笑啊,比过年还热闹。而我呢,那时年纪小,也脱了鞋,可双脚陷在泥巴里,抽不出来,哭爹喊娘。

4

我小时候,塘角住的是细曾爹,他不像其他的村民在生产队里挣工分,他在副业队里做事,听说他很有文艺水平,曾是宣传队队长,二胡拉得很好。我没见过他拉过二胡,但深深记得他屋里贴的宣传画,有穿着红衣服、梳着大辫子的铁梅,有戴着大盖帽、目光坚毅的李玉和,有系着抹衣、举着马灯的李奶奶。他们的名字我到大学里才弄清,知道了这是一部京剧,叫《红灯记》。这细曾爹,应该是很有口才,他家门口总是聚着许多人,说说笑笑。我从不知道他们说什么,倒总是惦记着他家门口的桃树,这桃树就长在塘埂上,品种是五月白,比别人家的成熟得早。我在桃子还是青涩的时候,趁没人的时候摘一个,尽管桃子酸得让我张不开嘴,但我还是吃得津津有味。到桃子成熟时,细曾大(曾祖母)看得紧,她目光冷峻,我看着怕,所以桃子成熟时,我就没桃子吃了。

细曾爹家隔壁是生产队的保管屋,也是生产队的粮仓,我进去得少,只记得每年打板栗时，里面堆满了板栗。到剥栗子的时候，门锁得紧紧的，我只能从门缝里瞄瞄，多么渴望里面的叔伯婶娘能给我几个，可是没有。保管屋隔壁住的是二爹，他是 1980 年左右去世的，我依稀记得他的模样。他对我很好，我在村部小学读书的时候，他在那里种药，有菊花、甘草等，他总是帮我把小小的书包带回。他肩扛着锄头，柄上挂一个小书包，悠闲地走在田边地岸上，而我却在田间地头疯跑。他在六月去世，因为他死之前很想吃红透的番茄，可是在那时的乡下，菜园里种番茄的人家很少，于是叔叔特意从县城里买回。

顺着塘边往右转，住的是矮子伯家，我也不知道我为什么叫他矮子伯，我父亲比他年纪大，他本人也不矮。他后来退休在家，在我小时候，他是在黄石的矿上上班，记得他每次从矿上回来，我都要去围观，因为他总会给孩子们带几颗糖或其他的小玩意儿。我最喜欢的是他给我们发的白色的泡泡糖，可以吹得巨大，吹得像香瓜一般都不破，比气球好玩多了。退休在家的他，身体很好，喜欢钓鱼，常常去几十里外的白莲水库去钓，塘里没有鱼，他只能舍近求远。

矮子伯隔壁住的是细爹，细爹的小儿子是和我同年出生的细佬，我整天和他缠在一起。细爹在镇上机械站修拖拉机，比一般人家富裕，所以他家院子很早就铺了水泥，我就一天到晚地坐在水泥地上，和一帮孩子玩石子儿，和细佬一起舞棍弄棒的，也从没人过问。每到傍晚的时候，太阳斜射在塘面上，塘面如镜子一般反射着阳光，然后透过塘边的几棵麻柳，落在细佬套屋（堂屋）的后墙上。由于风的吹拂，叶的摆动，那斑驳的影子如同放电影一般，我曾久久地看着这折射的霞光，直到太阳落山。

5

挖掘机在有条不紊地挖掘着淤泥，淤泥堆在塘埂上，这淤泥发黑，比我小时候见到的淤泥颜色要深得多，也肯定是要肥得多，可惜再没人挑这塘泥肥田了。我突然想起我爹，我爹是个勤快人，从大队会计退休后，就一门心思放牛种地，他六十多岁挑塘泥的时候，赛过年轻人，我记得他在塘里撬塘泥的时候，身边放个小桶，看到鳝鱼泥鳅就捡起来，再接着撬，然后打着赤脚挑到冈背（山脊的阴面）的田里去。小时候我很少吃乌龟、鳝鱼，但有一次吃了一回我爹做的鳝鱼，他不像城里人用大把的蒜来焖熟，而是用油炸，吃起来脆得很，大概他是想做干煸的吧……

　　我已经好几个月没有回家了，不知门口的塘修得怎么样了。

公路边的那口塘

1

我们塆，是个叫贡家冲的小地方，全塆祖上都姓胡，在百度地图上查询，没有贡家冲，只有付家冲，这让我惊奇。父亲告诉我，以前这里住的是几户姓付的人家，后来家族败落，远走他乡。现在只能从公路边的一个叫木屐塆的菜地里挖出些瓦片，证明很久以前这里曾住着几户不曾谋面的人家。我不知道我深情留恋的这口池塘，是从那时就有了，还是修建罗浠公路时留下的。

我记事时，对面塘边上的梧桐树至少要一人合抱，高达三四丈。高大葱郁的树冠把路面笼罩，也掩映了路对面的塘。这塘在我小时候，是全塆洗衣服、洗菜的地方，现在想来，在刚刚清洗过衣服的地方，又清洗茄子、辣椒、豇豆等等刚刚从菜园里摘下的新鲜蔬菜，的确不够卫生，但家家如此，没有人提出异议。现如今，家家户户都有了自家水井，还通了自来水，再没有人在这塘里洗衣，更不会有人在这里洗菜。它日渐落寞了，像个衰老的祖母，无声无息，难闻她的声响。

2

可是，在少年时期，对面塘沉淀了我最丰富的记忆。

对面塘是从天蒙蒙亮开始喧嚣的。天未大亮，就有女人挽着斑驳的木桶，

127

提着一家人的衣服，急匆匆地走出树木掩映的村口，越过田埂，走上马路，来到塘边，找一块青石，蹲下，把所有的衣服拿出，撒上洗衣粉，浇上水，然后，开始一件件地清洗。揉两下，用忙杵捶两下，在水里淘洗几下。池塘上回荡着"砰砰"的声响，水面上漂走一阵阵涟漪。

天慢慢放亮，来洗衣的女人一个接一个。"细堂客，起得那早哟！"女人们互相打着招呼。不一会儿，靠近马路的塘边的青石板上都有了人，后来的女人还得等一等。女人多了，开始东家长西家短地热闹起来。

"细女找的婆屋，是你娘屋的？"

"是我娘屋隔壁塆的……"

"昨天，二狗子又去下塆打牌了，妮子找到二狗子，把牌桌子都拍垮了，妮子把二狗子骂得狗血喷头。"

"二狗子是个死脸，按他那个德行，日子过不下去了。他家过得还体面，全靠妮子！"

"你知道，妮子骂二狗子时，二狗子怎么说？二狗说：'你莫骂了，我把我当成了你的个儿，骂儿也没这狠心呢。'"

"哈，哈哈……"

我睁开眼的时候，母亲早已去了对面塘。我迷迷糊糊越过了田埂、马路，静坐在母亲身后的缓坡上。母亲说："你坐远点，小心落塘里去了。你看，忙杵搞得你一身水！"于是，我起了身，坐在马路牙子上，看着塘面上的水蜘蛛，它爬几下又停下，直到刚织成的大网渐渐散开，水蜘蛛才静默下来。

太阳从后山葱翠的树木间爬升，露出火红的脸，清冷的阳光洒在田野里，在无边的绿色上，又铺一层金黄。秧苗上的露珠泛着金光，有些耀眼；阳光落在池塘上的涟漪上，星星点点，像是撒了一层箔片。阳光落在脸上，映得脸膛发亮。池塘里洗衣的女人们，有人起身要走，而孩子们刚起床出门，逐渐聚集在塘边、马路牙子上，一会儿就有了上十个孩子。马路上的手扶拖拉机、神牛四轮"咚咚"地喘着粗气，偶尔有解放牌卡车、东风"跃进"挂着长拖，大老远就“嘟嘟”按着喇叭。那声音尖利，让女人们立刻放下手里搓洗的衣服，直起腰板向孩子们吼道：“看着车，看着车，莫到路中间去！”女孩们围在一起，在路边“抓子儿”，大孩子抓七子儿（七个石子的游戏），小孩子抓四子儿（四个石子的游戏）；男孩儿聚在池塘一角，看鱼儿。

3

顺着公路延伸的塘埂不到百米，主要生长着高大的法国梧桐，在初夏的时节，片片叶子宽大厚实，遮住了阳光，只有那么几根顽强的光束，透过层层的叶子，洒在黑色沥青的路面上。小时候，这塘角上并没有人家，是几丘水田，田里流下的清水落到塘里，发出清脆的响声。池塘的鱼儿喜欢涌到塘角，露出小嘴儿，于是水面上冒出一片水泡儿。有人用土篼（类似筲箕的一种土筐）轻轻一捞，土篼里就会有那么几条鲫鱼、餐子鱼、麦穗鱼、亮眼睛（方言，一种眼睛很亮的鱼），但鱼儿非常有灵性，你刚下水，水面激起一层水泡，鱼儿就都跑光了。我记得妹妹小时候，用小筲箕蒙上蚊帐布，在蚊帐布上挖一个小口，里面放一块油煎的小饼，然后用绳子系着丢到池塘里，小半天就可以罾到一碗鱼儿。把这些小鱼儿放一点点菜油，慢慢地煎得金黄，再与切丝的辣椒合炒，就成了我记忆中的美味。到城里来，吃过不少土菜馆的小鱼小虾，全没有儿时的味道。

大概每个来自乡间的孩子，都有钓鱼的经历。塘里最多的是餐子鱼，餐子鱼出水就死，养不活的。当你在塘里洗韭菜的时候，它冲过来抢，你可以感觉到它拉扯韭菜的力量。要是哪家刜（宰杀）鸡，把肠子丢在塘里，马上就会有几十条餐子鱼游过来争抢，它们拉扯着，一会儿就把肠子拉到塘中间去了，水面上一大片都是餐子鱼黑色的脊背。钓餐子鱼不叫“钓”叫“刷”，刷餐子鱼的钓饵很多，有一位早已过世的叔叔，他用蛆虫做钓饵，这让我心惊。我则用家里滴油的肥腊肉做饵，我只要把钓钩和饵放下去，水面就会出现一块油晕，很多餐子鱼飞也似的冲过来。鱼儿是抢着上钩的，我把鱼钩沿着水面掠过，有时用力过猛，把鱼嘴的上唇都拉掉了。

4

我钓鱼都是在马路沿上，从不去对面的塘岸。一是塘岸太高，有三四米，塘岸上是丘田，田埂太窄，我生怕滚到塘里去。二是塘岸上长着深深的巴茅，巴茅的每个叶片都是一把锯子，稍不注意，皮肤就会划出一条血痕，疼得很。但是，你如果要钓大的鲫鱼，就得去对面，因为马路这边喧嚣得很，女人洗衣时忙杵的"砰砰"声，小孩丢石子落入水面的"咕咚"声，汽车按喇叭的"嘟嘟"声，还有大人叫骂小孩的声音，让那些胆怯的鲫鱼早已跑得没有了踪影。一个人静静地坐在塘岸的两棵巴茅之间，无人打扰，正是钓鲫鱼的好地方，细爹就喜欢坐在那儿钓鱼。

细爹在镇修理站上班，专修拖拉机。他下了班才去塘边，那时太阳快要落山了。细爹钓鱼是用一节一节的套杆，有四五米，所以他能坐在田埂上把鱼钩甩到塘中间去。细爹钓鱼静悄悄的，好半天才把钓线从水里提起。我站在马路边上，早就没有了关注他的耐心，可是傍晚回去的时候，他装鱼的小桶里总有那么几条半尺长的大鲫鱼，让我羡慕得不行。时光飞逝，细爹过世已好多年了，对面的那丘田早已盖了小洋楼，成了马路边的一景。

5

太阳已经升高，家家户户开始吃早饭了，大人们准备开始一天的耕作，可是我们这些孩子还在塘边逗留。于是，父母站在家门口大喊："回来吃饭！"这是五婶喊他的儿子回去，他儿子总是聋着耳朵不应，怎么喊都喊不回去。细伢的父亲就比较暴躁了，他早已吃了早饭，要上工，指望细伢回去放牛。他横拿着锄头，气呼呼地过了田埂，看到细伢还趴在地上抓子儿，就恶狠狠地瞪着要吃人的眼睛。细伢这才触电似的站起，依依不舍地离开塘边。细伢的父亲在他身后，横拿着的锄头像杆枪。

孩子们都散了，但是塘边还有些人。年纪大的奶奶们，吃了早饭，收拾了碗筷，来到塘边洗衣。洗完了衣服，她们还得去菜地里摘点菜。摘好了菜，就到马路牙子上理一理，把韭菜菀子的死皮撕下来，把秒子上的黄叶掐掉；把苋菜菀子掐掉，把里面的杂草清出来。几个婆婆聚在一起，也会说些闲话，

"我是民国二十年嫁到这塆的，那时这塆总共就十来户人家，没想到几十年，就变成三十多户……"

"那是。你再活几年，人还要多的。"

"活不了几年，我都七十多了，俗话说：七十三，八十四，阎王不请，自己去……"

6

那时，整个塆子一百来号人，没几个吃国家饭的，大多生于斯，长于斯，甚至葬于斯。塆子里的人在这口塘里洗衣洗菜。出行的人们，也要在这塘边坐上远行的班车。这塘就成了母亲，注视着远行的儿女。它也像父亲，虽然没有言语，但集天空大地的美景，满载十分的深情，生养你，迎接你。

甚至，死去也必须和它做最后一次告别。在我们那儿，人死后，要埋到山上去，要抬着棺材走好几里，我们叫"抬大轿"，还有个说法叫"收脚板印"，意思是要把一辈子走过的路再走一遍。棺材放在家门口，一塆人祭拜完后，摔了酒壶，起轿，过了田埂，就停轿在对面塘。我想，这不仅是让抬轿的人歇一歇，更主要的是让死去的先人再看一看他曾经洗衣、洗菜、休憩的池塘，这是和他生死相依的一池水。

近年，新修的罗浠公路改道了，不再从家门口经过，家门口的这段路成了207县道，去年进行了翻修，把路基抬高了一米，两边新砌上高高的石岸，路面也由原来的沥青改为二十厘米厚的钢筋水泥，听说是更加坚固了。路两边的梧桐树被砍得一棵不剩，换上了铁制的围栏。

八月的时候,我回家探望父母,吃了早饭,准备再去对面塘转一转,母亲说:"别去了，一点阴都没有，晒得很。"我止步在家门口，看着田野里蜿蜒的水泥路面，像绿地上丢下的一条白带，反射着阳光，刺眼。公路边的对面塘则像田间的一个水凼（坑）子，静寂无声，更像一个无家可归的老婆子，脏乱、无神，甚至让人有点讨厌。

白驹过隙四十载，小店见证山村变

我从超市买菜回家的路上，接到父亲的电话，他说："道班店的国胜走了，我刚去赶的礼。"我说："我去年回家还看到他一次，虽然他气色一直不好，但人还精神，怎么突然就走了。"父亲："他一直身体不好，这次又病了半年多。湾里的人都去赶了礼。"国胜叔姓彭，和我们湾的不是一个姓，应该说，不是太亲近，但是他在道班开了四十年的店子，可以说方圆五里内凡是上了三十岁的人，一定和他打过交道，在他店子里买过东西。他亲切和蔼，很懂得和气生财的道理。他开店的四十年，对于我，似乎有着更深的意味。第一，他开店时间极早，应该在1980年左右，可以说，他开店的四十年，就是改革开放的四十年，见证了乡村从贫穷到富裕的四十年，小店的历史就是一部改革的历史。第二，我从小学三年级起（三年级起我在邻村学堂读书）到初三毕业，每天上下学都要经过小店门口，几乎每天都要在小店里晃一晃。国胜叔总要问一句"要点么事呀"，所以，我应当算是当年光顾小店最多的顾客之一，自然和老板国胜叔很熟络。后来我上了大学，在城里安了家，只要回家，我也会在小店门口晃一晃，国胜叔总要问一句："传明，么时回来的？"一样是笑容满面，和蔼亲切。可以说，国胜叔就是我成长的见证人，他见证了我如何从一个三尺高的小孩到长大成人，走出乡村，来到城里的过程。第三，在20世纪80年代，小店应当见证了方圆五里内各家各户的喜怒哀乐。那时候，各家各户都穷，过年甚至红白喜事，根本拿不出来钱操办，所以，必须得赊账。这个小店救了各家的急，我从没听说国胜叔拒绝过任何一家的赊账，只听说有人欠账好多年，从这一点来说，小店也算是助农扶贫的模范。小店当年的经营方式，兴许对今日乡村助农扶贫有点启示。第四，到了新世纪，小店的生意似乎没有以前红火了，原因是三里外的骆驼坳镇开了大型的超市，相对富裕的人们有了更多的选择，去镇上买货了，但是小店却依然热闹，是人们集聚娱乐的场所。打麻将的、打扑克的、跳广场舞的，络绎不绝，缓解了乡下留守老人的孤独。第五……

我想着这小店存在的四十年，就像回想我走过的长路，忽然就穿越了时空，回到了1980年。那时候，我还小，独自奔走在上学的路上，到邻村的学堂小学读书，走山路近一点大约四里路，走马路（公路）大约六里路。

早上时间紧，走山路的次数多，得过三个畈、三座山、两个垇。小小的我在田间小路上晃荡了三年，熟知了天地间的春夏秋冬、四季轮替。春天，春寒料峭，万物萌生，看田野里播种秧苗，树枝上长出新叶，池塘里成片的黑蝌蚪，闻着山上弥漫着兰花的幽香；夏天，骄阳似火，百草丰茂，郁郁葱葱，听鸣蝉高唱，斑鸠声声，看田野里的父老乡亲挥汗如雨；秋天，墨绿的马尾松开始落下发黄的松针，枫树叶斑驳，山脊上的乌桕树（木子树）片片红叶，叶片泛着微光，人们在田野里收割晚稻，挥汗如雨；冬天，衰草连连，池塘水沟里水落石出，冬小麦给山脊的梯地盖上了绿被，倒也有几分生机，水田里只剩下枯死的谷蔸子，有时泛着水泡，山边的水田被山影覆盖了，总是在阴凉之中，结了厚厚的冰，成了我冬日的滑冰场。

傍晚放学，时间充裕，我只要在天黑之前赶回家，父母就不着急，于是我就在回家的路途上晃晃荡荡。大马路是当时318国道的一部分，叫罗浠公路，在我眼中，它是很美丽的乡村公路，两旁是高大的梧桐树，遮阳蔽日，在骄阳似火的夏日，你可以不戴草帽，树上的喜鹊、八哥、麻雀总是叽叽喳喳，闹个不停。有时候，刚出巢的麻雀还不太会飞，就落在马路牙子上，你快步走，就可以把麻雀抓住。把麻雀托在手上，瞧着他淡黄色的喙，小嘴巴发出"叽叽呀呀"的声响，似乎和你商量："你把我放了吧。"路边也有少许杨树和垂柳，早春的时候，垂柳的嫩枝恰似"万条垂下绿丝绦"，倒映在路边水田的薄水里，是最好的春天印象。我有时就掐一把柳条，缠成一个帽子，在马路上奔跑，那是我最欢快的时候。

可惜，世易时移，我曾走过的乡村小路，早已没有了。由于田地无人耕种，现在一年到头也没人走过这窄窄的乡间小路，小路已经完全被荒草埋没。多年来的雨水冲刷，小路早已沟壑纵横，不能走了。以前横在田间水沟上的木制小桥，早已腐朽，连几根烂木头都看不见。我看着田里长着比人高的荒草，颇多感慨。曾经的318国道，已经改道了，罗浠公路修成了漂亮的二级公路，直通县城，门口的这段路成了乡道，曾经车来车往，熙熙攘攘，现在也清静了许多。由于年久失修（连曾经的严坳道班都撤了），早年铺的柏油路破败不堪，重新修缮后，变为水泥路面。

国胜叔的小店最早是开在严坳道班对面的路边，那时只是盖了一间房，不是卖百货的，而是卖油炸食品——油条、馓子、油绳（麻花）。1980年，土地刚下放，各家各户都很穷，每户都铆足了劲，准备种田发财致富，做生意还不是很盛行，我对国胜叔开店卖油炸感到很惊奇，记得父亲说："国胜风湿很严重，不能下水田，所以开店。"后来，我也曾注意到，在炎天暑热的三伏天，下田搞"双枪"的时候，国胜叔穿着高帮的雨鞋。那时的生意一定很不好，家家户户穷得很，谁都没有钱，哪能吃得起奢侈的油条、馓子？只有在过节的时候，才吃那么一两回。记得有一次过立夏（老家立夏是个重要的节日，要喝汤庆贺），父亲买了十来根油条，准备泡在肉汤里。父亲怕我提前知道吃光了，竟偷偷地藏在装谷物的睡柜里，被我偶然翻到了，偷吃了好几根。我从小就好吃，每天放学经过小店，看着热锅里翻滚的油条、馓子，流下了长长的哈喇子，国胜叔说："向你爸要钱来买哈！"回家后，我就撒泼，躺在地上不起来，母亲就从柜子里铲两升麦子，我用提箩装着，兴冲冲地跑到小店里换油条。国胜叔笑着说："多换点，把箩儿装满！"我还记得小店的油条其实炸得有点发硬，原因是他用猪油炸（当时没有菜油卖，各家各户的菜油只够吃），但对我来说，已经是美味。

如今我再回家的时候，镇上的小吃店已经很多了，卖牛肉面的、热干面的，油炸食品更是有好多家，甚至有回民在镇上开了一家"兰州拉面"。乡村有很大改变，听说镇子旁边的好几个塆子，很多人家是不做早饭的，起床后直接到镇上去过早，跟江城大武汉是一样的，早上一碗热干面，一杯豆浆。可见，城镇化的浪潮吹遍大中华的每个角落，就算远离城镇的山村，也不用自己做馒头，炸油条。在家的日子，我常常看到对面的马路上，有人用摩托车载着一个大塑料筐子，前面放一个喇叭，自动播放"馒头、花卷、油条"的叫卖声。他卖的馒头非常松软，口感也好。父亲告诉我，他们都是河南人。河南人做的馒头果然好，他们真是会做生意，馒头都卖到山里来了。

国胜叔的油炸店，开的时间似乎并不长，后来挨着道班的围墙修了一间房，改成卖百货兼收农产品，不久又沿着围墙做了一间房。小店的日常生活用品甚至农用产品很是丰富，当地人需要的东西都有。我记得小店靠墙有几排货柜，靠着围墙的那一排是日杂，堆放着盐、海带、粉丝、黄花等食品，后来还卖植物肉、虾片等农家办酒席常买的食品。酱油、醋、味精似乎也在卖，但买的人家并不多。我小时候家里做菜只放油盐，其他的佐料都没有。后来我到外地读大学，看到人家炒菜要用上豆瓣、姜、蒜、花椒、酱油、味精、醋等，觉得很是吃惊。去年回家，看到家里的灶台上除了生抽、老抽等常见的调味品外，还有一瓶蚝油，很是意外。糖似乎卖得不少，以红糖居多，白砂糖似乎很少，因为礼尚往来是少不了糖的，塆子里有人生病，得买东西去慰问，生孩子得买东西去庆贺，由于穷，至亲可能买几斤肉或一只鸡，一般的左邻右舍就送几个鸡蛋或一包糖。特别是过年，到亲戚家去拜年，是必须要拿一包糖的，一包糖含着几多蜜意，不像现在，亲戚往来，一般是不拿东西的，有钱走遍天下。我觉得，给钱虽然简单方便，但总觉得似乎用心不够，就像以前的千层底儿，虽然不够美观，可是包含了送鞋人的真情厚谊。其他日杂有电灯泡、碗筷、农村女红的针线等，还有白纸，一米见方的白纸堆得不少。我有时候常买白纸裁剪成本子大小，用来做作业，但更多人家买白纸的目的是用来"刷纸钱"。小时候，逢年过节，特别是有人过世，得大量地"刷纸钱"。那时的乡下，"刷纸钱"是一年中重要的活动，我七岁起就开始"刷纸钱"，我家有一块印刷"往生钱"的雕版，每逢过节或过年，父亲就给我几毛钱，让我去买白纸，买红色染料，自己裁剪，自己刷制。由于见得多，我还记得我家的雕版上的一句话：凡是往生皆救度，不是吉人不许传。这句话，到现在我都不知道是什么意思。去年我给家婆去上坟，我问父亲："不带往生钱吗？"父亲说："现在商店里都有卖的，哪个还刷'往生钱'？"我突然一惊，再也见不到以前刷"往生钱"时的虔诚——焚香、洗手、时不过午。

进入小店，正对着顾客的，是一个玻璃柜台，摆着当时流行的香烟——"大公鸡""圆球""游泳""永光"，后来还有"支龙""红花"，再后来有"龙乡""大重九""蝴蝶泉"等。我之所以对这些香烟记得这么清楚，是因为我父亲是个木匠，他当时还带徒弟。按照当时的习俗，在乡下做一天木工，除了工钱吃喝外，还可以得到一包烟。而我父亲是不吸烟的，所以那些烟除了供应我爹吸以外，常常拿到小店里换点东西，也因此引得了大家的羡慕。换的东西多半是家里需要的盐、牙膏、肥皂等生活用品，逢年过节的时候，也换点海带、粉丝、黄花等等。其实，我偶尔也趁父亲不注意的时候，拿一包烟到小店里换东西，但每当这时候，国胜叔总会问："你爸晓不晓得？"我默不作声时，他一定会告诉我父亲，免不了父亲回来对我一顿吼。我换的东西，多半是瓜子，当时有一种叫"傻儿瓜子"的炒货，红遍大江南北，至今仍觉得是美味。现在我吃过无数的零食，比如进口的开心果、夏威夷果、碧根果虽然价格昂贵，却始终吃不出"傻儿瓜子"的味道，原因大概是芋老人所说"犹是芋也，而向之香且甘者，非调和之有异，时、位之移人也"。现在父亲不做木匠已经好多年了，偶尔帮人家做点木工活，譬如做个锅盖、梯子，出个櫈担，做得最多的是做寿房（棺材），都是人家把木材送到我家里来，谈好价格，不给烟，不供饭，简单明了。

小店里，对着围墙的柜子放着布匹，有十来卷，颜色比较单一，灰、蓝、黑居多，也有红的、绿的、花的。平时我没见到多少人买布，过年的时候，买布的人多一点。过年时，父亲常常会从这里买几米布，给一家人做一套新衣过年，但给我做的永远是蓝色的上衣、黑色的裤子，而妹妹也不过是几尺红红绿绿的花布。到了20世纪90年代，给我们家做衣服的老裁缝已经很老了，各家也不再请裁缝上门做衣服，因为县城的河边有集贸市场，卖衣服的很多，可以自由选择。甚至有挑着担子走家串户卖衣服的，他们多半是从汉正街进的货，到乡下来叫卖，虽然质量不咋的，但便宜。小店虽然引领不了服装潮流，但有时也能跟随时代的风气，让乡村也潮一把。记得1986年，我在镇上读初中，突然之间，很多孩子都穿上了白色的球鞋，我很是羡慕。有一天傍晚放学，母亲也给我买了一双，母亲说："我在国胜店买的，好多人都买了。"有一双白色的球鞋，在学校里就是潮人，当时大多孩子都穿着母亲做的千层底儿鞋，也有穿解放球鞋的。我常常感慨，当年我们厌倦的千层底儿鞋，到如今成了奢侈品，有钱人才穿得起。

小店里卖过的东西还有很多，但时代的列车实在是太快，很多东西都成了过往，估计再也回不到我们的生活，但是，我忘不了小店里的忙碌和我对小店的记忆。

小店最为繁忙的时候，应该是过年前，从阴历腊月廿五开始，能付得起现款的人家，挑着一担箩筐，到小店里采购年货。小店的厅堂实在是太小，站不了几个人，显得很是拥挤，于是后来的人就站在小店的门口，抽烟、聊天。平时就国胜叔一个人，过年的时候，他的子女也来帮忙。国胜叔站在柜台边，拿着一张纸，说道："要么事？先说清楚，算好账，再发货。"不等人家开口，国胜叔就说道："是不是烟拿五包，红糖三斤，酱油一瓶，味精一包，海带两斤，粉丝两袋，小孩吃的副食拿两袋，两千响的炮子拿五封，二十头的短束电光炮拿十盒……"那人说："烟要拿一条，到外父那去辞年，要拿四包烟，两包烟见不得人。"旁边马上有人插话："这女婿还有点孝心。"那人接着说："两千响的炮子不要那多，搞两封五千响的，今年出方（过年习俗），我放一万响的，争取出门打工多赚点钱。"有人说："听说你今年就发财了，赚了好几千。""钱这个东西，哪个还嫌多？"这人接着说："副食搞十袋子，反正伢儿喜欢吃。"国胜叔笑着说："祝你明年出门发大财，到时还要多买点……"那人挑着堆满年货的箩筐，甩脚甩手地走在大马路上，引得众人羡慕，那是人生最为得意的高光时刻。

没钱的人家，要挨到除夕头一天才去买，今天不买的话，这年就过不了。那人提着大提箩有点怯生生地去了道班小店，先站在马路边，看着店里的动静，似乎跨不进门槛。国胜叔在店里喊："细婶，要点么事？进来呀。"那人才进了门，东瞄瞄西瞅瞅，半天不开口，国胜叔说："冇得钱，是吧？先欠着。"那人说："你也晓得，细叔年前生了病，现在还不能下床，家里实在没有钱，本想别人吃肉是一天，我吃粥也是一天……""你要么事？自己拿，不说了。"国胜叔打断她的话。那人只好怯生生地一样拿一点，也不敢精挑细选，国胜叔见她缩手缩脚，按照普通人家的需求，给她拿东西，烟、酒、炮子是过年的必备，粉丝、海带、黄花、红枣，家家户户都要买，她家也不能少，红糖副食也要点，拜年总不能空着手，一会儿就堆满了大提箩。记完了账，那人又说："胜，谢谢你啊，我这年也就能过了。明年有了收成，卖谷子呀，板栗有些收入，打木子也能卖点钱，我一定把钱还了。""好了，你走吧！"国胜叔忙得很，没空听她嘀咕，再说，这些话也当不得真，她去年欠的钱到如今都没有结清。

现如今，采购年货再也没有欠账的，家家户户都有足够的钱置办年货，买的东西很高档，酒是"天之蓝""海之蓝"，在外面发财回来的，喝五粮液、茅台酒也是有的；烟要抽深蓝黄鹤楼，四十块以上的，都说："以前过年穷得很，现在要潇洒过一回。"小孩吃的副食再也不是以前的京果、饼干，而是整箱的砂糖桔、香梨。偶有人家招待小孩的是进口的费列罗巧克力，一颗就要好几块钱。所以我眼见这道班小店的生意也就没有以前好了。这也可以理解，毕竟高档的东西要到高档的超市去买。这就像年老的父辈，现在年纪大了，不能像以前那么利索，也不能像年轻时光彩照人，但是我们每个人都不能忘了，父母年轻时是如何培养我们的，让我们走过人生最艰难的时候。

1992 年，我上了大学，后来定居江城，在家待的日子不多，在小店里购物晃荡的时候更少。偶有在小店门口经过的时候，国胜叔看到我，总要打招呼："传明，么时候回来的呀？"我赶紧回答："昨日回的。"就这么简单交流两句，其实蕴含着多少温馨和回忆。去年春节，我在家里多待了几天，所以有空到小店门口晃荡，但没有见到当年采购年货的盛景。围在一起的是一群打扑克牌的四乡八邻，国胜叔也在围观，我说："国胜叔，马路边的这块田是你的吧？"国胜叔说："是的呀，你还记得。""你这块田可种了好多年，快四十年吧？""有。""那你这生意也做了四十年，你当年开的油炸店，就在田头的那块地里。""这，你也记得？"国胜叔看着我，很惊奇。旁边有个年轻人开玩笑说："他当年用地沟油炸油条。"我笑着说："当年有地沟油就好了。"没想到这一次对话，是我们最后一次交流，这对话有点像道别，真的，人世间，似乎冥冥之中，上天都做了安排。

国胜叔走了，他开的小店也不知他家是否还接着开，但我们应记住在最困难的时候，小店给我们的便利，给我们的帮助，给我们童年留下的美好记忆。应该说，改革开放四十年，也是乡村致富四十年，小店是致富路上的好助手，国胜叔温和的微笑是永远不可忘记的乡愁。如今，他儿子是村支书，也是和小店一起成长的年轻人，估计也到了不惑之年，相信一定能和他父亲一样，给四乡八邻更多的关怀，共建美好乡村，让留守的人们生活更便利，让在外拼搏的人们多一份安心，多一份甜蜜的乡愁。

第五辑

道阻且长，忧思惶惶

感悟《周易》，意在笔端

1

我写"木叶乡情"这个公众号，本意就在于记录心情。我大学毕业进了省城已经26年了，正合乎"城里载了我的身，却容不了我的心；乡下能容我的心，却载不住我的身"的尴尬状态，所以我写一些回忆乡村的文章，来慰藉我这颗飘零的心。人生值得回忆的事情挺多，经历过的人、事、情都值得咀嚼，其实还有一个值得咀嚼的东西就是读过的书。比如说，我读《红楼梦》，年轻时我深深同情林黛玉，她在《葬花词》里说"一年三百六十日，风刀霜剑严相逼"，那是寄人篱下的感受。后来，我四十多岁时，有次生病了，住了一个多月的院，孩子上学没人送，吃饭没人送（妻子上班的地方在江对岸，中午回不来），感到很无助；此时，孩子一同学的妈妈，乐意帮我给孩子送饭，那种感动难以言说。我突然就想到了林黛玉，自己的母亲没了，外婆家大富大贵地接待你，你却将其视为仇敌，是不是不知感恩呢？再后来，我教了一个学生，她的伯伯是我的同事，我对她格外用心，但她不够努力，有次找她谈话，我说："你不努力，对得起你大伯吗？你小时候就被他带到城里来读书，供你吃喝和读书。"这学生眼睛里露着幽怨，说道："我爸爸妈妈给钱了。"她的回答令我惊愕。后来，我很悲愤地和一朋友说起这事儿，她告诉我："这很正常，我读书时就是叔叔带的，叔叔在县一中当老师，我吃住都在他家，但那时一点都不感激，甚至有点恨他，因为他对自己的女儿好些，对我差些。

143

没有比较就没有伤害。直到现在，我自己当了父母，才很感激叔叔，要不是他，我还在农村。"听了朋友的话，我豁然开朗。原来，《红楼梦》就是一部写少年的书，我们不能用成人的眼光看里面的故事。正所谓"世事洞明皆学问，人情练达即文章"。

好书须读千百遍，随着年纪的增长，每读一次感觉就完全不一样。年轻时读《红楼梦》着意于爱情，现在读，着意于悲悯。比如，对待贾瑞，最初更多的是嘲笑，将其归于淫魔色鬼一类；现在，我却不这么想，明知照了"风月宝鉴"会要了性命，但欲望却难以自制，最后还是被欲望要了性命。面对欲望的难以自制，是人性的弱点，不是人性的缺点。因为缺点可以克服，弱点克服不了。身边有无数的家庭都离了婚，很多都是由于出轨。我想那出轨的一方，多半是贾瑞，明知照了"风月宝鉴"会妻离子散，还是照了。他们是我的同事、朋友，品行善良、乐于助人，你让我骂他道德沦丧，我开不了口。我只能悲悯人的可怜，就像飞蛾扑火一样的可怜。色欲是众多欲望中的一种，往往有道德的监控，还有很多种欲望，比如对金钱的欲望、对功名的欲望等等，往往以阳面来包裹，把对金钱的疯狂追求叫有事业心，对功名的疯狂追求叫有上进心，多年来，我纠缠着这些问题，后来明白这叫"一体两面"，于是开始阅读《易经》，因为《易经》就是讲阴阳、一体两面的。

2

我最开始接触《易经》是从读南怀瑾的书开始的，他讲《易经》的两本书是《易经杂说》《易经系传别讲》，虽然他用通俗的语言在讲《易经》，但我还是有很多地方不懂，有些地方讲得神乎其神，我不懂也不赞同。好在，南师从来不在乎别人对他的看法，也从来不把自己讲过的书认为是正统。过了几年，台湾师范大学曾仕强教授在大陆风靡，先在央视《百家讲坛》讲《周易》，后来又在海南旅游卫视讲《周易》。曾仕强教授讲的《周易》要好懂一些，受到很多人的喜欢，到书店里去，有专柜卖他的书。我像追星的小朋友一样，也追星，曾仕强出版的书我买了十几本，大多和《周易》有关。这些书我都看了好几遍，重点的语句打了波浪线，做了笔记。再后来，台湾哲学大师傅佩荣开始在大陆风靡，网络上有很多他的讲座，书店里也有他的专柜。傅佩荣教授讲课温文尔雅，不急不躁，让人如沐春风，最主要的，他讲《周易》等经书，不架空分析，落实字词的做法，对我很受用，因为我是语文教师，对学生讲文言文需要字字落实。

有这三位老师的教导，我似乎对《周易》有那么点感觉，当然不能说懂，因为没有人能懂。《易经》是万经之首，其大无内，其小无外，谁也不能说自己懂了。讲《易经》的多半是各说各话，挺有意思的。书店里卖《易经》的书半面墙，没有几个观点相似的，大家都以"我注六经，不是六经注我"作为不同观点的理由。我是个小小的老师，再张狂也不敢说"我注六经"，但我有责任把《易经》这本书介绍给学生，于是我斗胆地在学校开了一次讲座——"天人合一"，重点向学生介绍太极图。当年的《武汉晚报》《武汉晨报》还进行了报道。

3

2010年的这次讲座，我主要给学生讲述了我对《易经》的一些浅显理解，传达一些积极进取的精神。

第一，给学生介绍了什么是天人合一。

"天"从范围讲，就是整个世界，可大，大到无限，宇宙无边；可小，小到无极，不可再分。或者说，从宏观到微观。从特征讲，就是天性。人，从范围讲，指整个人类；从特征讲，指人性。合一，就是一致，本性应一致，方向应一致。再结合起来讲，从方向上，人和天和谐相处，互相促进，促进整个宇宙世界的发展，不存在谁征服谁的问题；从本性上说，人性要学习天性，不要违背天性。天，有什么特性呢？我们来看看世界，抬头为天，低头为地。天地的特性，按照易经的说法：天行健，君子以自强不息；地势坤，厚德以载物。天的特性是：稳健，每日白天黑夜，每年春夏秋冬，交替出现，从不改变。天的特性概括就是：有恒、运动不息。地的特性：载物，促进万事万物生长，按照老子的说法：万物作焉而不辞，生而不有，为而不恃，功成而不居。地的特性概括就是：奉献、低调。按照天人合一的观点，人就应当学习天：有恒、运动不息。

第二，感悟了太极图。

首先，太极图画成圆形，是和中国古代"天圆地方"的观念相关。天人合一，就是要求人"外圆内方"。意思是说，内在要有原则，外在要圆通。这种内在的原则按照儒家的说法就叫仁义，什么是仁义呢？先看"仁"，就是二人，不是真的就是两个人，代指的自己和他人的关系；再看"义"，义者宜也，宜就是合适、应该的意思，繁体"义"写为"義"指的是柔的时候是羊，刚的时候，是拿着戈矛的手，刚柔相济，该硬的时候硬，该软的时候软。"仁义"合在一起，就是在自己和他人的关系中，做合适的事。在人际关系中，按中国的文化传统，就是先人后己，贵人贱己。外在的圆通就是指一团和气，尽量不要去伤害人，圆形没有菱角，也最不容易伤害人。只要不违背原则，尽管圆通些，不伤害人，对人一团和气。但是没有原则的圆通，做个老好人，以及只知原则，却不知变通的两种人，都不符合"天圆地方"的天性，必然不利，是凶相。

生活中我们如何去"外圆内方"呢？那就是追求"圆满"。我觉得尽量对人和善，多考虑他人感受，如果对方做得不好，只要不违背原则的，不要纠结，放人一马，也是放自己一马；就算对方犯了错误，违背了原则，要进行反击，做事时也要注意方式，尽量减少对对方的伤害，照顾对方面子，考虑对方的感受，怎么"圆"就怎么做。有时，我们得记住一点：宽容走在正义之前，现在说法就是"情法理"的和谐统一。

其次，太极图中的曲线，易学中叫"曲成线"，意思就是说世界是由曲线组成的，走曲线才能成功。由此，我们有这样一些感悟。世界的形成都是弯曲的，曲线是世界上最基本的线条。且不说在大地上，群山起伏，山岭逶迤，远望四方，沟壑纵横，曲曲折折；就算在风平浪静，水面如镜的大海上，远观天际，你所看到的也一定是一条曲线。甚至你数学上所说的直线，也可以叫曲线，直线只不过是曲线里的特例。太极图上的曲线是个反S形，S形是曲线中最美的图形，一个女人的身段，如果成S形，我们说她身材好，觉得她美；甚至看风景，如果成S形，我们觉得他雄伟壮观，如果有空，你站在黄鹤楼上，俯瞰建在龟山蛇山之上的长江大桥，就是S形，一种美的感觉油然而生。长江大桥和黄鹤楼，相映成趣，熠熠生辉，成为武汉最亮丽的一张名片。

"曲成线"告诉我们"曲"才能"成"，所以我们在人生的道路上，有些曲折是正常的，正是有了曲折，将来才能成功。有一副对联写得非常好："人心弯弯曲曲水，世事重重叠叠山。"人生有低谷，也有波峰。在低谷的时候，不要灰心丧气，要知道"乘舟侧旁千帆过，病树前头万木春"。我们总是祝愿别人万事顺利，正是顺利不易，好事多磨，所以有这美好的祝愿。人生既然"不如意十之八九"，所以能保持平和的心态，坦然地面对一切，显得尤其重要。世界既然都是曲线的，失败又算得了什么，失败是成功之母，正合天性。再说，直线就好吗？在高速公路上走过吧，没有一条高速公路是笔直的，为什么呢？因为笔直的高速公路，容易发生车祸。人生的道路也是一样，我们常常说一个人阅历丰富、人生经验充足，我相信这样的人，一定经历了很多的挫折。记住"人生历尽千般苦，沧海横流万年长"。

"曲成线"还告诉我们一个道理，要成就一件事情，一定要懂得"曲"，走"曲"的道路。老子说"直则枉，曲则全"，直来直往，往往枉费心机；转弯抹角，往往能够办成一些事儿。在《邹忌讽齐王纳谏》的故事里，邹忌要是直接对齐王说，你身边的人都是对你说假话，闭塞视听，你危险了，齐国也危险了。估计这样说，齐王听不进他的话不说，还要要了他的脑袋。"围魏救赵""磨刀不误砍柴工"，也说明了这一道理。

太极图中的曲线，除了"曲成"含义外，还有划开天分阴阳和运动变化之理。万事万物之中，都有阴阳两面，阴指的是"内收、内敛"，阳指的是"扩张、外放"。阴阳也不是恒定不变的，他总在运动变化之中，正所谓运动是绝对的,静止是相对的。曲线给人的感觉明显就是运动。没有运动,就没有变化,没有变化,就没有世界,孔子讲"生生不息",就是这个道理。

最后,太极图由黑白两色交合而成,黑色属阴,白色属阳。我觉得很像一对男女抱在一起,正所谓"负阴以抱阳",就是说男人背着女人,女人抱着男人。男人和女人结合,就可能产生一个新的生命,以达到"生生不息"的效果。社会的起点就在于男女关系,男女关系的和谐解决是社会进步的基础,所以孔子在编撰《诗经》时,把《关雎》放在篇首,《关雎》写的就是一个男追女的爱情故事。

"一生二",天分阴阳,阴阳也总是在运动变化之中,阴中有阳,阳中有阴,所以,在太极图中,代表阳的白色中有一黑眼,表示阳中有阴;代表阴的黑色中有一白眼,代表阴中有阳。这一特性,在我们身上都有体现,例如,女孩一般长得像爸爸,男孩一般长得像妈妈。从太极图里,我们还可以看到,黑中的白,白中的黑,很像一个怀孕的妇女,肚中正孕育一个新的生命,那个新的生命正在长大。

太极图描述的这一天性,可以给我们这样的人生启示,人生没有纯粹的好与不好,好的时候,可能已经了孕育着不好;不好的时候,可能已经孕育着好,正所谓"福兮,祸之所伏;祸兮,福之所依"。比如说,大家都希望有钱,有钱好啊,可以办成很多事儿,可是钱又是惹祸的根苗。没钱的时候,夫妻之间,相濡以沫,同甘共苦;有钱的时候,互相算计,彼此怀疑,多少美好的家庭由此破碎了。明白福祸相依的道理,那么我们该怎么做?人生得意莫猖狂,留几分余地;人生失意莫悲观,看几分希望。我们常说,千万别得意忘形,否则乐极生悲,这自然是符合天性;但是,我们常常忘记了反面,人生也切不可失意忘形,很多人,一遇到了挫折,面容枯槁,死气沉沉,完全没有必要,"倒霉时,理头发,穿新鞋",很有几分道理。由此,我想到,什么是成功?有人说,成功就是有钱有势,发大财当大官,天下人人尽知,正所谓名利双收。如果是这样,使我想到这句诗:"一家富贵千家怨,一将功成万骨枯。"一个人的成功妨碍他人,互相充满了仇恨,世界没有和谐,成功又有什么意义。成功就是圆满，就是让你人边的所有人都满意，这样的成功才是有意义的成功，并且不互相挤压，人人和谐相处。一个人圆满了，才是真正的成功。

4

以上，是我十多年前对《易经》的感悟，今天看来有些道理，但《易经》广大精微，终其一生，也只能略知皮毛，再说，它不是知识，是智慧，需要用生命去感悟。这随后的十多年，我对《周易》又有了更多的感受，但却没有用笔把它记下来。一来，近年身体大不如前，以前可以通宵熬夜读书写作，现在过了十一点，就头脑发昏，写不出一个字，如果喝浓茶抽烟来勉强的话，第二天一定是云里雾里，不知道自己是谁。第二，视力大幅下降，近视已过了千度，老花也日益严重。以前总以为，老花和近视可以抵消一些，到老了，近视会改善，但事实全不是如此，远的看不见，近的看不见，摘了眼镜，一米外看不清脸孔，五米外分不清男女，下楼梯，似坠悬崖，得小心翼翼，其中甘苦自知。我很想把以前看过的书，再认真看一遍，实在是勉为其难。睡觉前，我把曾经看过的《周易》相关书籍，放在枕边，刚看了一页，就重影，就流泪，只好又放下，然后慢慢就睡着了。

我觉得人的很多想法，会灵光一现，如果不记下来，会消失在无常之中，所以，我很想把我曾经有过的感悟记下来，落于笔端。大部分的想法可以附着在易经的六十四卦之上，所以想写一些《易经》感悟的文章。一来表明，我已年近半百，过了"不惑"，到了"知天命"，不能还那么幼稚，得三省吾身，让自己"知明而行无过矣"。二来，离退休还有十多年，工作中还必须给孩子们介绍点易经的知识，这不是卖弄，是高考中正在考的内容。比如，2021年的高考题，这样出：毛笔人字的起笔，需"逆锋起笔，藏而不露"；运笔"中锋用笔，不偏不倚"；收笔"停滞迂回，缓缓出头"，要求学生根据这毛笔"人"字的描红，写一篇文章。不用说，如果孩子们明白《易经》乾卦的道理，就比较容易上手。起笔是说人生的起始阶段，须"逆锋起笔，藏而不露"，讲的恰是乾卦初九、九二爻的道理。初九爻爻辞：潜龙勿用；九二爻爻辞：见龙在田，利见大人。这两爻是说，在人生事业的起始阶段，要多受些苦头，在逆境中成长，让自己强大起来，厚积德，深聚才，切不可忙着显露自己，到了时候，方可见机行事。正如孟子所说，"故天将降大任于是人也，必先苦其心志，劳其筋骨，饿其体肤，空乏其身，行拂乱其所为，所以动心忍性，曾益其所不能。"运笔是说在人生的过程中，须"中锋用笔，不偏不倚"，讲的恰是乾卦九三、九四爻的道理，九三爻爻辞：君子终日乾乾，夕惕若厉，无咎；九四爻爻辞：或跃在渊，无咎。这两爻是说，在人生的过程中，要勤勉努力，还要小心翼翼，就算这样，你也未必能成功，毕竟人之不如意，十之八九。成功的在天，不成功的在渊。"不偏不倚"，就是行走中路，靠努力去锤炼人生，不要老想着走歪门邪道。恰如孔子所说"生无止息"；也如曾子所说"《诗》云：'战战兢兢，如临深渊，如履薄冰。'而今而后，吾知免夫，小子！"收笔是说，人生到了高潮，似乎要戛然而止，就该"停滞迂回，缓缓出头"，这讲的恰是乾卦九五、上九爻的道理，九五爻爻辞：飞龙在天，利见大人；上九爻爻辞：亢龙有悔。这两爻是说，在人生的巅峰，要品行端正，厚德载物，方可配得上"大人"之德，更要懂得急流勇退，适可而止，须知"月满则亏，水满则溢"。笔行至此，要缓缓提笔，离开那白净的纸面了。可见这乾里人生，饱含着智慧，但十七八岁的高考生，哪里懂得呀！

　　所以，我准备动笔，把曾经的丝丝感悟记下来。家乡的氤氲，在我心头缭绕，我写"木叶乡情"；往日感悟的灵光，如冥冥中的霞光，大概也需要收集，否则，到了黄昏，消失得无踪迹。

　　突然，记起曾卓的那句诗"遥望我年轻的时候，像遥望迷失在烟雾中的故乡"！

身寄天地如蜉蝣，名系乾坤一坐标

1

堂弟从老家打来电话，喜洋洋地告诉我，他的二宝出生了，是个男孩，让我这个读了几天书的大哥给孩子取个名字，他反复说："大哥，用点心，帮取个好名字!"家里添丁进口，自然是大好的事情。"没有问题。"我满口答应。我绞尽脑汁，在几十年读过的书里仔细搜寻，然后反复比较，以一个中文系中年文艺男的角度来审视，终于找到一个好名字：嘉树。你看，"嘉树"二字出处显赫，很是文雅。屈原在《九章·橘颂》里写道：后皇嘉树,橘徕服兮（天地孕育的橘树哟，生来就适应这方水土）。这里"嘉树"指的是橘树，屈原说橘树"纷缊宜修,姱而不丑兮"（气韵芬芳,仪度潇洒），还说"可师长兮"（可做我钦敬的师长），"置以为像兮"（我要把橘树种在园中作为榜样）。连屈原都推崇的"嘉树"，肯定是好的。再有，这孩子的辈分字是"家"，我觉得直接用"家"字，太过于稀松平常，而"嘉"有"美好"的意思，"嘉"比"家"更有想象的余地，二字同音，又不失辈分字的意义。还有……

当我通过微信把"嘉树"发给堂弟的时候，他说："孩子是昨天夜里十点一刻生的，你看看他五行缺什么，然后给他取个好名字。"我立刻从几分得意中冷静下来。是的，名字寄托着父母对孩子一生的期待，期待孩子幸福安康，前程似锦，岂是仅仅大有出处，颇有诗意就可以定下来的？

"我对五行之类的东西完全不懂，他缺什么我完全不晓得！要不，你找算命的先生算一下，看他五行缺什么，告诉我后，我再想想取个什么名字。"
我说。

2

其实，让我给孩子取名字的亲戚朋友有那么几个，早年我很有热情，觉得能给别人取名字是一种荣耀，随着年纪增长，阅历增多，给人取名字的热情大减。一来，名字岂是我这个和孩子关系不大的人能取的。自春秋战国时，就确定了"父为子女名"的习俗，并延续至今（也有祖辈、舅舅给孩子取名的，但不占主导）。帮别人取名字是不是有点越俎代庖呢？

二来，名字不是儿戏，有可能影响孩子的一生。有一件事，是我亲耳听大学的老师说的。说的是，某年有位老师去招生提档，有一位学生的名字正好犯忌，命运从此改变，也许他至死都不会明白，他的厄运全在于名字。

三来，一生顺利的时候，我们说名字只是个代号，取什么名字都无所谓。可是，厄运来的时候，我们就不免迷信，觉得不好的名字，可能就是万恶之源。有人告诉我，名字里有"之"，可能一辈子坎坷。取个过于高洁的名字，不免一生辛苦。这说法古已有之，《红楼梦》的甄英莲，也就是后来的香菱，一生悲苦，被折磨而死，是不是不该叫"英莲"呢（英莲，反过来就是"莲英"，荷花的意思，荷花在佛教里是至洁的圣物）？曹雪芹借王熙凤之口说刘姥姥："你们是庄家人，不怕你恼，到底贫苦些，你贫苦人起个名字，只怕压得住他。"可见，曹雪芹也认为名字要讲点阴阳平衡。后来，巧姐能虎口脱险，是不是和她的名字有关呢？冥冥之中的事儿，谁说得清楚。

3

名字和我们终生相伴，自然不是儿戏。父母对孩子的爱，就从给孩子取名字开始，所以堂弟三番四次地留言、打电话，让我用点心，给孩子取个好名字，我完全理解他的舐犊之情。可是，说来惭愧，我对自己女儿的名字，都没有他那么用心。

在孩子出生之前，我就和老婆商量孩子的名字。我说："孩子的名字，我爹取好了，叫学文，按族谱上排行叫家文。"老婆惊讶地看着我，我说："是这样的。我还在读高中的时候，家里修家谱，一家一户地顺藤牵线，本是到眼前为止，但也可以顺延一代，把未出世的一代也写上名字。这未出世的孩子叫望丁。每个望丁须另加一百块钱，我爸很爽快地交了一百块钱，打一个望丁。望丁的名字须自己取，取好了名字告诉修谱的负责人。"

我告诉老婆："我爸是没读过书的，我爹是上过私塾的，所以这望丁的名字由我爹来取。我爹跟我说，说我爸那代兄弟仨，能认的字儿合起来没超过一箩筐，希望后代能够出个读书的，所以给后代取个名字叫学文。"

后来我才知道，读过私塾的爷爷，取的"学文"，是大有来头的。《论语·学而》第六章，"子曰：弟子入则孝，出则弟，谨而信，泛爱众，而亲仁，行有余力，则以学文。"爷爷是祝愿孩子，既孝敬父母，又品行高洁，而且能有文采。

孩子出生了，是个女孩，我当时觉得"学文"二字不好，有些男性化，是两个稀松平常的字，且叫这名字的人太多，在如今这个时髦的时代，这名字有点"老土"，要是孩子长大了有意见怎么办？但我又不忍心完全不用爷爷取的名字，我跟老婆商量，孩子能不能叫"家雯"，借用爷爷取的族谱上的排行名，只把"文"字改成颇有女性化的"雯"字。老婆说："女孩子用一个中性化一点的名字，更显得大气。把'家'换成'嘉'就挺好。嘉有美好的意思，寓意不错。再说'嘉文'二字，繁简结合，写在纸上好看些。"我觉得老婆说得很好，她业余喜欢画画，画得也不错，对文字的画面感比我在行！

孩子渐渐长大了，我把她带回老家，和垸子里的那些叫"家欣""家瑞""家贝"等的同辈人在一起，我以为他们会有一种天然的亲近感，可是他们却一脸的漠然。是啊，农耕社会里的血缘纽带，在城市化和工业化的大潮中，被冲击得荡然无存，而我似乎站在落日的余晖中，好像能看到天边一抹彩虹，其实天地之间已是一片苍茫。

4

尽管我父亲没有读书，但是我最初的名字却是我父亲取的。我出生在八月的中秋节，月光皎洁，父亲来了个就地取材，取名"月明"。父亲当然不知道这名字大有诗意，我读了书以后，觉得这名字很好。李白有诗"举杯邀明月，对影成三人"，杜甫有诗"露从今夜白，月是故乡明"，张九龄有诗"海上生明月，天涯共此时"，读到这些名句，我就想到没有读过书的父亲，取名字却这么有诗情画意。

可是，出生不久的我，总是生病，一天到晚地看郎中，这让父母心焦，情急之下，找算命的先生算一下，看到底得罪了哪路神仙。那瞎子说："这名字不好，人怎么能跟月亮比明亮呢？"今天想来，先生是说我要与日月争辉呢，这太高大，我自然办不到。名不副实，是要生病的。

后来又听说，名字太过于阴柔，也是要生病的。在天地之间，太阳是"阳"，月亮是"阴"，"胡月明"三个字中有三个"月"，那是阴到了极点，不生病才怪！再后来，我读了书，觉得这说法有问题。我的名字中，根本没有三个"月"，"胡"中的"月"，不是月，是肉。在很多字中，很多表示肢体的肉字旁，变成了月字旁，例如胳、膊、腿、脚等。《说文》中：胡，牛额垂也，从肉，古声。"胡"本意是牛额下下垂的肉，跟月毫无关系，它寓意"有福"，曾经是诸侯国的名字，胡国在历史上是有一定名气的，《韩非子·说难》上有一段文字：

昔者郑武公欲伐胡，故先以其女妻胡君以娱其意。因问于群臣，"吾欲用兵，谁可伐者？"大夫关其思对曰："胡可伐。"武公怒而戮之，曰："胡，兄弟之国也。子言伐之何也？"胡君闻之，以郑为亲己，遂不备郑。郑人袭胡，取之。

可见，胡国是确确实实有的。我们家谱上这样写：先祖姓陈，有功，封到胡地，称为陈胡公。后代子孙，则以封地为姓，去"陈"单留一个"胡"字。所以说，姓胡的和姓陈的，曾经是一家。

听了算命先生的话，父亲赶快给我换了名字，去掉"月"，改作辈分字"传"，从此，我大号"胡传明"。

　　我们那儿的胡姓是望族，方圆十几里地，大概有几千姓胡的人集聚，大多是同一个祖上传下来的，他们取名也习惯用同一个方式，名字中用一个辈分字，这方式虽好，能记住辈分，能铭记祖先的愿景，但不好的就是同名同姓的很多。我就碰到这种情况，我进初一的时候，班上就有一个和我同名同姓的男生，这给老师带来了不少麻烦，老师要我们俩商量，看能不能其中一个改名，我居然傻里傻气地主动要求老师给我改个名字，今天想来很有几分感慨。

　　辈分字应是祖上的德高望重的名家制定的，寄托着对家族的期待，希望家族源远流长。我们这一支的辈分字是"克登忠厚孝友，历代诗礼传家"。这代表了中国最正宗的传统文化，可惜今天还用这些字做名字的不多。

　　给我改名的那位老师自然不敢瞎改，她跟我说，可以把"传"字改成"继"字。我当时想都没想，就同意了，单纯的我完全不知道，这会给我的一生带来怎样的影响。后来，我仅知道那位没有改名的"胡传明"没有考上大学，而我上了大学，进城当了一位教书的先生。我这么说不是嘚瑟，而是感慨，当年和我一起读书的同龄人，很多都发了财，进了城，过上了令人羡慕的生活，也许他们才是真正光宗耀祖的孝子贤孙，而我只不过是一位落魄的书生。这和名字有关系吗？我不知道。

5

　　堂弟又给我打来电话，说："我找算命的问过，说孩子五行缺金，你给孩子取个带'金'字的名字。"

　　我打开书柜，又打开电脑，上下求索，找到一个自己还算满意的名字，我给堂弟打去了电话，我说："我先声明，我取的名字只是个参考，行不行你要自己定夺。我给孩子取的名字是胡钰恒，钰的意思是珍宝，这名字的寓意是，孩子是胡家的珍宝，愿他健康恒久……"

　　我正说着，电话里传来孩子的哭声，那声音洪亮，高亢，清脆，这感觉就是"爽籁发而清风生，纤歌凝而白云遏"。

生无止息不抱怨，命尽从容淡然归

1

2000 年春节我第一次带妻子回家过年，她看到我家存放农具的房间里摆着两口"料"（棺材），非常吃惊。我告诉她："这是我父母为自己准备的寿枋（棺材）。我们这儿的习俗，人过了五十，就要准备寿枋了，以前是后辈的儿孙帮助准备的，现在很多都是老人为自己置办的。"我父亲五十多岁的时候，身体非常结实，天天出去做木工，比当年二十多岁的我强多了，更不用说，他天天抡着四五斤重的大斧头在木头上剁，不觉得有什么难受。我想之所以有这个习俗，是因为早些年，人的寿命短，过了五十岁，就有点"大去之期不远矣"的想法，毕竟"人到七十古来稀"，现在不同了，全国人均预期寿命都接近八十岁了，时代变了，习俗没变。还有个原因，这做好的寿枋，就像个柜子，是可以存放粮食的。它厚实防潮防鼠，是个不错的存放粮食的地方。

后来，我女儿出生了，每次回家，女儿看到家里的这两口"料"，就有点心悸。孩子生在城里，长在城里，疏淡死亡的话题，更不能理解这样的习俗，看到这和死亡连在一起的寿枋，有点心悸，是最正常不过的。但是，对于我，生于斯、长于斯，生活里浸润着和死亡相连的祭祀、葬礼等习俗，对这些和死亡相连的物件，从来没有什么异样的感受，对此就像对待粮食衣服一样正常。何止是我，大部分的村民都是这样。记得我小时候，经常能看到爷爷辈的大爹，在冬天阳光普照、温暖舒适的日子里，搬一张桌子和一张椅子到阳光底下，点一支香，调一碗红色的染料，用一节干枯的、只剩下老筋的丝瓜络做成的小刷子在"往生钱"的雕版上涂红，刷出一张张的纸钱，堆满了簸箕。他一边刷钱，一边面带微笑地跟我说："这些钱是为我自己准备的。我这一生，总是为钱操心，也总有得钱，我死了到阴间去，要做个有钱人，我要多刷点。"那钱上都有面额，五十万一张，这几簸箕，大概有几十个亿吧，后来我想，每人都是这么有钱，阴间岂不是要通货膨胀了。他们在刷制往生钱的时候，没有半点的苍凉，似乎是为一次远行打点行装。

在我父亲不到六十岁的时候，不仅收好了寿枋，还做好了"富贵"（为生人修墓穴，叫作"富贵"），就修在细山的向阳坡上，坡上有我爷爷奶奶的坟地，旁边还有他兄弟的墓穴，记得做"富贵"的那一天，本家的兄弟，每户来一人。他们在做"富贵"的时候，有说有笑，有人说："大父，你这个地方好啊，冬天好晒太阳。特别是人多，可以打麻将。"有人说："哪止打麻将，还可以开一桌斗地主呢！"有人应和说："呵，大父会打麻将吗？深怕输了钱！"他们在谈笑的时候，全然泯灭了生死的界限，没有一点黄土埋身的忧愁，也许，这就是乡俗中对死亡的一种淡然和超脱吧！

不知什么时候，我突然意识到，我也年近五十，在乡下也快到了收寿枋和做"富贵"的时候，我心里怦怦跳，全然没有我父亲当年那种坦然和超脱，我陷入了沉思。

2

过年的时候，我父亲有一笔定期的存款到期了，要我帮他转存。我想，父亲七十多了，身体也大不如前，这不多的存款，以防不时之需，要用起来方便，不宜存限太长。我跟父亲说："伯（我把父亲叫伯），最多存一年哈，用起来方便。"我父亲皱了一下眉头说："存一年能有几个利息，存三年！你放心，这三年内我死不了。"他嗓门挺大，过年时，银行里的人真不少，很多人看着我们俩，我有点尴尬，我知道我拗不过一向倔强的父亲，只好存了三年定期。三年快过去了，父亲还算硬朗，有机会仍会去做木匠活，最近还去离家五十里地的凤凰关修水利工程，做了两个多月。我好几次打电话，跟他说："别做了，又不缺那几个钱，莫把自己累死了，人家还说我不孝呢！"父亲说："累不死的，我又不是小孩，知道自己照顾自己。"其实，我也知道，在如今的社会里，吃穿不愁，医疗条件大为改善，人们致病的原因，大多不是劳动累病的，而是体力劳动不足，活动不够，又管不住嘴巴，吃到肚子里的粮食，消耗不了，堆积成了脂肪，然后引发了各种各样的疾病，我每次都告诫自己："少吃点，少吃点。"

世纪老人巴金，生于1904年，卒于2005年，活了101岁，著作等身，蜚声中外。他一生体弱多病，七十多岁的时候还关"牛棚"，有人问他长寿的秘诀，他在《大镜子》一文中写道："我只是一个作家，一个到死也不愿放下笔的作家。"据说，除了生命的最后6年卧病在床、无法工作外，从1982年到1999年，巴金几次入院，都还在坚持写作。巴金的很多工作都是在1982年以后完成的，包括修订《巴金全集》《巴金译文集》等。这些大部头的著作，都是巴金亲自编撰。我想，像巴金这样蜚声中外的大作家，晚年自然可以颐养天年，但是他仍旧笔耕不辍，让自己的大脑永远清醒，这大概是他长寿的重要原因吧！

巴金太过遥远，只是在书本上见过，但我塆子里的易大大（奶奶），她看着我长大，我看着她变老。她大概是我们塆子一百年来寿命最长的老人。她的四个子女都特别孝顺，三个儿子家境优越，但是易大大坚持一个人过活，不跟子女们在一起生活。阴历十月份，父亲过生日的时候，我回了一趟老家，到塆里探看细佬的时候，看到易大大在门口张望（她住在细佬的隔壁），她见到我就说："传明，什么时候回来的，女儿嘉文冇回来？"我惊讶万分，我女儿每年在家的时间没有超过三天，这些年，易大大和她见面的次数总共没超过五次，说话绝没有超过十句，这么个非亲非故九旬的老人，一见面就将我女儿的名字脱口而出，真的很神奇。易大大要套被子，她一个人理不顺，正找人帮忙，我赶紧帮忙。理好了被子，易大大叫我坐一坐。易大大的房子很大，是她小儿子盖的两层小楼。这么大的房子被她打扫得一尘不染，白色瓷砖的灶台光洁得可以照人，让我内心的崇敬之情难以言说。她说："以前，他们非让我和他们一起住，我不同意，他们就说，这么大年纪，有福不晓得享。传明，你晓得吧，一个人住，自由些，不影响他人。以前，我牙口好，软的硬的都可以吃，现在只能吃软的，他们将就着我，我看他们难受。我一个人过，整天就做点吃的，把家搞干净。脏了，怕孩子们嫌弃。也没什么事，菜除了几家送一些之外，我也去汪塝（离家不远开了一家超市的地方）买点，自己还种了两畦……"我抬头，透过后门，看到两畦菜地长满了几寸高的白菜秧子，鲜嫩无比。

3

我们那儿每年正月初一，不光要给本家拜年，还得去每家每户拜年。礼俗上是这么要求的，但能否做到，则因人而异。从小到大，几十年来，这个礼俗，除了有两年不在家过年外，我基本做到了，特别是近年来，我更是在内心里告诫自己，一定要做到啊！

年纪大了以后，内心会变得更加脆弱和敏感。好几个婶娘和叔叔伯伯，我给他们拜年的时候，一个个都是那么热情，又是放爆竹，又是倒茶，又是拿吃的，有的还很亲热，笑眯眯地说："这一年你长好了，比以前胖些。"我说："结婚以后，生活逐渐规律，老胃病慢慢好了。"有的很关心我，说道："哎哟，你皮肤都抓破了，多难受啊！看到了，我心里过不得！"我说："我这是结节性痒症，原因是压力太大，性格急躁，医生说，要到有一天心态平和，性情温顺，它才会慢慢好的。"可是来年再去给他们拜年的时候，他们却已不在人世，这时我总是特别地失落，看着村边的松树，还是那么苍翠，人却不在了。

我父亲有一个堂弟，和他一样做木匠，已经过世快十年了。我记得他过世那一年的正月初一，他给我父亲拜年，我正好在家，他们兄弟俩坐在火盆边，谈论着什么时候开张，到哪家做什么事儿。他临走的时候还问我："传明，什么时候到武汉去？"我说："初三就要去呢！"可是，才过正月十五，他给人家做屋时，从楼上摔下来，撞破了头，死在我父亲的怀里。当时，我知道后，通宵未眠。我父亲的这位堂弟和我感情极好，小时候我经常和他睡在一起，后来他结婚了，我还跟他说："我好想睡睡你的新床。"后来有一天婶娘回了娘家，他果然让我和他睡在一起，睡在刷了红漆的新床上。

我想，家里人早早置办好了寿坊，修好了"富贵"，其实也是有必要的，明早的太阳和意外谁知道哪个先来。要是意外先来，预先有了准备，就不至于事到临头而匆忙，最主要的，至少可以让自己决定哪个山头我最喜欢，哪些朋友我可以和他在一起，死后开一桌麻将，抑或斗地主。

4

父母身体康健，对我们在外奔波的子女来说，是最大的福分。我常常想，趁父母身体好，能照顾好自己，我在外好好打拼，等他们慢慢变得更老些，我再回来。以前我也是这么想的，觉得人是慢慢变老的，会给你一个缓冲，让你慢慢适应。后来，我才明白，人是突然变老的，"一夜白头"并非虚言。

我原来住在一个叫"金鹤园"的小区里，那儿都是七层楼的房子，没有电梯。我住在四楼，楼上六楼住着一对年老的夫妻，男女大约都是七十来岁。女的很胖，但精神非常好，总是穿着深红色的外套，背着铁链做背带的小包，雄赳赳气昂昂地去小区棋牌室打麻将；男的很瘦，但非常讲究，理着寸板头，显得精神焕发，衣服总是笔挺的，皮鞋擦得锃亮，有时候还见他穿着白色的衬衣，打着领带。可是有一天，我去上班，打开门，就发现那家男的就坐在我家门口的台阶上，他正一手拉着铁栏杆，一手支撑着地面，努力往上一级台阶挪屁股。他全身脏透了，全是灰。我一见，赶忙把他扶起，慢慢地把他送回他六楼的家。后来，我听说，他肥胖的妻子，在麻将室突发脑溢血，他一着急，赶着去看她，却崴了脚。我见证了这位老人，从风流倜傥到虚弱衰老，只是一个瞬间。

这两年，我也觉得身体衰老得厉害。记得几年前，我不理解有些年老的老师，上课的时候，要拿两副眼镜，左手一个近视眼镜，右手一个老花眼镜，一会儿戴老花眼镜，一会儿戴近视眼镜，有时候还要写板书，搞得手忙脚乱。但这几年，我也成了这样，远的看不见，近的也看不见，没办法时，也准备去配两副眼镜。去年配镜的时候，医生说我近视 850 度，属高度近视。我知道过了 800 度，就算残疾了，我得去社区办个残疾证，以后坐公交、逛景点，不要钱。

因此，我想，对于父母，哪怕他们身体还很康健，我们做子女的也应当尽量多抽点时间和他们在一起，不要等他们突然不行了，再去想尽点孝心。要是真的到了那一天，要么他不给你那个机会，让你有"树欲静而风不止，子欲养而亲不待"的遗憾，要么他瘫痪不能动弹，让你不能承受其重，做不到细致入微，他也难受，你也难受。对于我们自己，不要以为我们还很年轻，岁月漫漫，有可能一夜之间，气候转换，严寒雨雪皆至，所以要关心自己的身体，管住自己的嘴，迈开自己的腿，多关注一下自己的身体变化，对自己的身体负责，是对全家最大的关爱和责任。

5

有一副很有名的对联写道"花甲两巡半，眼观六代人"，说的是有一位活了一百三十岁的老人，赢得了"天下第一家"的美誉。能够健健康康地活过百岁，看够这花花世界，谁不渴望如此呢？所以大家祝福老人，都会说"福如东海长流水，寿比南山不老松"。

《增广贤文》上说：山中也有千年树，世上难逢百岁人。但随着社会发展，科技进步，逢上百岁老人也不是难事，我现在的邻居就是一个 101 岁的老红军。三年前，他出门跳舞的时候，跟我同下电梯，他告诉我，他的四世孙，从广州来，要走了他"八年抗战纪念章"。

著名作家冰心，生于 1900 年，卒于 1999 年，活了 99 岁。她在文章里写道：

"我没有特别的养生之道，就是心里豁达一点，从不跟人计较，也不跟自己过不去，一个人最怕心病。"尽管我小时候就学过，当老师时还讲过她写的文章《小桔灯》，但她始终不如易大大跟我来得亲近，易大大说："山上也有千年树，世上难逢百岁人。我已经九十岁了，哪能活到百岁呢。我之所以能活到这大年纪，是因为我会想啊，看得开。我嫁到这个塆的时候，我家是全塆最穷的，我一来就跟婆婆一起讨了三年米，你金木爹（易大大丈夫）挑石灰过活，有时也在汉文曾爹家打散工，打月工，大年三十都不在家，出门去打更，正月初一每家收点米，跟讨米的是一样的。要是现在的女人早就走了，哪过得下去呢。年老了莫论年轻时英雄好汉，人穷了莫说富贵当年。现在，几个孩子都过得很好，我很满意……"

"过了腊月初十，我就九十岁了，估计也活不了几天。我一个人过，活得很自在，有时出去玩一下。吃饭呢，早一点晚一点都可以，就是早上要起得早一点，因为儿子们嘱咐了隔壁左右的都注意下，要是我没开门，要喊啦，怕我死在家里没人晓得。其实，去年去检查了身体，我没什么病……"她的大儿子建国叔告诉我，她每天晚上必喝一两白酒，我听后惊呼"厉害"。

6

古人云：生死亦大矣。岂能随意把生死挂在嘴边。孔子曰：不知生，焉知死？活着的意义我都没有很好的理解，哪能随意说死呢。

最近我骑电瓶车摔了一跤，在医院里住了几天。我的邻床是一个小伙子，三十五岁，坐电瓶车的时候，进入渣土车的盲区，被渣土车碾掉了右腿，碾伤了左腿，左边的半个脚掌都没有了。骑电瓶车的当场死亡。他好几次跟我说："你过几天就好了，可以下地走路，我却没有腿。"我听后，不知怎么安慰，只是说："你莫这样想，那个骑车的死掉了，你还活着就挺好。"他的老父亲从丰都老家来照顾他，六十岁，显得很苍老，我问他家里还有其他孩子没，他告诉我："还有个女儿出嫁了，不过三年前就死了，留下四个孩子。"我出院的时候，很想把同事来看我时拿的一箱牛奶送给他，但我踌躇很久，还是没送，也许他们要的不是一个陌生人一箱牛奶的同情，要的是直面生活的勇气，好好地活着。

出院后，我骑电瓶车，心里总有点惴惴的，但有一次带女儿赶时间，闯了红灯，女儿说："你不记得你的邻床么？"我连忙说："你说得对，宁等三分，不争一秒。"

我在医院躺着的时候，几位同仁来看我，一位对我说："史铁生住院时写了一本书叫《病隙碎笔》，你也要写一篇文章啊！"我说："好。"于是，在动笔之前，再读史铁生的散文《我与地坛》，他写道："一个人出生了，这就不再是一个可以辩论的问题，而是上帝交给他的一个事实，上帝在交给我们这件事实的时候，已经顺便保证了它的结果，所以死是一件不必急于求成的事，死是一个必然会降临的节日……"

我施金粉为渡己，佛有荣光云天外

1

过年回家，发现家里养了一只小狗，我很惊奇。

咱家没有养狗已经快四十年了。记得我很小的时候，家里养过一只黄色的土狗，高高大大的，最喜欢赶路，有一次母亲到镇上买东西，大黄又吊着舌头，晃着尾巴跟在身后，好不容易吼回去了。可等母亲回来的时候，大黄已被车撞死在家门口。在 20 世纪 70 年代那些缺乏食物的日子里，大黄立刻被剥了皮，上了锅，一大家子围在一起打了牙祭。我隐约记得当时是热闹的，但从此我家再也没有养狗了，后来也领回过几只狗仔，但终因母亲的不冷不热放弃了。

我问母亲怎么又养起了狗，母亲说："你九叔家小花下了七只崽儿。有五只，你九叔开车送到远处丢了，留了两只。给下堍东叔的那只不知咋的，不去他家，老赖着我家不走，没办法，只好养着，它也是一条命嘛！"我看着这只灰色的小狗，眼睛圆溜溜的，黑色的眼睛似乎满含深情。我俯下身子，摸着他毛茸茸的脑壳，它立刻舔我的手指。我听同事说："凡是动物立刻和你亲近的，那都是缘分。"想到这里，我突然从心底涌上一股酸楚。

已经两年过去了，我忘不了那只有过一面之交的黑色小狗。2016 年夏天的某个晚上，我和女儿在众圆广场吃了晚饭，急匆匆地骑上电瓶车，要带她回家做家庭作业。就在此时，一只黑色的小狗，跳上脚踏板，稳稳地端坐着，仰着头，脉脉含情地看着我。由于回家的心情急切，最主要是家里的空间有限，老婆孩子对狗总有一种莫名的恐惧，我想也没想地就嚷道："走，走走！"小狗不为所动。我见它没有要走的意思，一脚把它推了下去。它就像一个包裹从脚踏板上滚落。我赶快发动电瓶车骑走，走了几步，我又停下来回头看，发觉它呆呆地站在原地，没有动……

两年过去了，在多少个寂静的不眠之夜醒来，眼前常常晃动着小黑狗那双脉脉含情的眼睛，我心里空落落的。

2

我常常为自己年长后的心软感慨，居然会为一只小狗而惆怅不已，难道要找回那只无处安身的小狗，我才会心安么？人老心慈，也许是自然常态，所以在回忆往事的时候，也常常会把压在记忆深处的往事翻找出来，似乎快乐并不多，更多的时候，是一种反省，一种遗憾。我现在的职业是教师，总是居高临下地教育孩子，要与人为善，施与比获得快乐。其实，是不是"施与比获得更快乐"，我不能肯定，但是，该施与时的退缩，会给你内心带来无尽的纠缠，那感觉我是知道的。

那时我在一所乡村中学补习。乡村中学里有很多很穷的孩子，我还不算很穷，因为我父亲是个木匠，还能挣些钱，所以我偶尔还能吃上肉菜，不像很多同学，永远吃从家里带来的咸菜萝卜或腐乳。

记得，在一个阳光明媚的中午，我从食堂里打了一份肉菜，急匆匆地奔上四楼的教室。我刚迈上四楼的楼梯，走在转角的过道上，远远地看到一个瘦高个盯着我。我心里一惊：我刚转到这所学校，不认得谁呀？我走近了他，他的脸涨得通红，看得出，他是鼓足了勇气，惴惴地说："你能借我一斤饭票吗？"可是，我居然毫不理睬地径直走了，等我进教室门的时候，侧脸望过去，看到他还呆呆地立在那儿，满脸的失落无助。多少年来，我没找到合适的言辞去形容他的落魄，但是他那面容，刀刻一般，铸在我的心头，像夏日暴雨前，笼在山头的乌云，多少次让我窒息。特别是随着年岁的增长，我也经历了好多次孤立无援，求人遭拒的时候，我更能理解他此时此刻的艰难，和我无心给他造成的伤害。

如果时光能够倒流，我一定会帮助他，更主要的是成全我自己，免得时光的老鼠总是咬啮我这木质并且有些腐朽的心。

3

我常常安慰自己，一斤饭票，还如此耿耿于怀，是不是有心理问题。但是，后来有一件小事，对我触动挺大，觉得"人同心，事同理"，人和人都差不多。

记得，那是我参加工作的第二年，我和一位年轻的同事，也是我的校友，同住一间寝室。他是山东人，一向比较豪爽。虽然个子不高，但性格应该是典型的北方大汉的性格。有一个冬天的傍晚，天色阴沉，虽然没有风，但是江城的冬天有一种刺骨的阴冷，穿什么衣服，似乎都不贴身，让人冷得打寒战。我和同事在外面的小馆，吃了饭，然后缩着身子往回走。我们回家的路，要穿过一个菜场。其实，也说不上是菜场，它是一条比较宽敞的路，中间走车，两边摆满了菜摊。

实在是太冷了，到了傍晚，飘起了小雨，雨落在脸上，生疼。路边的菜摊已经很少了，就算有那么几个也正准备收摊了。可是不远处，有一个花白头发的大爷蹲在他的小摊旁，所谓摊，就是一个蛇皮袋子上堆了几棵白菜、几把菜薹。我匆匆地走过，刚走两步，我的同事又回了头，停在老人的摊前，问："菜怎么卖呀？"我看那老人有点激动地说："便宜给你。"说着就急忙抓一把菜薹。此时，我注意到老人冷得发颤，手上满是裂口，大概是衣服单薄，一阵风吹来，他打了一个寒战。我们住单身宿舍，是没有开火做饭的，根本不需要买菜。我说："走吧，冷死了。"说完，我径直走了，没有等我的校友。没走多远，校友喊住了我，他说："你等一下，我买点东西。"一回头，看到他正在一个店里称着一袋千层饼。我说："你才吃的，就饿了？"校友说："你帮我一个忙，把这饼子送给刚才那个卖菜的大爷。""这个……，要不，你自己送吧！""这个……"校友也踌躇了好久，站在傍晚的寒风中实在是冷，校友一转身说："那就算了，走吧。"接下来的路，我们走得很慢，校友讲起他小时候，和自己的父亲去卖菜，在北方的寒风中感受的那种凄苦。"真的，那种又冷又饿的情景，你是不能体会的。看到这个卖菜的，我就想到了自己。"说着，我们就走回了宿舍。开门后，校友还站在门口，愣愣地看着铅色的天空，装着千层饼的袋子在指间摆动。我说："那你就送去吧。"校友苦涩地浅笑道："算了。"进了屋，那一晚，他都闷闷不乐，不说话。

我的这位山东校友，早已不是我的同事，他后来考上了研究生，当上了高管，渐渐没有了音讯。但是，当夜幕降临，凄风冷雨，我看到有斑斑白发的老人守在路边摊的时候，我就想起了校友那晃在指尖的千层饼，总禁不住要去买点还沾着泥土的白菜土豆，让老人折腾。

4

其实，我每次买了路边菜的时候，要是老婆知道了，她总会嘀咕几声，她说："你知道吗？那些菜好多是工业废水浇灌的，吃了有毒的！"她指责我的时候，我默不作声，因为老婆说的并非没有道理，在江滩还未整治的时候，我的确很多次看到有些老人从排水沟里舀水浇菜。但是，有很多时候，情感压制了理智。

记得，2001年，我那时刚买了房，正装修结婚，手头上紧张得不行，向所有觉得能借钱的亲戚朋友同事都借过钱，那种紧巴巴的日子，今天不可想象。在这样的日子里，我"毅然"被骗。那一天，我上完高三的晚自习，已经九点多了，步行走回自己的单身宿舍。在走到红钢城建设七路十字路口的时候，遇上两个年龄相仿的妇女和一个女孩子，她们叫住了我，说："大哥，我们是到武汉探亲，结果走岔了路，孩子他爸在汉阳，我们跑到青山来了，你能不能给我几十块钱，好让我给孩子他爸打个电话，再给孩子买点吃的。我们还要坐车到汉阳去找孩子他爸。"我听后很是迟疑，一来，我荷包里找不出几十块钱来；二来，我也知道，街头上有很多大人带着孩子讨钱行骗的。借着街边昏黄的灯光，我见她们穿着朴素，孩子迷迷糊糊地偎依着红衣女子，本想快速走开的我，还是停了下来。我问自己，她们要是真的走投无路呢？我内心里在快速盘算，最后还是说："这样吧，你打电话，我付钱！"我把她们带到身边的公共电话亭，我见那红衣女子用方言打了电话，对面也有人接了，这才确定女人举目无亲，走投无路，没骗我。我所有的荷包都翻了个底朝天，一共也不过三十块钱，我连第二天过早的钱都没留，红着脸说："只有这么多了！"那女人接了钱，说："你是好人，我孩子会记得你的！"我没接话，就在这时一辆小巴停在身边，我说："你们上去吧，到前边去转车！再晚就没车了！"我见她们上了车，心里暖暖的，目送她们离开！就在我要转身的那一刻，车停了，我看到她们下了车，消逝在路边的黑影里……

第二天，我把这事儿跟家里装修的师傅说了。他有点轻蔑地告诉我："这种事儿，骗不了我，我从不给别人钱。你们赚钱容易，你看我赚钱多难……"我没有应他，只是心里想：妹妹在外面打工，要是她也到了走投无路的时刻，却没有人帮她，那她……想着想着，心就酸了。

5

如今，年近半百的我，历经岁月的洗礼，日渐淡化对名利的奢求，可是心却没有得到该有的宁静，究其原因，原来是内心焦躁。我并非是没有收获，而是在某些该为善的时刻，有了退缩，这些往事并没有随着时光而消散，而是累积在时光的长河里，不时泛起，阻碍了水流的通畅，让你难受！

节至中秋近岁暮，人到五十知天命

——五十桂花香

今年的中秋节，对我来说，是中秋节、教师节和生日的三重节日。从传统节令上讲，中秋节是阖家团圆的日子，苏轼早就说过：但愿人长久，千里共婵娟。祝福家人们长长久久，和和美美。教师节自 1985 年设立以来，似乎就颇有争论，一是时间的认定，很多人认为应把时间定在 9 月 28 日的孔子诞辰日。二是，是否有设立的必要。大多节日是为弱者而设立的，比如妇女节、儿童节。有些教师不想因为这个节日，而被视为弱势的群体。我已年满五十，恰好半百，是个整数，孔子说"三十而立，四十不惑，五十知天命"，意思是，人到了五十岁，人生就告一段落，再逞强就有点力不从心了，用今天的话讲，是指一个人可能要"歇菜"了。

我生在农村，那时的乡下，说起时间，总是阴历。比如说，我生在中秋，阴历八月十五，但要问阳历是哪一天，多少年来，我也不清楚，以至于现在的身份证上要填写出生日期，要求我写阳历，结果我写的还是 8 月 15 日。犯了这错误和我没有关系，1990 年办身份证的时候，大队干部来采样，由于是垮里的叔伯，问也不问，直接就写 8 月 15 日，后来想改也改不了，偶尔和别人聊起，都说："这个有么必要改，早一天晚一天有什么影响？"其实，影响还是有的。

我仔细查了一下，1972 年中秋节是阳历 9 月 22 日，这个日子，对于教师来说，包含一个节点：每年的 9 月 1 日是开学的时候。凡是生日早于这个日子的，退休那一年，下学期就不用来了，凡是晚于这个日子的，你必须来，尽管没有课上，但教职工大会你是要来开的，办公桌也不能撤的。很多人教了一辈子书，也许早就有了职业倦怠，但若是真的退休了，却是那么的依恋。我的同事张老师，退休后几次说起："我真的想回来教书。"还记得我的同事王老师，是个美女，和我同年，由于天有不测风云，英年早逝。我永远记得她走的那年的新年开学教职工大会的场景，那是正月初八，八点半开会，我早早地去了学校。同事来得少，校园里有点冷寂，我只好提前二十分钟进了会场，心里正后悔来得太早，可一进会场，却看到王老师不知什么时候已端坐在会场第三排的正中央。她正襟危坐，面色平静，尽管由于化疗，脸色显得有点苍白，但还是含着淡淡的笑意，还似乎有一丝喜悦。由于我和王老师并不熟络，所以此时此刻在校园里碰到，只是互相点点头。好久不见，她现在居然坐在会场里，我有点诧异，一时不知怎么打招呼，连"新年好"都忘了说。像平常一样，她对我微微一笑，我也报以微笑，内心却有一股莫名的酸楚。那年夏天，王老师走了。

我有时会想，也许十年后，我在7月放了暑假，辞别了如花儿一样的学生，9月却不用再来，一定是满含泪水的。

俗话说，年怕中秋月怕半。意思是说，过了中秋，一年很快地就过去了。一年自然是从正月初一到腊月三十，中秋之前有七个半月，中秋之后只有四个半月，所以，过了中秋，一年就过了大半。正月初一在古时叫元日，王安石在诗词《元日》中写道：

爆竹声中一岁除，

春风送暖入屠苏；

千门万户曈曈日，

总把新桃换旧符。

王安石写出了新年的盛况，可是，在传统的农村，人们对一年的认识，似乎不是从正月初一算起的。我的母亲出生在1949年腊月二十，1949年是农历乙丑年，按说母亲应当属牛，可是，母亲一直说自己属虎。后来我才知道，1949年年末的立春在腊月十八，按照节气划分，母亲就不能算是出生在乙丑年了，而是出生在庚寅年，自然是属虎的。父亲出生在 1946 年，属犬。我从小就听着父母关于这属相的争论，父亲说："我属犬，你妈属虎，你妈是克我的，将来，肯定是我死在你妈前面。"母亲说："我出生在早上，是寅时虎，是饱虎，是上山虎，不克你。"我听着他们这莫名其妙的争论，觉得很好笑。

到如今，父母都已年过七旬，早已是古稀之年了。由于我常年在江城武汉，一年回家的时候不多，没有尽到为人子女的孝道，深感愧疚。令人欣慰的是，父亲身体还好，母亲身体却大不如前，手颤抖得厉害。我好几次要让她到省城的大医院来诊治一下，母亲却说："好多人老了都是这个样子，也治不好，算了，我也活不了几天，看么事。"去年，我回家，母亲跟我说："我活不过七十三的，观音娘娘托梦说，我会死在今年的六月十八，观音的生日。"我哑然失笑，说道："你死在哪一天，你都晓得？"父亲说，"你莫听她瞎说。"说到生死，我免不了伤感，母亲对我说："我死后，你伯身体好，又能干，受不了苦的。"看着母亲对于死的坦然，让我觉得人生其实也没什么可怕的，大家不是都说"大不了，就是一死呗"！

不管是从正月初一算起，还是从立春算起，过了中秋，一年的确是过得很快了，秋风一起，白霜一打，落两场大雪，就到了岁暮。

今年真是一个奇怪的年份，中秋节过了十多天，我还没闻到桂花的香味。我家附近的和平公园，还有我所在的学校，都栽种了很多桂花树，往年此时，一路飘香，仙境一般，是我一年中，最觉快乐的时候。没有桂花香的八月，很是怪异，往年早已是秋风起，天气凉，而如今中秋过后还是三十多度的高温，夏天迟迟不愿离去（听说，之所以到如今还没有桂花香，是温度太高了，温度低下来后，桂花还是要开的）。

我出生在中秋，和这桂花挺有缘分。可是年轻时，对其只不过久仰大名，从没见过树上挂满的黄桂花。到了江城武汉以后，看到到处都栽满了桂花，才闻到桂花的香味，欣赏它玲珑的身姿。我喜欢李清照的《鹧鸪天·桂花》：

暗淡轻黄体性柔。情疏迹远只香留。何须浅碧深红色，自是花中第一流。

梅定妒，菊应羞。画阑开处冠中秋。骚人可煞无情思，何事当年不见收。

　　李清照说桂花颜色暗淡，呈浅黄色，性情比较冷淡，生长在偏僻的地方，不与梅花、菊花攀比艳丽。"画阑开处冠中秋"，我不知道李清照为什么要把桂花排在第一位，她不是挺喜欢菊花吗？二十岁以前，我和桂花的完美错过，不正是由于它"情疏迹远只香留"。二十岁的我，张扬好胜，是喜欢"浅碧深红色"的时候，所以，春天喜欢"初夏雨打杜鹃花，尤见新红满枝桠"，夏天喜欢"映日荷花别样红"，秋天喜欢"零落黄金蕊，虽枯不改香"，冬天喜欢"乱点莓苔多莫数，偶粘衣袖久犹香"。年轻的时候，就喜欢张扬的美丽，小小的桂花深藏在浓密的绿叶里，哪能让我倾心？到了五十岁，我突然就觉得桂花恰应是年过半百的写照。

　　桂花开在中秋，时令过了白露，万物开始萧疏，曾经郁郁葱葱的树木逐渐斑驳，田野的草逐渐枯黄，就算是四季常青的树木，也开始发青，变得深沉，让这个世界慢慢少了生机和活力。这就是五十岁的感觉，人生逐渐见了萧疏的晚景。今年很多同事的父母去世了，回礼的毛巾塞满了抽屉。好友小汪说："看到这些毛巾，我就心惊肉跳，这些回礼的毛巾告诉我们，我们的父母真的很老了。"有一次在操场上散步，有一同龄的女同事大发感慨，说道："如今，我们到了死娘死老子的时候。"这话尖酸刻毒，但直抵内心，让人不得不心惊胆颤。有人说：

　　父母是我们和死神之间的一堵墙，

　　父母在，你看不见死神，

　　父母一没，你直面死亡。

　　意思是说，如果父母走了，就轮到五十岁的我们了。所以，我总是渴望父母能健健康康地多活几年，夯实这堵墙。我突然就觉得，不管走到什么时候，父母都在为我们遮风挡雨。最近，家里安装了摄像头，我可以在千里之外，目睹父母衰老的容颜，倾听父母亲切的话语。有空的时候，我就看看。有时，一连两个小时，摄像头里的他们都躺在堂屋的靠椅上一动不动。我担心地大声喊："妈——妈——"

淡淡的小花，就藏在桂花树茂密的树叶里，很是低调。桂花绝不像桃花、玉兰那样张扬开放。五十岁的人，要像桂花一样，低调、收敛。孔子说"吾十有五而志于学，三十而立，四十而不惑，五十而知天命"，这话告诉我们，到了五十岁，你要乐天知命，还张扬干什么？

十五岁的时候，你要有志向，要去追求人生的真谛，人无志不立。毛泽东十七岁离开韶山的时候，留给他父亲一首《七绝·改诗赠父亲》：

孩儿立志出乡关，

学不成名誓不还。

埋骨何须桑梓地，

人生无处不青山。

毛泽东一生的丰功伟绩，一定和他十七岁的志向有关系。

三十岁的时候，为人处世的原则就要确立，人生的道路，如何走，你要明白。但是，道路的对错，确实很难把握。很多人到了老年，回首往事，总是后悔当初选择了错误的道路。"李斯者，楚上蔡人也。年少时，为郡小吏，见吏舍厕中鼠食不洁，近人犬，数惊恐之。斯入仓，观仓中鼠，食积粟，居大庑之下，不见人犬之忧。于是李斯乃叹曰：'人之贤不肖譬如鼠矣，在所自处耳！'"当年三十左右的李斯，信奉是时刻必须保住自己地位的"老鼠哲学"。后来在他带血的仕途上，不讲信义。始皇死后，和赵高沆瀣一气，不拥立公子扶苏，却力举秦二世胡亥，最后身首异处，为天下人耻笑。死之前，面对儿子，他感慨道："吾欲与若复牵黄犬俱出上蔡东门逐狡兔，岂可得乎！"

四十岁的时候，你要明白"天若有情天亦老，人间正道是沧桑"的道理，人生的道路没有好走的。四十多岁的时候，正是人生的上升期，在单位你是主力，得肩负重任；在家庭你是顶梁柱，得尽力支撑；在社会，你是标杆，再苦再难，你得咬紧牙关，奋力向前。大凡在历史上留下一笔的人，正是在此时，受着最苦的历练。彪炳史册的文天祥，深知"人生自古谁无死，留下丹心照汗青"，面对元军，能够视死如归，正是四十多岁的时候，知道了人生的意义，他写道：

谁知真患难，忽悟大光明。

日出云俱静，风消水自平。

功名几灭性，忠孝大劳生。

天下惟豪杰，神仙立地成。

文天祥说，你明白苦难的真正意义吗？一旦顿悟，就豁然开朗，那感觉就是太阳照着蓝天白云，水面无风，平静得没有涟漪，内心宁静祥和。人生的苦难就是来自成就功名，名利有时会让你泯灭本性（对死亡的恐惧）。人生的苦难也是来自忠孝，让你劳累一生。

五十岁的时候，人生过了大半，是否事业有成，大多已尘埃落定。此时，你要笃信一个道理：成功，三分靠努力，七分靠天意。北宋名臣吕蒙正在《寒窑赋》里写道：

晏子身无五尺，封作齐国宰相；孔明卧居草庐，能作蜀汉军师。

楚霸虽雄，败于乌江自刎；汉王虽弱，竟有万里江山。

李广有射虎之威，到老无封；冯唐有乘龙之才，一生不遇。

韩信未遇之时，无一日三餐；及至遇行，腰悬三尺玉印；

一旦时衰，死于阴人之手。

吕蒙正告诉我：人生得意的时候，不要趾高气扬，自命不凡，你还以为自己真的是才高八斗，一手遮天？只不过你的运气比别人好点；你失意的时候，也不要自轻自贱，你并不是一无是处，说不定时来运转，你也会功成名就。王勃告诫那些失意的人：老当益壮，宁移白首之心？穷且益坚，不坠青云之志。

我想五十知天命的意思，大概是吕蒙正对人生的总结：

人道我贵，非我之能也，此乃时也、运也、命也。

节至中秋近岁暮，人到五十知天命

——懵懂随水流

中秋的时候，我五十岁了。我第一次品尝着妻子女儿为我准备的蛋糕。以前，我是抗拒过生日的，因为我深信"过一年少一年"，寿命的长短都有个定数，何必时时提醒自己。在人生半百的时候，回首往事，是一个仪式。

孔子说"吾十有五而志于学"。圣人是现身说法，教导众人，到了十五岁，就应当树立伟大的志向，努力学习，将来要建功立业。我却不是这样，十五岁之前，父亲说："会不会读书无所谓，到学校里长长个子就行。"父亲的意思是：靠读书吃公家饭，是办不到的，何必癞蛤蟆想吃天鹅肉呢？俗话说，家财万贯不如薄艺在身。父亲是做木匠的，总是腰酸背痛，所以他不准备让我子承父业。我很小的时候，他就跟一个朋友说好了，让我学油漆工。那时的油漆工和今天的油漆工不太一样，今天刷油漆，只要到五金商店里买成品的油漆就可以了，而 20 世纪 80 年代，需要用桐油加生漆熬制。熬制油漆时，需要在锅底烧大火，把桐油烧得翻滚，再加生漆，气味呛人，据说很多老漆工因此都有肺病。所以，父亲改变了想法。我小学毕业时，他的那位朋友来要人，父亲说我个子太小，长几年个子再说，实际上，他是想让我学裁缝。读了三年初中，我的成绩却变得比较好了，特别是物理和数学。我中考以高分进了县一中，除了语文外，各科都考得比较好，特别是物理，考了 99 分（满分 100 分）。于是，父亲没再提学手艺的事，但也没提考大学的事，他得意地说："要是低几分就好了，可以上中专，就成了公家人。"垸里有人嘲笑父亲说："搽粉进棺材，死爱面子，哪有分数高了倒不好！"得亏在县里当教育局长的堂伯说确实低几分可以进中专，才洗白这不白之冤。

进了县一中，高一末要分文理科，分科对人生的意义，我是全然不知的。有一天放学，我走在物理老师的身后，心血来潮问了一句："晏老师，你说我读文科还是读理科好？"物理老师笑着说："我看你要读文科。"这话让我一惊，心想：他是不是说我物理太差，读不了理科？他的一句话就让我就稀里糊涂地读了文科。殊不知，我最差的科目不是物理，是语文。结果，高考我就败在语文上。其实，我读文科在班上的成绩也是中上，班上五十多人，每次考试，我都在二十名之内。我的数学很好，记得在高考前的五月调考，我还考了全校文科第一名。

我是满怀信心参加高考的，相信最差也可以考个中专（20世纪90年代的中专也很好的，也可以转户口，吃公家饭），可结果是，我所读的文科班，考上了三十多人（中专以上），我却名落孙山，最拿手的数学我只考了九十多分，最重要的语文我才考了六十多分。那个暑假我失魂落魄，如同行尸走肉，但没有哭泣，到如今我都觉得奇怪，我无论多么伤心，就是哭不出眼泪来。多年后，我给学生讲过这句话：眼因多流泪水而愈益清明，心因饱经忧患而愈益温厚。我的父亲倒是哭了，他哭的原因大概有两个：一是哭一向成绩不错的我，怎么阴沟里翻了船，落得一场空；二是哭塆子有人在嘲笑。"要是人人考得上，那就没有人种田了。"那人幸灾乐祸的样子深深刺疼了父亲，以致三十多年过去了，父亲还如鲠在喉。我给学生讲"好言一句三冬暖，恶语一句暑也寒"，就常常想起那人的样子，我还是觉得与人为善比较好，俗话说：人为善，福虽未至，祸已远离；人为恶，祸虽未至，福已远离。

我没敢回县一中复读，尽管带复读班的班主任是我高三的班主任，很希望我到县一中复读。为了少些回忆，也为了少些花费，我在镇上的高中复读。这一年读起来很不顺利，由于老是纠结落榜的伤痛，对新老师授课的不适应，我复读的时候，成绩很不好。这让我很是焦虑，甚至有轻生的感觉，很怕走在快速行驶的汽车旁边，怕自己迎头冲上去，很怕站在水塘旁边，怕一头扎下去。今天想来，我那时可能是有点抑郁了。后来，有一次，我跟母亲说："活着真没意思。"母亲把这话告诉了父亲。父亲似乎对我考大学也有点绝望，听说，我复读那一年，父亲已经着手给我找媳妇了，那女子是邻村的，我也许见过，但对不上号。听说那女子个子很大，勤劳得很，是种庄稼的一把好手。父亲的意思是：我读书把眼睛都弄近视了，有点文不成武不就，戴眼镜怎么做农活？找个会做农活的媳妇，我将来就少受点苦。后来我上了大学，这事儿就不了了之。

困顿之中，我落魄地回到县一中，找到了我原来的班主任廖剑书老师，他同意我下学期回到县一中复读，我真是感激涕零。后来，镇中学又找到县一中，说我必须回到镇高中，我由于不经人事，搞得忧心忡忡，但还是顺利读完了高中。那一年高考，我的分数过了重点线，除了语文仍旧考得差外（120分的语文，我只考了73分），其他科目都还可以。

我在山里长大，二十岁之前，去得最远的地方，是有一次春游到了黄州赤壁、鄂州西山。我第一次看到了苏轼的雕像，觉得器宇轩昂，风度翩翩；第一次看到了长江，觉得汪洋恣肆，浩瀚无边。印象最深的还是在西山买的现烤蛋糕，每个小蛋糕都裹着半寸宽的油纸，觉得又讲究又好吃。除此以外，见到的城市就是县城凤山镇，这让我对外面的世界充满了好奇。所以，当我知道了高考分数后，第一个强烈的愿望就是去远方，去见识外面的世界。那几年，部属师范是提前录取的，为了不浪费分数，我决定读师范。武汉有华中师范大学，但没出省，所以就不报，决定报省外的。今天想来，我当时真是天真得很。殊不知部属六所师范是有等级的，我居然不甚了解就瞎报一气，最后进了西南师范大学，全在意料之外。

我读的是师范大学，出来是要当老师的，我当时脑袋里是一片茫然，全没有知己知彼的想法。如果当时清白一点，我可能就不会选择当老师了，不是师范不好，而是我爷爷很早就对我说："你这伢，说话'连皮转'，当不了老师。"我爷爷是读过私塾的，大队的会计退休，会舞文弄墨，看人是很准的。他认定我不能当老师，是说我吐词不清，说话让人听不懂。所谓"连皮转"，是说我有吃字的现象，前一句话没说完，又赶着说下一句。这"吃字"的毛病，似乎到大学里改变了一些，但参加工作后还存在。记得刚参加工作的头几年，上了不少公开课，仍有老师给我提意见，说我语速太快了，学生有点"抓"不住我说话的意思，但语文组组长李裕荣老师说："年轻人反应快，语速自然快一些，过几年，年纪大了，想说快也快不了，语速自然会慢下来。"没几年，语速果然慢了许多。如今，我还有忘词的情况，倒是怀念起当年语速很快的时候。今天，我不仅能在课堂上滔滔不绝，还能在区政协会议上侃侃而谈，要是我爷爷还活在世上，一定很欣慰。

其实，最搞笑的是，我竟然当了一名语文老师。我两次高考，语文第一次考了63分，没及格；第二次考了73分，勉强及格。放在如今我教的高考班上，这成绩稳稳地属于倒数。我今年送走的学生，语文平均分113分（总分150分）。偶然想起往事，让我唏嘘不已。我之所以选择了当语文老师，是因为当年西南师范大学首次在湖北招生，文科只招中文和教育学的专业。当年帮我填志愿的是骆驼坳中学的班主任黄鲲鹏老师（我当年没有从一中回到镇高中，是因为进行了协商，妥协的结果是考上了两边都算，到镇高中填志愿），他说：中文要比教育学好一些。所以我把中文填在教育学的前面，当时我居然没有掂量自己有没有读中文系的能力。

我语文成绩差，有三点原因。一是字写得难看。我从小字就写得不好，老师的评价是"鬼画符"，我心里想写好，就是写不好。尽管多年来，我总是批评学生的字没写好，但我也深知江山易改，本性难移。在大学里，我花了很多工夫练字，有一定改观，但仍旧不太好。二是阅读太少。我在高中之前，大约只读过两部长篇小说。一部是张天翼的《小林和大林》，这是一部童话，作者想象丰富，给我留下了深刻的印象。这本书是在叔叔家看的，叔叔是中学物理老师，但当年师范毕业后教过一年语文，家里有一些文学的书籍。有一个暑假，我躺在叔叔的床上看完了这本书。多年后，我把它推荐给女儿，她居然没有兴趣，她更喜欢《哈利·波特》。一部是评书《薛仁贵征西》，这本书是父亲的徒弟带回来的，他白天去做工，我就躺在床上把它看完了。我还记得一些情节，但对语言一点感觉都没有。我缺少阅读，对语言没感觉，语文肯定好不了。第三，我不会写作文。高中毕业以前，我没有一次作文得到过老师的表扬，老师常常批评说"狗屁不通"。我写作文是云里雾里，不知所云，什么章法，什么事例，完全没有，总之，没有入门。

读中文系，少不了写文章。记得进校的第一年，现当代文学是王本朝教授教的，期中考试的作业是写一个人物评论，我写的是对《雷雨》里繁漪的评价。老师给定的评价是及格，应当是全年级最差的，是我真实水平的反映。我确实受了些刺激，于是开始了文学阅读，看了不少文学作品，知道了知青文学、反思文学、改革文学、先锋派文学、新写实主义文学，但是我的写作能力仍是很差。光看小说是提不高写作水平的，因为你没有思想，没有思考人生、思考社会，巧妇难为无米之炊。后来，隔壁寝室的周廷勇同学喜欢阅读哲学、美学等理论书籍，受他的影响，我也开始接触一些哲学类书籍，在图书馆里借阅尼采的《查拉斯图拉如是说》、叔本华的《作为意识和表象的世界》等哲学书籍，草草地翻阅，根本读不懂，但是有一套猫头鹰丛书，专门介绍西方一些有名的哲学家，比较浅显易懂，其中介绍叔本华哲学的书让我印象深刻，我还作了一本笔记。有些思想看了很震惊，他说：

人的一切欲望的根源在于需要和缺乏，也即在于痛苦。因而，人生来就是痛苦的。其本性逃不出痛苦之股掌。相反，人可以轻易地获得满足，即消除他的可欲之物，那么，随着他欲求的对象的消失，可怕的空虚和无聊就乘机而入。这就是说，人的存在和生存本身就成为他难以忍受的煎熬。由此看来。人生像钟摆一样，逡巡于痛苦和无聊之间。而实际上，痛苦和无聊乃人生终究至极之要素。当人们把痛苦和磨难都归之于地狱后，那么天堂所剩之物就只有无聊了。

生命，就是一汪充满惊涛骇浪的海洋。尽管人可以竭尽全力、乘风破浪地勇闯暗礁险滩，但他之所向，不过是一步步走向离那个使他船毁人亡、葬身海底的终局更近。

叔本华的思想有点消极，但对想写作的人是有益的——能感受生活痛苦的人，往往才能写出好的作品。杜甫说"文章憎命达，魑魅喜人过"，张翼说

179

"国家不幸诗家幸，赋到沧桑句便工"，讲的就是这个道理。

慢慢地，我的文章写得好了一些。有一次，帮一个同学写了一篇作业，换来了一包巧克力，甚是温馨。大学阶段，我写的那些文字，印象深刻的只有那篇毕业论文——《路遥作品里的土地情结》。粟多贵教授是我的指导老师，他对我讲：该文原本评定的是优秀，后来几个老师认为文中犯了点认识上的错误，改为良好。我当时是口服而心不服，几十年过去了，现在是口服心服。该文里，我评价路遥的代表作《人生》里的一个情节时写道：去城里的男主高加林和农村姑娘刘巧珍分手，爱上黄亚萍是合情合理的，我们不能用道德来绑架两个没有共同语言的人。对于这一句，我记得粟教授对我说："这话说明你在爱情中没有道德的观念，这是个思想问题，我已经将其划掉。假如你将来犯了这方面的错误，追查其思想根源，会追到这毕业论文的。"我听后，非常震惊，谨慎为文，不是虚言。的确，现如今，很多婚姻的破裂，多半是婚姻的一方突破了道德的束缚。关于婚姻、爱情、道德的关系，我常常对学生推荐一本书——《简·爱》，这本书里，对婚姻、爱情、道德的关系作了较好的解答。女主简爱上了男主罗切斯特，但知道罗切斯特还有个疯妻的时候，她毅然离开了罗切斯特。这表明爱情是有道德底线的，以爱情为名破坏别人婚姻的人是无耻的。当简知道罗切斯特为救出在大火中的疯妻，烧毁了庄园，弄瞎了眼睛后，她毅然决然地来到罗切斯特的身边。这表明崇高的爱情，不是索取，而是奉献。我常常感动于简内心的独白：你以为，我因为穷、低微、矮小、不美，我就没有灵魂，没有心吗？你想错了，我的灵魂和你一样，我的心也和你完全一样。

如果我在大学里好好阅读了《简·爱》，就不会犯这个观念的错误，我的毕业论文的等级就是优了。

我在这五十岁的生日里，回首往事，有点唏嘘。一来，我这半生，完全没有规划，我就像长河里的一块石头，从高山上"咕噜咕噜"地滚下来，滚到哪里算哪里。这没有规划的人生，到五十岁的时候，居然还可以在城里安身立命，这应是"命"吧。所以，我颇相信陶渊明的那句话："聊乘化以归尽，乐夫天命复奚疑。"二来，感谢这个时代。我读大学的时候，家里是借了债的，但我参加工作后，能买房安家、结婚生子，还算是安居乐业，全在于赶上了好时代，顺应了时代发展的节拍。三来，人生得有点坚持。我从起初不会写作文，到现在写了一两百万字，全在于坚持。我有教书的职业，写作不是为了名利，更不是为了谋生，所以没有什么压力，不过是顺其自然，主要是用来打发空洞的日子。总有一些人问我："你写了这么多文章，赚了多少稿费？"我无以为答，笑曰："有之以为利，无之以为用。"他茫然，我也茫然。我也不是故作清高，我坚持不能给我带来钱财的写作，也坚持追求钱财的炒股，到现在我炒股十五个年头了，没有赚到什么钱财，但从没有想到放弃。因为，在这炒股的十五年里，我关心了国家，关心了社会，也关心了人性。

苏轼写诗说：心似已灰之木，身如不系之舟。问汝平生功业，黄州惠州儋州。苏轼学问贯通儒佛道三家，人生旷达，我学不了，但可以借用一句：问汝平生咋过，教书为文炒股。

第六辑

融融旧年，情满乡间

年年过年年年过　且把围炉话旧年
之一　还福

1

我老家在湖北罗田，从小就不知道什么是年夜饭，因为我们那儿的团年饭是早上吃，这早上吃的团年饭叫"还福"。这"还福"的一顿饭是过年，甚至是一年中最重要的一顿饭，因此家家户户隆重、热烈而虔诚。离过年还有好几个月的时候，就开始谋划着这顿团年饭。

第一，确定时间。还福的日子不一定要在大年三十的早上，腊月廿八，廿九或者三十都可以。但一个塆子一般都有一个固定的日子（有的塆子有几个姓，姓不同，日子也不同），譬如，我出生的贡家冲，都姓胡，日子定在大年三十的早上，但要接重要的客人还福，就要改个日子。我记得我妹妹出嫁的那几年，为了让妹妹先在娘家还福，再回婆家还福，我家就把还福的日子定在腊月廿九。有一年，妹夫接父亲和我，以及他的姐夫和外甥还福，也把日子改成廿九。日子定好后，告知全家，在外打工的，也一定要赶在这一天之前回，否则，一家人都格外伤心，年过得没精打采。记得20世纪90年代，很多人出去打工，春运的时候回来不容易，很多人就是赶在还福的头天晚上到家的。记得有一年腊月廿九，天下大雪，堂弟从福建回家，他电话告知二父，火车只能下午到黄州（也许是对面的鄂州），不知能不能按时到家。二父知道后很着急，二十九那天大清早，冒着大雪，亲自去接。撞撞跌跌，也不知换

185

了几趟车，想了什么门路，夜里9点多，他居然顶风冒雪，把堂弟接回来了。后来想，这简直是个奇迹。第二天还了福，出门，大家都问起的时候，二父说："真是幸运，我接到勇儿的时候，已经下午三点了，想着今天回不了家，么办啦。还好，赶到汽车站的时候，去罗田的那辆车都已经发动了，我们是跳上去的。由于落雪，路不好，回罗田的时候，已经快6点了。从县城回家，二十多里路，我们是走回来的。"二父说起这事儿的时候，一脸的笑，似乎是创了一件伟业。

时代在改变，还福的日子，似乎变得更灵活。2019年，我家还福的时间，居然改在中午，一向古板的父亲，能有这么大一个改变，简直是个奇迹，要知道，以往我们还福那天，要是起床晚了，他就会给脸色的。其实，不是他想改变，而是他不得不改变。我妻子是公务人员，单位要求坚守到腊月廿九，我们只能在年三十的时候到家，从省城到家里有三四百里，无论如何也赶不上早上的还福了。我到家的时候，惭愧得很，也有点紧张，生怕大过年的，父亲脸若冰霜。还好，我们回来的时候，妹妹、妹夫、外甥们都在，父亲还是很高兴的。我一脸落寞地对父亲说："搞得儿不好（多不好），冇（没有）得人中饭时候还福。"父亲倒反过来安慰我："没事，你平爷（父亲的堂弟）也是中饭时候过年。"父亲说的平爷（我们把叔叔辈叫爷），是我的叔父，是镇里的干部，思想能与时俱进，为了在吃团年饭的时候，所有的至亲都聚在一起，他家的团年饭，有好几年前就改在了中午。

第二，准备菜肴。不管有没有客人，还福的这顿饭，一定要丰盛。今天的我们可能没那么讲究，但从前一定是。俗话说"老人盼过生，细伢盼过年"。意思是说，在那个物质极为匮乏的年代，老人只有在过生日的那一天，才能吃得好一点，至少要吃一碗长寿面。小孩也只有在过年的时候，才能吃得好一点，满足自己的愿望，买一套新衣，妈妈给做一双新鞋，三十那天，吃几块鱼肉。母亲常常对我说："你还记得么？穷的时候，大过年的，才买几斤肉，买一条细鱼儿。年饭，就炒一碗肉，还不能都吃了，吃完了就没得肉供祖人。那条鱼，腊月二十四煎好了，正月十五才能动筷子。供祖人，待客人时，都要拿来凑碗的。"母亲这么说的时候，我却没什么印象，一是我那时年纪小。

二是家里的肉，都是省给我吃了。我大学毕业后，家庭条件大为改善，不会老想着要吃一次肉，买一条鱼，但父母亲依然为过年做着准备。早些年，一定要养一头猪（其实，我家穷的时候，也是养猪的，只是那猪是用来卖的，不是用来吃的），过年剖猪的肉只卖一点点，大多都留着，给妹妹家送一点，给安家在省城的我送几十斤，剩下的都留着。其实，农村养猪是亏本的买卖，很不划算，我对父亲说："你两个老人在家，没什么潲水，养不活一头猪的，天天吃粮食，这成本也太大了，过年去买点肉，划算得多。"父亲说："伢儿呀，你晓得么事（什么事情），我和你妈在家，也不能把你点么事（给我东西），过年吃肉还要去买，好说不好听呀！做个人，不能老算钱账。要是老算钱账，就不要生儿育女了，生儿育女能赚钱？"我仅仅说，不要养猪，父亲就把我一顿好怼，让我哑口无言，于是我再也不说了。

有两年非洲猪瘟流行，塆子里的猪死了好多，我家的猪也病了，父亲一连打了几个电话，伤感得很，说是请了兽医，还是没治好，在猪要死之前，把猪剖了。父亲很落寞地告诉我："看来，我和你妈还真养不活一头猪了，搞不明白，以前没有猪瘟，现在怎么就流行猪瘟？猪死了，损失太大了，我受不了，伢儿呀，过年，你再也吃不上父母养的猪了。"我听了心里很堵，不知怎么安慰。

去年，父亲给我打电话，说："伢儿，猪养不了，我养鱼，不能过年的东西都靠买，自己得为过年做点准备。"我说："你莫找事儿，开塘累死人，莫把自己累死了。"父亲说："你别管。"就挂了电话。结果在疫情时期，他天天出门去挑泥巴，开池塘，有一天，差点被防疫的人员抓走了。这一年，父亲到田地里扯草，把吃不了青菜、南瓜、红苕，都拿来喂了鱼，年末的时候，一口小小的池塘，居然有百来斤鱼，给了妹妹一些，其余的都冷冻或腌制。还福的时候，父亲烧了一条大草鱼，味道和菜场里买的鱼完全不一样。我回城的时候，他一定要让带几条，拗不过，只好带回了几条草鱼、鲫鱼。

我家是这样，家家户户都这样。塆子里的叔叔伯伯兄弟们，为了过年，有养猪的、养鱼的、养羊的、养鹅的、养腾鸭（类似鸭的禽类）的，今年回家前，父亲打电话我，说："你吃不吃腾鸭，我买一只。"我说："我不吃，你想吃，就买一只。"父亲说："我也不吃，那就算了。"

2

还福的年饭是三十的早上吃，但头一天得准备。廿九的下午，就要把腊肉从梁上拿下来清洗（以前，乡村里没有冰箱，刺年猪是冬月就开始了，不可能留下新鲜的猪肉，为了便于保存，都制成了腊肉），洗净了，再焯水。煮腊肉的时候，很香，整个塆子里，都被腊肉的香味笼罩着。这时候，如果有人来串门，就要议论几句："你这块肉好啊，肥的多，油厚，炒菜好吃。哎哟，你煮的时间长了，煮得软趴趴的，放在碗里没堆头，还管不了几天。"这意思，现在的孩子懂不了，他是说：这煮在锅里的肉，说是为了明天的还福，实际上，还得管正月里招待客人。人家来拜年，办酒席的时候，还得端出来，要是煮得太软，一炒，肉就收缩了，没有堆头。这是穷的时候，现在，当然不这样了，在任何一家吃饭，肉都是堆得尖尖的，还一个劲地往火锅里倒。以前是想肉吃，现在是怕吃肉。我年近五旬，身体已大不如前，尽管没有明显的"三高"，但也有些毛病，吃饭我都节制，何况是吃肉。我实在是很怀念以前大口吃肥肉的日子，可惜时光不能倒流，想起那句"花有重开日，人无再少年"，我就伤感。

煮好了肉，下午的事就做得差不多了，具体办菜的事要放在晚上，得把要洗的青菜洗好。萝卜、白菜、菠菜之类的常见菜，平时吃得多，在这大过年的时候，不讨喜。我小时候，父亲喜欢置办的年货是粉丝、海带、红枣、黄花，后来逐渐改善，有了黑木耳、干香菇、植物肉、腐竹等。这些东西，现在的孩子基本都不喜欢，可那时的我们，也只有在过年的时候，才能吃上，所以都是美味。再后来，菜场里有卖大蒜的，甚至在冬日里极少见的辣椒也出现了，父亲偶尔冲动一回，买点青椒回来，炒一个"青椒炒肉"，我就觉得这年就过得很高档。说实在的，我一向觉得父亲很小气，他极少买牛肉、羊肉等比较贵的肉，哪怕是现在，他手头有了钱。我多次跟他说："钱这个东西，用出去了，才叫钱。"父亲说，"我下不了手，要吃，你自己买，我不反对。"父亲一辈子对钱都很珍惜，但对孩子很大方，过年给孩子的压岁钱都很多。

吃完了晚饭，洗净了碗筷，就开始正式准备大年三十早上还福的菜了。炸豆腐是家家户户必备的新年菜肴。把菜油烧到七分热，把切成三角形的、半厘米厚的老豆腐下到锅里炸。灶里的火要大，一般烧片柴，把锅里的油烧得翻腾起来，这样炸出的豆腐才松软。我家炸豆腐的时候，一般是母亲把火，父亲掌勺，我父亲一般是不上灶，也只在过年这两天亲自掌勺。俗话说得好：女人也有三天年。今年，我回家发现一向不喜欢上灶的父亲，做饭的时候很多。母亲七十岁后，手抖得厉害，好几次，都把碗里的饭菜弄泼了。母亲说："老了，饭都搞不到嘴里。我活不了几天的。"听母亲这么说，我抹着眼泪说："开年，我们去医院看一下，看能不能治。"父亲听后，抢白道："大过年的，你莫乱说啊，人老了，总有些毛病的，年纪大了，有抖手毛病的人很多，又治不了。"母亲对我说："看么事，医生说了，看不好，多少有钱的人都看不好。"

炸豆腐，一般要炸一筥箕。正月里待客，没有多少肉，这炸豆腐就成了门面。炸完了豆腐，还要炸点鱼。所谓炸鱼，并非是炸整条鱼，而是指把鱼头和鱼尾取下（鱼的正身要做成鱼块，煎好后堆在盘子里，那是过年最好的菜），剁块，用面粉包裹着，炸得很枯——这也是很好吃的菜。记得小时候，这菜还没出锅，我和妹妹就抢着要吃，父亲说："莫烫着了啊，离锅远点，危险。"这油锅，要是不小心溅着水了，会发出"嗞嗞"的声响，油溅得到处都是，烫伤人。那时，有炸鱼吃的家庭都不算太穷，有的家庭过年根本就没买鱼，会做点素炸鱼——把干苋菜用水一泡，沥干，和在面粉里，调好油盐，放在油锅里一炸，就成了素炸鱼。

炸完了豆腐和鱼，肉也切好了，放在盘子里，再把明天要吃的木耳、黄花、腐竹、红枣等洗净，放在碗里，这样一来，为明天早上还福准备的菜肴也基本就绪了。这时候，我父亲还有最后一件事要做——"还北山"。这"还北山"的习俗，应当是我们当地姓胡的这个房头才有的，因为这习俗说的是我祖上的一个先人，出外挑脚（大概就是今日的扁担，帮人送货），离家太远，为了赶回来过年还福，廿九的那天晚上，生生地累死在路上，为了纪念他，老家的人在廿九的晚上，办好了菜，一定要先祭奠他。祭奠的方式和祭祖不一样，菜肴不用摆在桌子上，放在锅盖上就好，点一炉香，放一挂鞭炮，似乎酒也不用倒，纸钱也不用烧。听到谁家放了爆竹，我们就知道，他家的菜准备好了。

3

妻子是武汉人，对于老家在早上吃团年饭这一点很不理解，她说："五点钟，人都迷迷糊糊的，就要起床吃年饭，吃得下吗？再说，这吃年饭总要喝点酒吧，这大清早的，一喝酒，车也不能开，事儿也不能办，最忙的一天就废了。"女儿还小的时候，在这冬日里恋床得很，要把她叫起来吃年饭，是件不容易的事，为这事儿头疼了好多年。不过，女儿大了，只要给她讲清了道理，她还是听的。问题是，到现在我也没弄清，为什么我们那儿的年饭要早上吃，和全国绝大多数地方不一样。

我有一种猜想，不知对否。据说，我们罗田人是元末明初江西填湖广的时候到来的。大多浠水人、罗田人，甚至更广地方的人，都知道一个传说，老家是江西瓦屑坝，这瓦屑坝，当初，其实不是个地名，是个堆满了瓦片碎屑的码头。中国人一向安土重迁，要迁到千里之外的地方，永不回来，这堪比杀头。所以，每个迁来的人，都反绑着手，背后插着牌子的，并且严格规定，如若有人问你老家在哪里，是绝对不能说的，否则就杀头，这是要断绝他们对老家的念想，以便永不返回。日后，人们再问起的时候，只能说来自鄱阳湖边那个上岸的码头，名字叫啥不知道，只知道码头上堆满了破碎的瓦片。这故事，应当是真的，在我们的方言里有反映，比如，上厕所，方言叫"解手"。那么，这大年三十的团年饭，要早上吃，是不是吃完了早饭，要赶路的意思。从此，天涯相隔。因此，我想，这早上吃的团年饭寓意是对老家的思念。我这想法，不太合新年的大吉大利，但是，这想法符合著名美学家李泽厚在《美的历程》里所说：历史从来不是在温情脉脉的人道牧歌声中进展，相反，它经常要无情地践踏着千万具尸体而前行。

小时候，我还在梦中，屋外一片漆黑，母亲就站在床头，慈爱地喊我："明，起来呀，起来给曾爹、曾大大磕头，曾爹曾大大保佑你读书进学，聪明富贵。"在这大冷的冬日凌晨，离开暖和的被窝，穿上冰冷的衣服是件难事。母亲喊了两遍，我赖在床上不动，屋外忽地传来爆竹的声响，那是有人开始祭祖了。接着，父亲进来了，说道："明，火塘的火，烧得好大，不冷，你起来。早起发大财。"父亲不由分说，把我从被窝里拎起来，用棉袄裹着，送到火塘边。一个很大的树蔸子正烧着熊熊的大火，火苗把屋子映得透亮，暖暖的热浪冲击着我，我很快穿好了衣服。妹妹则听话得多，早就起床了，帮我拿袜子、找鞋子。

小时候，我家的菜做法简单。先烧一锅肉汤，烧开后，把洗好的黄花、木耳、粉丝、腐竹、炸豆腐，一堆堆地放到锅里，不翻动，方便起锅的时候也能分别盛出不同的菜来。我和妹妹穿好了衣服，要开始祭祖了。

首先，摆桌。父亲先把堂屋的祭桌抹一遍，然后在桌子的东西两边各摆上三双筷子和三个酒盅，拿出一瓶酒来。接着，父亲又进了房间，拿出几沓纸钱，一把香，还有一封爆竹，放在桌边。父亲说："明，你不是要放炮子吗，你找个竹棍来，把炮子系在竹棍上。"我听了，把早已准备好的竹棍从门旯儿里拿出来，父亲帮我系好后，将其立在门外。

其次，上菜。我坐在火塘边，看着锅里的蒸汽笼着父亲的脸。他俯下身子，从锅里盛出一碗红枣、一碗粉丝、一碗炸油豆腐、一碗木耳、一碗黄花。母亲则从灶下起身，把那些菜端到堂屋的祭桌上。父亲则打开另一口锅，把米饭上蒸的一条鱼、一碗肉，拿出来，亲自送到祭桌上。祭祀的菜，一般是七个，中间三碗，两边各两碗。摆好了菜后，父亲把靠在墙边的椅子移到桌边，东西各三张。父亲边斟酒，边叮咛我，别动椅子，椅子上坐了祖人。我从小就跟着父亲祭祖，但从没看见过祖人，桌边总是空空如也，父亲却一脸庄重。父亲说："祖人肯定是在吃的，你是小孩，阳气重，火眼高，看不见。但也有看见的，坨儿爹小时候就看到过，三十祭祖的时候，他拉着他父的手说'曾爹在喝酒'。"这故事我听过好几次，从没怀疑过它的真假，每次祭祖的时候，我都小心翼翼，深怕触动了椅子。

然后，跪拜。斟完酒后，父亲开始烧香，烧纸钱，并对我说："可以点炮子啦。"放鞭炮是我一年中最兴奋的事之一，我拿了铁钳，从火塘里夹一块红红的火炭，放在夜幕笼罩的门口，然后，怯生生地把炮子引挨上火炭，可还没点着，就吓得把竹棍高高地举起。父亲在门口插香的时候，用手拿着鞭炮，一下子就点着了，发出"噼里啪啦"的爆响，我又胆怯又兴奋，这种感觉，现在完全找不到了。这几年家里祭祖，放爆竹的事情，我总是躲着，一怕它的响声让我耳鸣；二怕它的微火烧了衣服，更怕它炸在脸上生疼。女儿从城里回来，我以为她会有燃放烟花爆竹的快感，可惜没有。所以，这几年，我家燃放的烟花爆竹并不多。但多年过去，还是深深喜欢燃放爆竹时，在夜幕中亮起的火光，更喜欢火药的馨香，多次梦见那烟雾从门口弥漫到堂屋的情景。我家祭祖的时间之早，在垮子里数一数二。我家的鞭炮响过之后，垮子里就一家一家地接着响起鞭炮声。暮色全被爆竹的火花照亮了，你能看到屋边的草、树，门口田野里的谷蔸子。放过了鞭炮，父亲、妹妹和我一个接一个地磕头，母亲磕头的时候，嘴里总是念念有词："祖人保佑家人健健旺旺的，保佑孩子读书进学。"父亲再斟一巡酒，对我说："明，你对鸡埘也作个揖，磕个头。"说完，把我抱着，让我对着鸡窝磕头，说道："鸡埘四个角，捡蛋用戳瓢戳。"

4

祭祖结束后，就要正式开始吃年饭了。大冬天的凌晨，冷得很，父亲总是把灶膛里的火炭用戳瓢戳出，倒到踏盆里，然后塞到桌子底下，一边吃饭，一边烤火。有时候父亲要喝点酒，就把酒壶煨在火边，也很好。

小时候，家里四口人，但桌子上会放一堆筷子一堆碗，把不大的一张饭桌挤得满满的。桌子上必烧一个火锅，一来可吃上滚烫的热菜。二来炉子里烧着红红的木炭，有红红火火的好兆头。火锅上来之前，早已煮了好久，里面是肉炒大萝卜，父亲说："萝卜煮得气嘘嘘，来年养个大肉猪。"火锅上来后，把刚才祭祖盛出的菜一并倒进火锅里，"咕嘟咕嘟"地煮着，刚才祭祖的那条整鱼，父亲又塞进了碗柜里，防止我和妹妹嘴馋吃两口。如果有切成块的鱼，是可以吃的，烧肉是可以吃几块的，但父母似乎不动筷子。年饭不过是吃锅里的粉条、黄花、木耳、腐竹、炸油豆腐等等，今天看来，拉拉杂杂的，没什么好吃，但对小时候的我们，已是美味。东西贱，但准备得多，这还福的一锅菜，要吃到正月六七，正所谓年年有余。

酒和饮料也是有的。有些年份是拿谷物去换的谷酒，有的年份是买的瓶装酒，记得我们罗田酒厂生产的"楚乡"酒，在当时很畅销，有钱的人家买一瓶楚乡大曲，是值得炫耀的事儿。父亲一生爱喝酒，见酒就昏了头，常常自斟自酌，把自己灌醉，然后发酒疯。每次见他喝酒，我心里总是很紧张。但这还福的一餐酒，他总是很克制，因为他今天有很多事，最重要的当然是斗账（盘算账本），作为木匠的父亲，从年头忙到年尾，到手的现钱没有几个，过了今天，这讨账的事儿，就要再等一年。我和妹妹喝的饮料，他也会买一瓶，记得小时候喝的饮料是香槟，多年来忘不了，其实那就是一瓶汽水。

那年，疫情尚未结束，妻子被安排下沉社区，把守关口，不得回家。我则必须回去，因为父母都七十好几，之前由于封城，不得离汉，两个老人在家凄凄惶惶地过年，我一年都难受。女儿想留下来陪妈妈，我同意，尽管爷爷奶奶也很想见她。这是结婚二十年来，再次独自陪父母过年，今年的还福，很简单，廿九晚上没有备菜，所以"还北山"的礼仪也省了，不是像以前没有东西，而是实在吃不下，不想留下很多剩菜，让两个老人吃好久。家里的东西很多，尽管没养猪，但年前也买了四十多斤肉，有腌好的，也有新鲜的；鱼，自家养的，几十斤，还有鸡子，我带回的香肠等等。这些东西不但塞满了冰箱，还塞满了冰柜，估计把这些东西吃完，要大半年，父亲说："年后，你带些走，我们吃不了。现在不是没有东西吃，论吃的，平时比以前过年都要吃得好多了。主要是我和你妈老了，平时都懒得动，有肉也不想煮，你妹妹回家了，才弄一次，都是你妹妹亲自动手，她回娘家，没人把她当客。我们老了，她回娘屋，也不能歇一会儿……"我无言以对，默不作声。

三十的早晨，我们也没像以前那样起得早。我起床时，已经有人开始祭祖了，爆竹"噼里啪啦"地把屋外震得山响，还有烟花，五光十色，映红了半边天。祭祖后，我们围坐在一个铁炉旁，就着火，炉子上是一锅肉，边上摆四个菜，一碗木耳、一碗烧肉、一碗红枣、一碗炸油豆腐，我早上对着大荤，根本就吃不下，陪着父亲喝了一口酒。我一般不喝酒，但今天是过年，把酒言欢，总是不能少的，这几年我总要从武汉带几瓶好酒回来，但父亲总是三番五次地打电话："莫在武汉买酒啊，那是浪费钱，要喝这么好的酒搞么事（干什么）呀？我天天要喝酒，能喝得起两百多块钱一瓶的酒？"父亲喝着酒，说道："你莫看我今年七十五了，这一年我也挣了万把块。在农村，老头挣钱不容易啊！"我说，"是，是。但你挣钱干什么，又不是没有钱，这几年我的收入还可以，要你这大年纪去挣钱，人家会骂我。"父亲说，"伢儿呀，你莫苕（蠢笨），我能赚钱是好事，不是为了钱，但人就是要做事。今年，估计不行了，我年纪太大了，没有人敢请我去做事，其实，我还是想做点……"

小时候，吃完了饭，父亲总是要给母亲、我和妹妹发个红包（没用红纸包着，就是从荷包里掏出几块钱）。我拿着这钱，到街上去买爆竹，有时也买本小人书，那是我一年中最富有的日子。想到这儿，我赶快掏出我给父母准备的红包，父母都拒收。父亲说："我有钱，养活自己没问题。"母亲说："文文读书要花很多钱的，我不要。"我说："小时候，你给钱我，现在，我给钱你，是应该的，都收下。"

吃完了饭，打开门，天已大亮，阳光照在树杪上，金灿灿的。

年年过年年年过　且把围炉话旧年
之二　大年三十那一天

1

"你搞快点，等会儿我要去碾石河讨钱了，搞晚了，我回来又要摸黑了。"父亲把还福的最后一口酒干了，就催促着母亲，赶快洗碗，蒸糯米打糍粑。父亲是个木匠，他不仅在家门口做事，还在离家二十多里地的碾石河等地做事，今天是大年三十，要把人家的账都结了，要不，就要等到来年的大年三十。父亲做了一辈子木匠，我觉得做木匠的最大缺点并不是辛苦，而是结账。结账是近十多年来的说法，二十年前，我从没听父亲把"结算工钱"叫"结账"，而是叫"讨钱"或"讨账"，这"讨"字说尽了结账之心酸。我常听父亲说："张家咀的大苕，他嫁女儿打嫁妆做的十个工，已经八年了，他外甥都上小学了，钱还不给。""梨树坳老徐，儿子结婚打床做的三个工，已经五年了，见面招呼都不打一个，好像忘记了。"年年大年三十都能听到父亲说着这些话，生气而又无可奈何。我这么说，并不是说，乡下人都是老赖，而是说，那时候乡下人真是穷，嫁个女儿，接个媳妇，要穷个三五年。父亲也很能理解他们，跟我说："张家咀的大苕，不容易，他家六个，他老大，父亲死得早，五个妹妹都是他嫁的，搞不过来。确实没钱，他不是个扯皮的人。""梨树坳老徐，媳妇瘫痪了，儿子结婚后出去打工，两年都没回来过年，也是没得法。他是个爽快人。"父亲一边抱怨，一边又解释着，我听了，觉得无趣，说道："你恨不得要送点钱他吧!"也许,见惯了这讨钱的难,我从小就否定了子承父业,跟他学木匠。

这几年,我父亲老了,不像以前,自己做不说,还带徒弟,一年三百六十天,闲的时候很少。如今的大年三十,他待在家里,锯锯木柴,但似乎很是怀念以前的日子,不止一次地跟我说:"这是几(多么)好的时代,几好搞钱,我要是年轻十岁,那就好了。"我很不屑地说:"你这钱有个么(什么)搞头,累死累活,钱不多不说,到年终像个要饭的,求求人家给点。"父亲说:"你晓得么事,以为人人像你吃国家饭的。现如今,不用讨钱了,做完事就付钱,很少欠账的。"我说:"那是都有钱了。"父亲说:"不是有钱,是时代变了,没有钱,人家不做呀,这几狠(多么厉害)呢!"

打糍粑,本不应该是大年三十做的事,但我父亲总是忙,年终不是做工,就是讨钱,没得闲,而打糍粑又是个体力活,我妈做不了,我也帮不上。恰好趁着大年三十,父亲有点空,还可以叫二父或者细佬帮个忙。母亲在灶屋里放个木盆,架上甑,把水桶里头天浸泡的糯米淘干净,堆放在甑里,父亲把甑放在锅上,加水蒸,大火蒸个把钟头,屋里就弥漫着雾一般的蒸汽,洋溢着糯米的饭香。母亲把早已洗净的碓凼(舂碓用的石坑)再抹一遍,就要去打糍粑了。母亲拿着撒了生粉的面板,父亲抱着饭甑,我则扛着两根打粑杠,到三大大的门口去打糍粑。正月里糍粑吃得多,但我更喜欢红糖拌糯米饭,香香甜甜,好吃极了。之所以喜欢红糖糯米饭,不在于饭,而在于糖,小时候吃糖的次数不是很多,一年能喝上红糖水的时候,一般是过年。平时,谁要是给你泡杯红糖水,那是相当的客气,非一般的看重。商店里有一分钱一颗的硬糖,是走亲戚带的礼物。

父亲和二父三下两下就把糍粑打好了,母亲则趁热把糍粑压成一寸厚的圆饼,等糍粑冷了,再切成三寸长的条块。有一年的廿七,我回家了,晚上吃腊肉煮糍粑,我问:"妈,今年哪个帮你打的糍粑?"母亲说,"现在有打糍粑机,打糍粑方便得很,给几块钱,不求人。"

2

打完了糍粑，父亲骑着自行车去讨钱了，母亲则拿着扫把扫地，地还没扫完，父亲的徒弟来辞年了。我们那儿的风俗，年前要辞年，年后要拜年，有时会忙昏头。但辞年和拜年有些不一样。第一，对象不同。所有的亲戚朋友，新年上岁，你必须去拜年，你要是不去，这亲戚会托人带话，责备你一番，说"富在深山有远亲，穷在闹市无人问"。辞年则不同，主要是晚辈对长辈，是单向的。姻亲是必须要去的，外婆、外公、舅舅，老丈人、大小舅子一个都不能忘了，母方为大，是中国自古以来的规矩。也有些你看重的亲朋好友也是要去的，但未必是姻亲。比如说，当年跟着我父亲学手艺的那些徒弟，都是要来辞年的。但他们出师以后，慢慢地就走得淡了。当然，也有几十年不间断的。还比如，我父亲的干儿子，也义气得很，他先是从军，后来转业提干，离家千里之外，二十多年来，拜年辞年一次都没间断，他不在家的时候，由他弟弟代劳。

第二，礼物不同。时代变化，礼物也跟着变化。20世纪80年代，家家户户比较穷，到外父家去辞年，礼物多半是一盒糍粑、一斤糖、一块肉，外加女儿给丈人、丈母娘各做的一双鞋；20世纪90年代，生活逐渐好转，礼物多半是一盒糍粑、四包烟、一提酒，外加给丈人、丈母娘各买的一双鞋；千禧年以后，有钱人日渐增多，这辞年的礼物就变化大了，因人而异。但总体是，不缺吃喝，糍粑、肉、糖之类，少有的多半是送贵重的烟酒，便宜的拿不出手，越贵越有面子。礼尚往来，人家辞年送的东西贵，开年你要多给压岁钱。

徒弟来的时候，父亲不在家，母亲忙着泡茶，上烟，说道："你师父去辗石河讨钱去了，刚走。"那徒弟在堂屋里坐了几分钟，说道："师娘，我也要去讨钱，今年的账不好收。"徒弟送的礼物，除了一块肉，其他的都不收。因为父亲出门时，告诉过母亲："徒弟辞年的东西，百事都不要，肉收下，我带他几年，给他一个饭碗，吃块肉是应该的。否则，他就把这学艺的恩，都忘了。"

今年我回家，没有一个徒弟来辞年，这我也能理解，人情来往，都不过是有来有往。父亲年纪大了，一生带过几十个徒弟，根本走不过来，很多时候，成了"来而不往"，自然就不走动了。妹夫每年给父母辞年，总是买些酒，父亲乐于接受，但妹妹还总要给父母各买一套衣服。父亲总是责备她："我和你妈都七十好几了，你年年买的衣服，我又冇（没有）穿几多，我们死了，都浪费了。"妹妹笑着说："你死了，都烧给你。"我听了很惭愧，我不记得给父母买过衣服没，父亲穿的很多衣服，都是我不要的旧衣服，父亲说："别人穿过的衣服我都不要，我又不是买不起，我只穿我儿子的旧衣服。"

3

我们那儿有一句俗话叫"三十夜借疏箅（蒸制时用来隔水的类似筲箕的竹制器具）"，意思是，借东西不看时候，肯定借不到。这句话，四十岁内的人懂得的不多，因为这风俗变化太大，到如今三十晚上吃花粑的几乎没有，所以都用不上蒸粑的疏箅，三十你去借，只要有，你肯定借得到。

我对花粑，有点模糊的印象。就是把平时剩下的碎米浸泡后春成粉子而做成的粑，不过中间要夹一层芝麻糖。这花粑含有糯米和粳米，二者是怎样的比例，太久远，实在记不起来，糯米太多黏牙，糯米太少糙口。所以，大年三十下午的第一件事，就是去春粑。小时候，整个塆子也不过二十户，有碓的有好几家，所以不用等太久的时间。春好了粉子，放在播考（一种一米见方的小圆匾）里，等晚上祭祖的时候，做粑。

下午最重要的事情，是做炒货，炒瓜子、花生、南瓜子等。炒得最多的是炒芋头果儿，为招待大年初一来拜年的客人准备。小时候，瓜子、花生、南瓜子都是自己种的，不像现在到炒货店里买，要什么味道可以随便点，小时候就一个味——咸的。看母亲炒瓜子、花生、南瓜子的时候，是过年里最快乐温馨的时刻。平时只有招待重要客人的时候，父亲才会把挂在梁上的蛇皮袋拿下来，用戳瓢在袋里戳出一戳瓢花生，炒熟后，我随着客人吃一点。南瓜子，也只有在我生病吃药的时候，母亲炒一小碗，助我把苦涩的药吞下去。

炒芋头果儿，则是家家户户必备的。老家把红苕叫芋头，我进城以后才知道，芋头和红苕是两种不同的东西。芋头果儿做法很简单，但味道很不错，它代表着家乡的味道。先把红苕蒸透去皮，放在泥巴碎子里揉成面团。讲究一点的可以撒点芝麻，吃起来会更香。如果再讲究一点，把晒干的橘子皮揉碎，撒在面团里，这样做出来的芋头果儿，酸酸甜甜的，别有风味了。母亲似乎怕麻烦，所以我家的芋头果里什么也没给。面团揉好后，放在面板上擀，但下面要垫一张蒸笼布，上面隔一层塑料膜，防止芋头黏到面板或擀面杖上。把面团擀成一毫米厚、一尺见方的薄饼即可。一整张的面皮，放到晒羔（匾）里，揭下塑料膜，朝下，然后，揭下蒸笼布。这样，循环往复的，做满几晒羔（匾）。等晒个三五个日头，每张薄饼晒干，就用剪刀剪成三角形，用蛇皮袋子装好，挂在梁上，这样，过年要吃的芋头果儿就做好了。记得小时候，我根本就等不到面皮儿晒干，还是软趴趴的时候，我就扯下来吃。有时候塆子里的孩子，见大人没看到，也偷偷地扯一块，所以晒羔里的面皮儿，好多张就像狗啃了一样。但母亲一般不生气，她说："芋头做的，不值几个钱。就怕不卫生，吃坏了肚子。"到了大年三十的下午，母亲则拿出河沙来翻炒。用于翻炒的河沙，是专门准备的，越是陈年的越好。这河沙绿豆大小，很匀称，是用米筛晒过的，用菜籽油炒过的，所以黑黢黢的。用河沙翻炒的芋头果儿，受热均匀，不会糊、干枯、脆香，很上口。

有一年的大年三十，母亲坐在家门口晒太阳，没有像往日一样炒瓜子、花生，炒芋头果儿，母亲说："现在的孩子很讲究，不要人家的东西，这些东西都没人吃。"我说："什么都没有，要是来了客，食盒空空的，也不好啊！"母亲说："你不是从武汉带了些零食，有那些就够了。"似乎整个塆子都没见人家炒瓜子、炒芋头果儿，全没有往日的大年气氛，芋头果儿的香气再也找不到了，我梦中的年似乎不是这个样子。

4

傍晚的时候，还得贴对联，再不贴，就看不见了。一般人家贴对联是上午贴，但我父亲不在家，只好等到父亲回来后再贴。我父亲不识字，小时候贴对联，总也分不清上下联，要我爹告诉他。我长大后，认字了，也分不清上下联，还得问我爹，我爹说："你读到高中了，都分不清上下联。"父亲说："你爹就读了三个月的私塾，可以当会计，你过（那么）没用。"我很不服气，气呼呼地说："现在又不学这个，我哪里晓得。"说实在的，直到现在，如何贴对联，我还是有点懵。我这么说，并不是说我完全不懂对联，恰恰相反，我们学校门口贴的长对联，我已连续写了快十年，很有点江郎才尽的感觉。我还在自己的小说里，编过不少对联，自我感觉还不错。我写的小说《二姐出嫁》里有三副对联：屋后栽松季季青，门前植竹节节高；田无肥瘠勤出力皆能满意，家有富贫善教子才算称心；箕扑鸡飞箕扑鸡，雷打梨落雷打梨。（第三副对联是小时候听说过的，不是原创。方言"雷"同"梨"同音）。小说《大哥结婚》里也有三副对联：青龙岗翠柏遍地日日长，白虎咀绿竹冲天年年生；庄稼长势喜人多因为风调雨顺，家庭瑞气盈门皆缘于夫唱妇随；笑声歌声爆竹声声声齐鸣，国福家福天下福福福共享。我觉得我写的这些对联，有些就可以作春联，贴在大门口，不算太丢人。可是，我的毛笔字难看得很，就不敢动笔了。垸子里有长辈，每年给各家各户都送了一副对联，我发觉这两年父亲都没有贴，他说："贴它干什么？贴不了几天，就有小孩手痒把它撕了，再不，风一吹就撕乱了。"我想，是父亲不喜欢年后对联破败的样子。可是，我读初中的时候，父亲还亲自做过对联，让隔壁垸的一个叔写成春联贴在墙上，可惜，第二天就被当时当大队书记的堂弟给撕了。其原因在于，父亲写的根本不是对联，是有感于我家被村子里的人欺负，而写的两句负气话。三十年过去了，我不记得父亲当时写了什么话，连那个帮父亲写对联的叔，也因为生活不如意，喝农药自杀了。唉，往事只堪哀，对景难排。

上下联的贴法，按照古制，自然是从右至左，可是现在的横联，它的写法却是从左往右，如果顺应横联，则要改古制为今制，上联放在左边，下联放在右边。总之，有点稀里糊涂，每次贴对联，心里都有点惴惴的。

天黑透了，父亲还没回。屋外传来爆响，空气中弥漫着火药的馨香，我则站在村口，等着父亲回来祭祖。母亲在灶上忙着，妹妹把着灶火。母亲说："明，不等你爸了，你来供祖人。"母亲之所以要我来供祖人，是因为这祭祖的事情，多半是男子来做。我从小就跟着父亲祭祖，也没什么难度，照搬照做就是了。不过这除夕夜的祭祖和平日不太一样，那就是最后要上四碗粑，左右各两碗，以前都是上花粑。这花粑的做法其实也很简单，就是把粉子揉成条，把其中的一条拌上芝麻糖，再把它揉在一起，做成三个面的长面团，切成三角形，放在锅里的疏箅上蒸熟就行。在我记忆中，做花粑的人不多，但三十夜吃粑的习俗还在，有吃麦子粑的，有吃包子的。我家最简单，似乎这么多年，我家就是煎糍粑，煎四块，一碗里一块，方便快捷。

5

父亲回来的时候，早已是万家灯火。他就着剩菜，喝一口酒，吃两块糍粑，算是除夕夜的晚饭。然后，掇（搬）梯子上楼，翻找出一个大树蔸子，架在火塘上烧。俗话说"三十的火，十五的灯"，这大年三十的火要烧得越旺越好，火越大，来年的运气越好，越发财。有些人，差不多从春上就开始谋划着这大年三十夜烧的大树蔸子。枞树蔸子，干透了，火大，但山上的枞树小，没有大蔸子；杉树蔸子，个头小，不经烧；柳树有大蔸子，但火不好，不旺；泡树蔸子，不经烧。选来选去，还是多烧两个枞树蔸子吧。这三十的火不像平时，总放在踏盆（火盆）上烧，那太局促了，烧不了大火，得专门找个空屋，靠着屋角烧，安全又避风。有的人家很讲究，大年三十的火里一定要烧几块柏树柴，满屋子都有柏树的香味，有点像檀香，过年的味道就十足了。

我们一家人刚坐下来，我家的那些博士们（老家把木匠叫博士，我父亲亲兄弟三个，堂兄弟合起来十一个，做博士的有五个）都来找父亲了，把这一年的账斗一斗（盘算一下）。大家都围着火塘，一下子就热闹了。母亲泡茶，端上瓜子、花生，父亲上烟。大火把每人的脸映得通红。"退一点，退一点，烫人。"有人说。他们在家里都做好了功课，来斗账（算账）的时候，空着手，账本也没有。父亲跟细佬（父亲的幺弟）说："你跟我做了七十多个工，我帮你做了十个工，冇（没有）错吧？"细佬说，"不错啊！"父亲从荷包里掏出一摞钱说："今年的钱不好讨，我给你一千块，欠你三百块，怎么样？"细佬说："要得。"父亲数完了钱，笑着对细佬说："你今年的年过得可以呀，荷包暖和得很呢！"细佬笑着说："哪有几多钱。开年要买钢筋、水泥。这点钱哪里够。"父亲说："你做屋，我到时想点办法，看能不能搞点钱给你。"父亲又说："你总是做屋上的事，要注意安全呀。"细佬说："我晓得。"接着，父亲又和另外几位兄弟斗账，他们彼此之间的账目小，三下两下就说清楚了，说完就要走。父亲说："坐一下。"他们说："不坐了，屋里有人等着我斗账呢。"

送走了叔叔们，我家又一下子清净了，只听到木柴在火塘里燃烧时发出的"噼里啪啦"的声响，热浪一阵一阵地涌上来，我嚷嚷道："把里面的柴退了，烫人。"父亲说："一会儿就好了。火里的柴不能退，那叫退财。咱们要发财，怎么能退财呢！"

父亲把荷包里的钱拿出来数一数，又静下来想一想，他似乎是跟母亲说话，又像是自言自语："裁缝水儿哥的钱，当时就结了；篾匠子咏的工钱，他不算账，说是我们两个的工钱可以抵；铁匠三苕打锄头的钱，我在坳上（镇上）碰到他，给了他；剃头半仙的钱，剃年头时，我跟他结算了；打米加工的钱，平时就欠得少，估计不欠，要不他早就上门了。嗯，再想会儿……就是欠这些账吧！"说完，他起身，对着母亲说："今年还结余几百块，我开年把它存了，伢儿读书要钱。"

这是我记忆中，几十年前的光景。那时我父亲四十多岁，比今天的我还要小点。尽管他一年忙到头，连大年三十的晚上都摸着黑赶回家，我家也不富裕，但看得出来，我父亲还是很满足的。今年的年三十，气温20摄氏度，燥热得很，自然无须烤火，没见到"三十的火"了，也没有一个人来斗账，连串门的也没有。一来，我父亲老了，不再是年轻时的大师傅，他带着别人做。现在，轮到他求着别人带着，出去做几天。二来，乡村似乎也变成了城里，串门的比以前少多了。母亲告诉我，现在乡下人家的装修也很不错，家里都铺了瓷砖，弄脏了不好打理，不太欢迎别人进家门。三来，我不在家的时候，家里就两个老人，父亲的年龄在塆子里男丁中数一数二，和年轻人有代沟，自然交往的也不多。总之，今年的我，过了一个静悄悄的除夕夜。

6

父亲收好钱，对母亲说："明早上喝鸡汤，也炖点肉。"母亲说："鸡，我洗好了，炖半只就行了。肉，你看炖哪一块？""把徒弟辞年的那块肉炖了，吃新鲜的，明早上不吃腊肉。"母亲把肉洗净，父亲把肉切成块，然后在锅里翻炒，当肉色变得有点发黄的时候，分别盛入土罐和炖罐，放在火塘边煨着，不多时，屋里就弥漫着肉香，这是过年里最温馨的时刻。

这三十夜，要守岁，正所谓"岁守我一年，我守岁一夜"。平时，乡村是宁静的，七点多就上床睡觉了，恰合那"日出而作，日落而息"的情景。后来，有了电视，有些人睡得晚些，但多半是孩子和年轻人，老人仍旧睡得早。我在城里吃过了晚饭，给父亲打电话，他们好多时候都睡了，我跟父亲说："这么早，你睡得着？"父亲说，"不睡，能干什么？再说，我起得早。"他说的极是，他早上打电话，我有时还在睡梦中。这守岁的晚上是个例外，我们一家人围在火塘边烤火，母亲起身把新衣服拿出来，对我和妹妹说："你们试一试，莫弄脏了。"穿上身，我和妹妹都很高兴，母亲要求把衣服脱下来，明天早晨拜年时再穿，免得火星溅到衣服上，烧出洞来。但我和妹妹都很不情愿，嘟着嘴，不愿脱。现如今，我已经好多年没为过年买件衣服了。妹妹好几次对我说："你去年过年穿这身衣服，怎么今年过年还穿这身衣服。"我笑着说："平时想买就买，没想着专为过年买。"妹妹说："我也没见你穿几身好衣服。"我沉默不语，从乡下来的我，似乎有点不修边幅，很少注意穿着，或者说，老了。

妹妹已靠在母亲的膝上睡着了，我还跑进跑出，父亲对我说："你们早点睡吧，明天要早起给曾大大，你爹拜年啦。"妹妹就这么靠在母亲的膝上，闭着眼，父亲给她洗了脸，洗了脚，抱到床上睡了。我也洗了脸，端了脚盆，在火塘边洗脚。父亲对母亲说："你也洗了睡吧，我还坐一会儿，等肉煮好了，我把火熄了，封了门我也睡。"父亲所说的封门，是指拿一张纸钱，把门封住，明天早晨"出方"的时候，再把它撕掉。这是以前的旧习，现在的年轻人似乎没有封门的习俗了。前几年，有人看电视到午夜十二点，就把"出方"的爆竹放了，失去了封门的意义。

今年的大年三十，我九点不到就睡了，父母比我睡得还早，他们把肉放在铁炉子上，等炉子里的火烧尽了，肉也煮好了。我睡在床上，偶尔听到几声燃放烟花的声响，心想：现在连孩子都不喜欢放烟花，真是变了！"

年年过年年年过　且把围炉话旧年
之三　大年初一那一天

1

有几年，有些人是守着央视春晚整点报时而燃放鞭炮的，当电视里说："新年的钟声就要敲响了。"十里八乡，山前山后的塆子里顿时充满了燃放鞭炮的响声，耳朵里全是轰鸣，远处的天空被新年的礼花占据，仿佛是盛开的菊花，色彩艳丽，五彩缤纷，在漆黑的夜幕里，开得更是娇艳。空气中弥漫的火药馨香，浓烈扑鼻，微微有些呛人。窗户关着，屋外的烟还是透过缝隙挤进来，让屋里有点烟雾缭绕的感觉。这便是大年初一的"出方"，城里叫"迎接新年的到来"。可是，这几年我回家的时候，随着央视整点报时而燃放爆竹的人家少了许多，只能隐隐约约地听到远处传来的声响，但我们塆子里一点声响也没有。我觉得诧异，问父亲，父亲说："十二点钟放炮子，冇得（没有）经欠（方言：正常）。"

以前，乡下的每家每户，即使像我父亲这样不识字的，也要买一本黄历，黄历上开头就介绍今年是几龙治水，哪方大吉。所谓"出方"，就是在大年初一早上，一家人出门，面对那个方向叩拜，然后燃放爆竹，祈求风调雨顺，大吉大利。父亲说它"冇得经欠"，是说十二点放鞭炮，就失去了"出方"该有的那点意义。十二点前，属于去年，为了强调这个节点，大年三十晚上要"封门"，就是用纸钱把门封上。初一一大早，揭封，把门打开，一家人都要走出大门，对着大吉大利的那一个方向燃放爆竹，预示着新的一年要开始了。放了炮子，就说明一家人已出了方，要把门敞开着，等着别人来拜年。可是，随着新年钟声燃放爆竹的那些人，多半是放了炮子就睡觉。这很不好——没有封门，就可能把去年的霉运带到今年了。还有，你既然出了方，却立马又上床睡觉了，岂不是还没开始，就"洗了睡"。

小时候，我父亲起得早。有几年，他似乎没睡觉，是守岁到天亮的（1986年大年初一，他肯定没睡觉，那一年春晚之后还放了《西游记》第十四集《大战红孩儿》，看完已经是凌晨两点多了，父亲把我从睡梦中叫起来，我硬是看完了这集再接着睡）。他起床后，把火塘里的火生着，把已经炖好的土罐汤再煨到火边。然后，我母亲起了床，开始洗锅洗灶，热洗脸水，把水壶里的水灌满，放到火塘里烧。屋子里慢慢暖和了，父亲对母亲说："你把两个伢搞起来，要准备出方了。"母亲进了房间，把我和妹妹的衣服拿出来，挂到火塘边的椅子背上，待烤热了以后，母亲又把衣服放到我和妹妹的床头，说道："都起来呀，起来吃了饭给曾大大、你爹拜年啦。"不由分说，就把我从温暖的被窝里扶起来，披上暖和的外衣。我和妹妹就这么迷迷糊糊地起了床，坐在火塘边的椅子上。任凭红色的火焰映红我们的脸，满屋的肉香洋溢在家的每个角落。

"你们兄妹把牙刷了，把脸洗了，水倒进木桶里，莫倒屋外去了，要出方了。"父亲边对我们说，边从内室里拿出一大盘鞭炮，放在堂屋的桌子上。母亲忙乎着照顾我和妹妹刷牙洗脸，父亲则把门口晒衣服的竹棍拿到门口，把长长的鞭炮缠绕在竹棍上。大年初一的鞭炮，在20世纪80年代是一个面子，各家各户比着放，开始一般放两万响，后来放五万响，我记得有一年我家放了十万响。炮子放得越多，说明你家越富足，来年越发财，拜年的时候，有人会说："老三家的炮子放得多，他条件好啊。"不过，今年回家，我父亲放的是一万响，不过米筛大的一盘，别人家似乎也少得多，初一的早晨没有像往日那么喧嚣。

我和妹妹穿戴整齐出了大门，母亲也从屋子里出来，外面是一片漆黑，除了被远处爆竹的火光撕出的一个口子外，什么也看不见。父亲点着了爆竹，把长长的竹棍横举着，爆竹燃放的烟雾，一会儿就把大门口给全罩住了，父亲对母亲说："你们进屋吧！"由于爆竹太响，淹没了一切，根本听不清他在说什么。十多分钟后，终于放完了爆竹，进屋那一刻，耳朵全是轰鸣，似乎永无结束，只好用双手蒙住耳眼，突然又放开，多弄几次，耳朵里面缠绕的声音才消失。

20世纪90年代的出方，不用选定方向了，去南方自然是大吉大利，因为打工的都去福建或者广东。有人初一一大早，放了爆竹就出门，去了南方。现如今更不用选方向了，东西南北中，哪儿能搞钱，就往哪儿去，不用看黄历，只看哪里有路子。

2

初一早上，不祭祖。这初一早上的年饭，和大年三十的年饭不一样。第一，不办菜，不喝酒，吃肉汤。家家户户都养了鸡，所以鸡汤必不可少，自家养的老母鸡，用最黑的瓦罐，经过一夜的慢慢煨炖，汤酽得可以拉出丝来，是人间的美味。我老婆来自大武汉，她跟我说："你们家里，我最喜欢的就是瓦罐汤。"但是，萝卜白菜各有所爱，我却不怎么喜欢喝鸡汤，特别是这种酽得黏嘴的鸡汤。所以，我家里，还会用炖罐再煨一罐肉汤，制了猪的年份就煨一罐猪肚汤，没制猪的年份，就煨一罐猪肉汤。我觉得我家煨的猪肉汤味道最好，在煨好的肉里，加半碗洗净的黄花，这肉汤就别有一番风味了。第二，糍粑是必不可少的。初一一大早，拜年的时候，一定会有人问你："早上吃粑了没？"如果你没吃，你都不好意思。当然，也有人不吃的，我女儿从不吃糍粑，所以，只好给她下油面。油面似乎是我们那儿的特产，别的地方，没见到吃油面的。我小时候，有专门做油面的师傅，到过年的时候忙得很，你拿面粉、菜油到他家里，赶上一个大日头，一天就给你做好了。当你拿着提篮去收回细如发丝的油面时，那便是年的味道。现如今，再难吃到当年的细油面了，特产商店里卖的油面，口感太差，糙口，母亲说："掺了米粉，舍不得给油。"

207

第三，一定要吃鸡蛋。这初一一大早，鸡蛋不叫鸡蛋，叫"元宝"，象征团团圆圆。一般是吃荷包蛋，否则，就不够团团圆圆。

吃完了早饭，天还没亮，我们一家人围坐在火塘边烤火。母亲进了房间，把新衣服拿出来，给我们换上。父亲说："等一会儿，你先要去拜曾大大（曾大大和细爹住在一起）的年，接着拜你爹（我爹和细佬住在一起）的年。然后是二大大（我二爹去得早）、三爹三大大的年，他们都是爹，你要先拜。拜完了他们的年，再拜二父的年，再其他的那些叔爷。"我父亲说了这么多，是告诉我拜年有长幼之序、亲疏之别。接着他又说："整个塆子你都要跑一遍，他们都是长辈。"他仔细告诉我，哪些人是曾爹曾大大，哪些人要喊爹（爷爷辈），哪些人长我一辈，喊伯（比我父亲年纪大的人）或喊叔（比我父亲年纪小的人）。这些，我都用心地记在心里。到如今，我基本能说出各家上溯三代甚至四代的亲人的姓名（多是听人喊过的小名，不知大名），以及各家各户之间是怎样的关系。可惜如今，这些再没有人在意，俗话说"出了五服"，疏如路人，的确如此。在如今商品经济大潮中，曾经有过的那点血脉亲情，早已被浪头涤除得了无痕迹。我曾经给女儿介绍父亲的十一个堂兄弟，她一脸懵，我也无能为力，这成了世界上最难的题。塆子里好些后辈，慢慢长大了，有些上了大学，他们不认识我，我也不认识他们。我们是两颗不会碰撞的流星，在一个叫贡家冲的地方，偶尔会隔得很近，但始终会离得很远。

今年我回老家，见到邻居家的一个姑姑，她已六十多了，我和她三十多年没见面了，一见面，她就说："这是传明吧，你晓得我是谁？"我笑着说："细女爷（我们那儿把上一辈叫爷）。"她笑着说："你还认得我，冇想到，你看我老得这很，头发都白了。"我说："小时候，你带我上山去打柴，帮我拗大提箩儿（长形的箩筐）……"

3

父亲带着我和妹妹去塘边的细爹家给曾大大拜年，我以为我们去得够早，结果细爹家的火塘边围了好多人。我和妹妹大声喊："曾大大，拜年啦！"细爹立刻拿了爆竹到门外点着，一阵"噼里啪啦"。屋里的叔叔们笑着说："拜年要拜呀！"父亲趁我没注意，抱着我的脚，我立刻跪倒在地上，趁势磕了头。大家都笑了，说道："这才叫拜年嘛。"曾大大快八十了，但腿脚灵便，说道："聪明富贵，读书进学啊！给伢儿抓点吃的。"姑姑立刻拿个小碗，给我和妹妹各盛一碗芋头果儿，倒在手上的提袋里。父亲笑着说："两个细讨米的。"姑姑又给父亲铲了一茶盅南瓜子，父亲说："不要。"姑姑不由分说，倒进了父亲的荷包里，说道："留着过了年，再嗑嗑。"来给曾大大拜年的人一批接一批，父亲似乎想坐下来聊聊，但挤在一堆人里，根本没有椅子，只好带着我和妹妹出门，去给我爹拜年。

我爹和细佬住在老屋，我给他拜年的时候，他屋里人不多，只有刚来的二父，父亲也坐到火塘边，他们兄弟三人聊着天。爷爷给我和妹妹塞一些饼干，这是别家没有的，我赶紧装在荷包里，生怕别人发现了。我在屋子里跑进跑出，眼睛却盯着簸箩里的炮子，爷爷笑着说："给你一束。"我立刻电光炮拆开，从爷爷手里拿根香，一个一个地放。给爷爷拜年的人来多了，我们得挪地儿。父亲带着我和妹妹把亲房的几家拜完了，我就跑开了，不想和他在一起，他家家户户地非要聊一聊，坐一坐，而我只要等人家放了炮子，给我的提袋倒了一碗芋头果儿，我就要开跑，没有心思多站一会儿。也有好多叔爷，明白我这心思，连炮子都不放了，直接说："给你吧，莫把手炸了啊！"

现如今，我带着女儿拜年的时候，和我小时候完全不一样。第一，她不喊人，跟在我身后，我叫她喊"爷爷"，她小声说一句"爷爷好"。这"爷爷好"，是统一的招呼，没有我小时候分得那么清楚：大爷，二爷，三爷；大伯，二伯；细叔。第二，她不要人家的任何东西，现如今有些家里条件好，过年也买了比较高档的巧克力，砂糖桔，给女儿几个，她坚决不要，我只好帮她拿着，免得尴尬。第三，这大年初一的人来人往，孩子走了几户人家，就不愿意跟着我，跑到房间里玩手机，对这拜年完全没兴趣。我没有强求，因为，这里有我的父老乡亲，是我的老家。而对她来说，这里是异地他乡，她是这里的过客。我的老家是贡家冲，她来自布满高楼大厦的大武汉。

4

我爹是在2000年的大年初一离开了我们，这完全是个意外。

那一年，是我参加工作的第五个年头。刚开始参加工作的那几年，吃过很多苦头，教学校里最差的班级，上课不是上课，而是维持课堂秩序。有学生上课把课本点着了，教室里直冒烟；有学生要跟我打架，说"今天不是你死就是我活"。我的人生一片灰暗，我爷爷写信跟我说："你晓得我种冈背（山脊的背面）的那块田，都是沙子，泥巴都不多，我把塘泥挑过冈，铺在田里。现在的收成比正畈里的肥田的收成都要好。孩子你记住，只要付出，贫瘠的土地也能长出丰硕的庄稼。"在爷爷的鼓励下，我终于平复了心情，专心于教学，终于取得了一些成绩。后来，爷爷也关心起我个人的事情，说"男大当婚，女大当嫁"，这一年我刚认识现在的妻子，年前吃饭的时候，我爹问我："么不（怎么不）把媳妇带回来？"我说："认得不多时，能不能成，还不晓得呢！"我把妻子的照片给了我爹，他端详了好半天，什么也没说。像往常过年一样，吃完了饭，我给我爹一些钱，让他留着买烟抽。

每个初一都一样，我给我爹拜了年，我爹放了炮子，招呼着细爷给我泡茶，端瓜子。我坐了一会儿，就出了门，我刚进下一家，一个叔叔说："几（很）好玩，火球伯（我爹）放炮子的时候，一不小心丢到提篮里了，结果满提篮的炮子一下子全点着了，他笑得脸都皱在一起了。"

晚饭前，我爹牵牛饮了水，再坐在火塘边吃饭，一个丸子没夹起来，头一歪，就静静地离开了我们。这一年我爹七十七，没有痛苦，甚至可以说带着喜悦，静静地走了，好多人说我爹是修得好，没吃一点苦。后来我知道，死在大年三十或初一的老人很多，年关年关，年关就是个关口啊！我想，我爹是过年太高兴，大喜大悲而至的心肌梗死。

我爹走在晚上，各家各户都已拜了年，没给这喜庆的大年初一添什么乱。

要是走在大年初一的早上，那可不好办，别人出门第一眼，见到的是个死人，多晦气难受啊！父亲告诉我：你爹的曾大大（非嫡亲）死在大年初一的早上，我曾爹（非嫡亲）告诉家人，所有人都不准哭，等会儿拜年的人来了，都要说："大大过年吃多了东西，不舒服，睡了。"父亲说："整个初一，曾爹就守在房门口，不准所有人去探视，居然把这事儿给瞒住了。到了大年初二早上，再放炮子，烧纸钱，给路引，让她上了路。"小时候听父亲给我说这事儿的时候，我一脸惊讶，现在我明白了，有很多时候，所谓为人，不过是把痛苦埋在心底，多给别人几分欢乐和喜悦。

我只要回家过年，一定要把每家都跑到，这原因不在于我有多讲礼，而是我不知道我和塆子里的这些爹奶、婶娘、叔叔伯伯们的哪次见面是最后一见，从此以后就是阴阳永隔。记得塆子里有些婶娘，过年的时候，我们还在亲切交谈，没过多久，她们就逝去了，这让我伤心不已。记得初一那一天，婶娘给我上茶、上烟，还把食盒拿到我面前，说"吃点"。我拿几颗瓜子，坐在火塘边，趁没有人来，她挨着我坐下，说道："你细伢时，鼻龙打挂（方言：鼻涕挂在脸上）的，总是流口水，衣服哦，烂一块，胸前总是红红的，没想到，现如今你还当了老师。所以说，人说不清楚啊！"婶娘笑着说，我笑着听。今天我再去拜年的时候，再也看不到婶娘在灶前忙碌的身影，不禁哽了喉头，模糊了眼睛。

5

上午是男人和小孩拜年的时候，下午是女人拜年的时候。吃过了中饭，父亲留在家里招待客人，母亲则到塆子里转一转，拜个年。我则到塆子门口堂妹家门前的院子里晒太阳，那儿总是聚集的人多。我问叔爷："我们塆子叫贡家冲，可是在百度地图上，是找不到的，只有个付家冲，这是为什么？"叔爷说："这塆子本来住的是几户姓付的人家，当然就是付家冲，我们姓胡的是后来才搬过来的。"

"那，姓付的人家呢？"

"这姓付的人家就住在马路对面的木屐塆，实际上叫木屐塆是错的，应该叫屋迹塆，你现在还可以在屋迹塆里挖到瓦片，曾经应该是住了不少人家。"

"后来呢？"

"后来不是绝了户，就是搬走了，谁也说不清。"

听了这故事，我大为伤感，在城镇化的大潮中，这付家冲就是无数乡村的宿命。我曾经听我们塆子最老的老人——九十多岁的易大大告诉我："我嫁到这塆子里的时候只有七户人家，现在有三十多户，这塆子发人啦！"可如今，人口和户数都有减少的趋势，大部分年轻人都在县城，更多的人都在省城武汉买了房子。他们一年到头回家的日子很少，当父母健在的时候，他会回来，一旦父母不在，估计他们就不回来了。

有个堂弟问我："传明哥，你回不回来做房子？"怎样回答让我踌躇，要是以前我会很爽快地给出肯定的回答，今天我却犹豫了。因为我的叔叔告诉我："你父母还在的时候，你要每年回来，你父母不在的时候，你估计回来得少，你想啊，你下半年回来的时候，屋子积一层灰，你有心思打扫？井水长年不用了，都发臭了，你有精力去淘井？你花钱请别人帮你搞卫生？用这个钱，你在酒店开个房，花不了这多钱，人住得舒服得多！"

6

最近，身体不大好，我必须注意锻炼身体，所以晚饭后我到塆子对面的马路上走一走，经过堂妹家门口的时候，堂妹说："我也要走一走！"在漆黑的夜里，我们沿着大马路，走在乡间的田野里。堂妹十多岁就在城里打拼，小时候吃过很多苦，在武汉打工的时候，有次得了严重的风寒，盖了三床被子，还冷得打哆嗦，上吐下泻，差点送了命。后来，时来运转，抓住机会，吃苦耐劳，在新婚的晚上还在守店，终于积累了不少财富，算是有钱人。我一直以为，坚强而成功的她，一定霸气十足。可是，近几年她生活有些变故，特别是她的母亲去世以后，我发觉她突然变得消沉起来。

"我觉得人活着没么事（什么）意思，当你辛辛苦苦地打拼，日子过好了，亲人却远去了，有个么意思。"堂妹很落寞地说。

"世上本来就是新人换旧人，你不必太伤感。人生的意义在于你赋予，你说它有意义就有意义。"我说。

"人活着就是一个'情'，我爷（堂妹把父亲叫爷）活着，我就要回。某一天，我爷百年去世了，我估计就回来得少了，我和这个塆子就没有多少联系了。你爸妈都七十多了吧，你要对他们好一些，他们多活一年，你就和这塆子多来往一年，爱这塆子一年，他们走了，你就会被活活地切割，成了断了线的风筝……"堂妹深沉的话语，被夜空里的微风吹得好远好远，似乎落在家乡的每个山头，每一块地，甚至每一丘田里。

年年过年年年过　且把围炉话旧年
之四　给家婆拜年

1

大年三十夜，守岁的时候，我对父亲说："我想去一次覆钟地。"父亲说："这是你自己主动说的哈，那就初三去。"父亲的意思是，只要我不主动提，他就不强求我去覆钟地。覆钟地，是我家婆家，我已经将近三十年没有去过了，这是有原因的。第一，覆钟地的家婆家没有至亲。家公走在 1994 年，家婆走在 1995 年，在这两年里，家婆家还走了三口人，大舅、大舅母还有他们的大儿子，我的大老表。两年内，走了五口人，怎是一个"悲惨"了得。我的细舅是荆楚有名的农民画家，很早就离开家乡，一家人在县城里安了家，没有住在覆钟地的老屋里。大舅的小儿子，我的细老表，二十岁不到就到内蒙古当兵去了，在部队里干了十多年的炊事员，就地安置，落户在内蒙古。他回来得少，偶尔回来，就住县城里的叔叔（我的舅舅）家。第二，听说覆钟地的家婆家的老屋坍塌了。说实在的，哪怕家里没有人，只要老屋在，我也不至于近三十年不去一次。小时候，我在家婆家住的日子不少，所以老屋深深地刻在我的脑海里，多少次梦中在老屋里转悠，看到家婆在灶上忙碌，家公佝偻着坐在饭桌旁。为了解除这梦的缠绕，我好多次跟父亲打听老屋还在不在，老屋的天井还有吗？父亲很肯定地告诉我，垮了好几年。所以，我很失望，没有去的必要了。第三，母亲似乎对老屋没有什么念想，这也影响了我。俗话说，人到九十九，还想娘家走。但我母亲，似乎没有想回娘家的冲动。我买了车以后，问过好几次母亲想不想回覆钟地，母亲说："回去做么事（干什么）。屋也没有了，到叔伯兄弟（堂兄弟）家里去，不好，人家都七十多了，哪有精力招呼你。"这使我想起网上的一段文字："屋里空空无爹娘，院里已是树叶黄。昔日门前儿女闹，如今草木爬满墙。儿女站在院里久，再也不能喊爹娘。"母亲比这更伤感，因为爹娘也没有，老屋也没有，连院子也没有，她能站在哪儿呢？

但是，今年大年初三，我还是想去一次。因为，我将近五十岁了，五十岁的我，喜欢回忆往事，喜欢在曾经走过的路上，再走一次。

今年春节我在家待了九天，在这九天里，我把家门口的田畈和前山后山都走了一遍，觉得很温馨。边走边和兄弟姐妹们，回忆着我们曾经在这些土地上放牛、箷（用箷子箷柴。箷子：竹制的耙子）柴、打猪草，甚至薅秧、挑草头。回忆完这些以后，觉得很踏实，不像在城里，总有点飘的感觉。我想，这儿有根，所以稳实。所以，我也想找找母亲曾经生活过的土地，它是我的另一个根。母亲的老屋门前有条河，春天涨水的时候，我要去河对岸家婆家，得走几个石墩组成的漫水桥，听着河水在石间"哗哗"的声响，如同我怦怦的心跳，纵是小心翼翼，也迈不开脚。母亲拉着我，总算小心翼翼地过了河，但还是有好几次打湿了脚。两边的河滩上长满了青草，点缀着白色的小花，有不少散放的牛，在河滩上啃草，悠闲地漫步在金色的阳光里。想着，想着，我就想再走一次漫水桥。

2

覆钟地离我家有点远，走山路二十多里地，得翻山越岭，走田埂地岸。我十岁以前，母亲带我走过这条路。大清早，吃了早饭，我们开始走，天快黑的时候，才到家婆家。之所以要这么久，是因为我走走停停，总想要母亲驮着我，但瘦弱的母亲，走平地都背不动，何况是爬着台阶，翻山越岭。一路上，在半山腰的凉亭上歇过，吹着山间清凉的风，惊奇于山高水流，曾站在凉亭的长凳上，眺望谷底的人家。也在路边的人家里讨过茶喝，那家的女主人是母亲未嫁前的玩伴，一切是那么意外。更意外的是，多年后，她家的女儿是我初中高中同学，走得很亲近。还有更意外的，我们都出生在同一年的中秋节，她叫金秋，我叫月明（后来我改了名字，因为要和明月争辉，太过于霸气，我没那个气魄，容易生病）。遗憾的是，高中毕业后，我们各奔东西，音讯全无，不知她是否安好。

山路我走得少，还有一条没有铺柏油的大马路，不过要远不少，将近四十里。读初中时走过一次，累跛了脚。小时候，去覆钟地只能坐去匡河的过路车，这路车，一天一班，到镇上的时候，不到七点钟。在寒冷的冬天里，为了赶上这趟车，天没亮就要起床，冒着寒风，走在漆黑的夜里，结果到了镇上，空无一人，等了许久车才来。那时的母亲，似乎有回家的执念，似乎一年要回家好几次。后来，我长大了，上学了，时间少，跟着母亲到家婆家里的次数少。要去家婆家，也是父亲骑着自行车带我去，但这坑坑洼洼的土路，一个坡有好几里，要么走上去，累得脚酸，要么紧张得捏紧了刹车，生怕冲到沟里去，所以父亲带我去家婆家的次数并不多，但每年的正月初三，我几乎都要去一次，一是拜年，二是拜寿（正月初三是我家婆的生日）。

现如今，这条起起伏伏、高高低低的土路，经过大力整治，已成为全县重要的二级公路，是318国道的一部分，裁弯取直，去高填低，加宽路面，铺上柏油，变成美丽的乡间公路。一边是曲折有致的河谷，谷底有潺潺的流水，还有新农村建设的小洋楼，整齐划一；一边是巍峨的高山，植被葱郁，陡峭的崖壁还修了石岸，防止土石的垮塌，妨碍了路面。"现在去你家婆屋的，几好的路！"父亲多次感慨，我听了，默默无语，去吗？去看谁？

3

小时候，我是个喜欢赶路的人，母亲或者父亲去家婆家，我要是知道了，一定要跟着去的。正月初三那一天，父亲肯定是要去的，我一般也是要去的，我九岁那年的正月初三，父亲不知为什么坚决不肯带我去，结果阴差阳错，累惨了父亲。

那天早晨，天阴沉沉的，有点冷。父亲把给家婆祝寿的糍粑、肉绑在自行车的后座，准备推车出门了，我则紧紧拉着自行车，大声嚎叫着，要跟着父亲去。在母亲和叔叔的拉扯下，父亲匆匆地走了。等母亲和叔叔放手后，我哭着追赶我的父亲，但父亲已看不到踪影。我就这么哭哭啼啼地跑到镇上，已自知跟不上父亲了。我擦干了眼泪在小镇上闲逛，看到街上有瓜子卖，向路过的细毛爹（爷爷辈）借了一毛钱，买了一小包，边逛边嗑着瓜子，到了中午也没想回家。父亲匆匆地给家婆拜了年，中午回来的时候，发觉我不在家里，赶快回头去找。他从大路上回来，没有碰上我，以为我走了小路，他沿着小路去找我。父亲后来告诉我，他是驮着自行车，走在窄窄的田塍上，一步步地踏上茅沟山路上的台阶，翻过黄梅岩笔直下降的山间小路，终于到了覆钟地，也不见我的影子，又匆匆地从大路骑车回来。他到家的时候，天已黑透。我早已做好挨揍的准备，可是，父亲没有打我，也没有骂我，我却看到了他那一双幽怨的眼睛，不知是累，还是担心。

妹妹去家婆家是极少的，我完全没有印象，倒是记得和表妹一起去过家婆家。我姨和我妈一样嫁得远，她嫁到靠近浠水的严坳，回去都不容易。所以直到正月初三她都不回去，要等到二月初，再回去给父母拜年。姨丈和表妹也是初三这天去家婆家拜年，所以我们同行的时候不少。1991年的那个春节，我们就是一起去的家婆家。姨丈和父亲骑自行车，我和表妹是坐的车（不是当初的班车，而是带篷子的四轮车），我们去得早，家公、家婆刚吃过早饭，我提议去一次观音山，那儿有鄂东有名的名刹，保留着一座古庙，多次听母亲说过，但一次也没有去。于是，两个老表带着我和表妹去登了一次观音山，我们走的是山路，路程不远，不是田埂地岸，就是山间小路。表妹比我小一岁，从小就有人开我和表妹的玩笑，这让我见她总有点扭扭捏捏。表妹磊落大方，更显得我缩手缩脚。一路上，攀爬山崖的时候，表妹大方地伸出手来，让我拉她一把，我却内心怦怦跳。这少年的情怀，如三月的桃花，浅淡而羞涩，如今三十多年过去了，多么久远，就像烟雨朦胧的日子里，遥看长江对岸的码头。那一天，我看到山上的松鼠在树间跳动，到处生长的兰花还没有开放，古老的大庙树立在山头，放眼山脚，却平坦开阔。

4

母亲常对我说："我父（父亲）老实巴交，只晓得埋头苦做；我伊（母亲）是千金大小姐（家婆的父亲是当地有名的先生），认得字，读过书，见过世面，家里的一切事，由她来张罗。但是，我家里人口多，底子薄，家里穷得丁当响。有一次，我和我伊走在家门口，一只八哥，对着我喊'冇得吃的喝点茶，冇得吃的喝点茶……'"的确，家婆穷得很！住的老屋是祖上住过的，由于多年的烟熏火燎，四墙和屋顶黑黢黢的，大白天走进去，都觉得看不清。我曾经努力地寻找屋顶的亮瓦，硬是没发现。但是，我家婆是个能干人，我大舅老实得有点稀里糊涂，做事全靠家婆来安排。按理说，大舅会找不到老婆，但是我家婆，硬是给他成了亲，生了两个生龙活虎的小伙子。只可惜，我的大佬表在去观音山的路上，还跟我说，去挣钱回来做房子，却没几年就莫名地死在离家千里之外的地方。我妈和我姨也长大成人，嫁到几十里外，他们辛勤持家，子女不比别人差，都在大城市里安了家。这种人家，还能培养出我细舅这个荆楚有名的农民画家，简直是个奇迹。母亲跟我说："我伊是千金小姐，画画也是很好的，她纳的鞋垫上的花纹好得很，有满堂富贵的牡丹花，有多子的向日葵，有多瓣的桃花，甚至还有人物画儿，她把这些教给你细舅，后来，你细舅也爱上了画画。县里来的工作组，看上你细舅画的画儿好，把他带到了县里的文化馆……"这让我很早就明白了，世界上没有什么无缘无故的成功，有前路，一定有来路。

我家婆家很穷，没有别人家宽敞的房子，拿不出别人家精致的零食来招待自己的外孙儿，但是她会做一些精致的小菜，让我陶醉。她从菜园里摘回很嫩的青辣椒，也摘少许红辣椒，洗净，晾干，再用剪刀剪成细长丝，堆在米筛里。再准备一些姜，切成姜丝，还剥一些蒜头。接着，把辣椒丝、姜丝、蒜头都堆在锅里，加盐，用手将其搅拌。搅拌均匀后，盛到一个陶坛里，先用手挤压，塞得紧紧的，然后用锅铲的柄在坛子里锤一锤，锤得严实的时候，闷一张纸，用麻绳缠紧，让坛子密封。过了半个月，里面的青辣椒变得发黄的时候，再打开坛子，淋上香油，香脆可口的酵辣椒就做好了。这是我的最爱，我每去一次家婆家，她就让我带回一坛，我要吃上一个月。如果我长时间没有去了，她就会让家公给我送来。

现在，我进超市，总会找寻一下家婆做过的酵辣椒，但一次都没有找到，只有泡椒或油辣子。泡椒不是酸了，就是甜了；油辣子不是太油了，就是辣得张不开口。这些我都不喜欢，我到底还是怀念家婆做的酵辣子。

5

今年正月初二我到县城里给细舅拜了年，他给我欣赏了这些年他满意的作品，我用手机拍了照，慢慢欣赏。他告诉我，这些画作里的很多人物，就是家公、家婆的样子。我很惭愧，岁月会褪去旧日的痕迹，家公、家婆在我脑中的印象日渐模糊，我得靠这些照片，来唤醒我沉睡的记忆，从而在梦里回忆家婆给我的那些温馨。

正月初三，我和父亲搭车去了覆钟地，现在真是方便，宽大整洁的公交，半个小时一趟，根本就不用等。尽管覆钟地没有至亲，但是，母亲的堂哥、堂弟和我家走得比较亲近，父亲的生日他们都会来，所以，我们先去给畈中间的大舅拜年。一到村口，我就寻找母亲的老屋，可惜，一点影子都没有。有一间矮房，里面堆满了柴火，那是邻居家的柴房，柴房边是一块菜地，栽满了青青的上海青，旁边是一间坍圮的瓦房，那不是老屋的废墟，是邻居家的旧屋。门前也不是我记忆中的稻场，当中修一条水泥路，贯穿整个塆子。我站在记忆中老屋的房前，想用手机拍一张照片，可惜，怎么取景，也找不出老屋的半点影子。我照了又删，删了又照，搞了好半天。旁边屋子里走出一个老人，她对我说："好破的屋啊！"我看了一眼，微微一笑，没有应答，站在不远的父亲对我说："你不记得了吗？这是八家婆！"我大脑飞快地运转，想在记忆的深处挖出这个老人曾经年轻的模样。还没等我开口，那老人说："这是传明吗？"我赶紧回答："是的，是的。"她立刻走上来，抱了我一下，我也搂了一下她的肩头。我想起了她三十年前的模样，那时候，她五十来岁，脸是光洁的，而如今，布满了皱纹。岁月的刀枪，终把沧桑刻在她的脸上，这桃核一般的脸上满是时光的刀痕。

大舅也陪着我们去给上塆的细舅拜年，路边经过两个小山包，大舅指着那几个新修的坟头说："前年，利斌（我那位在内蒙古当兵的细老表）回来，给他父、他伊、他哥新砌的坟！"这三关坟并没连在一起，分占两个山头，遥相呼应。在这正月的风里，坟头的衰草在轻轻地晃动，似乎在向我招手，说道："来拜年了！"我想起我那老实巴交的大舅，曾经在西山打柴的时候，迷了路，曾经三四天在外面流浪，后来在县城的大街上找到他，他正挑着两个洁白的石头叫卖。我想起，我那同样老实巴交的大舅母，每天除了打柴，就是放牛。一进屋，家婆给她盛上满满一碗饭，她就静悄悄地坐在灶边吃。我想起，我那壮实快乐的表弟，在去观音山的路上，笑盈盈地给我介绍每一个山头，和这里曾经有过的革命故事（这里有烈士墓）。

6

给上塆的细舅拜了年，我要去给家公家婆上坟了。他们葬在河对岸的黄龙洞，这里是一个缓坡，坐落在两山夹着的一个山冲里，视野开阔，可以看到河对岸的老屋。1995 年，家婆去世的时候，我曾送她到这儿来下葬，因此有一些印象。我记得那时的山头，树木矮小，灌木平铺，而如今，茅草灌木比人高，完全看不见草里的坟头。我和父亲，两手分开茅草，踏出一条路来，父亲说："最那边的一关坟就是你家公家婆的。"我说："你莫搞错了啊！"父亲说：

"错不了，当年修坟的时候，我来抬的坟石。"我扒开石碑前的茅草，清晰可见父母的名字，这肯定就错不了。父亲把坟前的野草拔了一些，露出空隙来，以便烧香和焚烧纸钱。我给家公家婆磕了头，又小心翼翼地焚烧纸钱，生怕惹着了山火，但是一阵风来，还是烧着了周围的茅草。我慌乱地灭了火，心里怦怦跳。我在山脚找一块空地，燃放鞭炮，还算安全，可是在燃放烟花的时候，余烬还是引着了山火。我和父亲，奋力灭火，终于将其扑灭。到如今，我都心有余悸，我知道，如果放火烧山，就要把牢底坐穿。

我不知道，这山火是家公家婆对我二十多年来没来祭拜的惩罚呢，还是他们助了我，灭了这山火，而不至于引发更恶劣的后果？但我自己告诫自己，再也不能在他们长满枯草的坟头焚烧纸钱，抑或燃放烟花爆竹。我对他们的祭拜，将来也只能默默地放在心里，或许有一天，送一束纸花插在他们的坟头。

那一天，我在家公家婆的坟前，站了很久，很久。

从坟头回大舅家吃饭的时候，我想再走一次漫水桥，我刚要沿着记忆中的老路下河的时候，一个村民说："这儿不能走，去年发大水的时候，那几个石墩都被冲跑了！"我只好站在岸边，落寞地看着河里，乱石嶙峋，在中午的阳光下，一湾清水，死寂一般，反射着刺眼的光……

第七辑

家有婚娶，唢呐吹起

二姐出嫁

1

过了冬月，一下子就冷了许多，二季稻早已收割，谷蔸子没有一点青色，显得枯黄和发黑，死气沉沉地烂在田里。水田里薄薄的一层水，若有若无，靠近山边高岸的地方早已结了冰，太阳刚出来那会儿反射着强光，有点耀眼。公路边的池塘一片墨绿，看起来很深邃，其实是水不多，露出了塘泥的颜色。用于漂洗衣服的青石板一再下移，女人们抱怨："这点水，哪能把衣服洗干净呢。"公路两边高大的法国梧桐只剩下不多的几片黄叶，在寒风里摇晃，光秃秃的枝丫伸向空中，在太阳底下落下杂乱斑驳的影子。田边地头要么是一片枯草，要么是被火烧过，留下黑黑的一块，远看就像一床旧被单，补了一块深色的疤。山坡上却很有生气，地里的冬小麦泛着绿，虽然长得不高，但很茂盛，一棵挨着一棵，整块地都被笼罩了，看不见一点泥土的颜色。山头上则是经冬不衰，四季常青的枞树，一片墨绿，枞树中间还夹杂着枫树，尽管枫树上多是枯黄的败叶，但还是有些不怕风霜，仍旧红艳的枫叶，把这松林装扮得颇有生机。

天空已没有秋日的深邃和瓦蓝，总是笼着一层雾气，阴阴的，好像一张哀怨的脸。上午还有点太阳，下午忽然就刮起了风，天空堆起了铅色的云，太阳隔着云层，一片白，若有若无，让人更觉得冷。穿着蓝色旧棉袄的二狗子，缩着脖子，把手插在裤兜里，靠在门框上，静看着塆里青瓦的屋脊纵横，对面加工厂的白墙上刷着米筛大的红字"农业学大寨，工业学大庆"，但早已斑驳，白色的泥墙掉皮得厉害，"寨"字只剩下上半边。二狗子见三毛叔扛着铁镐从门前经过，说："三毛叔，又去挖树蔸子呀，好不怕冷哟！"三毛叔看了二狗子一眼，说："大小伙子，在家缩着，越缩越冷，走，上山去挖个死树蔸子，落雪了，正好烧。"

二姐和我妈正坐在灶屋的火塘旁上鞋帮子。二姐右手拿着鞋底合着鞋帮子，左手用顶针使劲顶着带索儿的针，针出了鞋面，立刻就用针钳把针夹住，使劲抽出索儿来。她专心致志的样子就像择米里的沙。我妈则拿着针，在头发上划几下，再用力把针顶进鞋底里。

"妈，太冷了，加点柴哈！"二姐把鞋子和针线放在靠椅上，对着手哈了一口气。

"有点火就行了，你还要烧大火吗？这些片柴，后天来客办席要烧的。"我妈应着，眼睛没有从手中的鞋子上移开。

后天是二姐到婆屋去（出嫁）的日子，大姨、二姨，两个舅娘，还有姑姑要来，他们都是住客，晚上不走的。大姨住在山里，有点远，不方便，上回大姐出嫁，她吃了中饭就走了，我妈对她意见老大了，说："你家接媳妇我不去了。"我妈的意思是说大姨太小气了，舍不得几个"眼泪钱"。这次，二姐到婆屋去，大姨可大气了，半个月前就送来了一床棉絮，我妈终于闭了嘴。

二姐冷得直跺脚，站起来走来走去。"你加两块柴吧！伢呀，不当家不知道柴米油盐贵呀，你到婆屋去要受苦的！"我妈说着，眼看着鞋，手没停。二姐从灶边拿来两块木柴，架在火塘上，又用铁钳把灰扒开，塞一点枞毛须，用吹火筒吹吹，火就烧着了，火光映着妈和二姐的脸。

二姐要嫁到浠水的马家坳，离我家有约十里路，不远，但我妈心里有点不高兴。一是，我妈觉得做浠水的媳妇太苦了。我们罗田是丘陵，水田不多，大姐出嫁后，我家里四口人，不到三亩田，而浠水的水田则多得多，二姐夫家五口人，听说有十多亩田。我妈好几次对二姐说："到时累死你，你个死丫头不听话！"二是，我们罗田是山区又是老区，税收要轻得多，而浠水因为沿江，算平原地区，税收要重得多。三是，马家坳田多，山少，没有柴烧，我妈对没有柴烧是深恶痛绝的。"我到张家畈的大山上去搞柴，一担青柴，把我压得半死。死丫头，你到时会晓得搞柴的苦！"

其实，我妈对二姐的婚事不满意，最根本的原因不在于以上三点，而在于对于二姐夫马国良的家庭不满意。二姐夫兄弟三人，他是老大，还有个弟弟和妹妹，我妈说："你要晓得，到时他弟弟娶媳妇，不举债，能把媳妇娶回来？他弟弟结了婚，还能和你们住在一起吗？肯定要做屋，不刮你一层皮，我就不信！"我妈的意思是说：当大哥的，都有帮父母给弟弟娶媳妇的责任，尽管二姐夫的父母年纪不是太大，但也快五十了。特别是马国良的父亲，天天风吹雨淋，脸上早已沟壑纵横，是个小老头了，除了勤扒苦做之外，实在是帮不上什么忙的。

"还有，他老妹也过十五岁了吧，三五年也要到婆屋去，你晓得么？嫁个女儿穷三年。三年前嫁你姐，今年又嫁你，我和你父天天起早摸黑，过年除了给你们买套衣服外，我们连双袜子都没买，你晓得么？你嫁给马国良，你先要帮他家娶媳妇，再帮他家嫁女儿。"我妈边说边抹眼泪。二姐低着头，沉默着。我妈说："你就是个贱命，自己选的路自己走！还有，你那个姑姑，什么东西，害自己人！"我妈越说越气愤了，把鞋重重地放在靠椅上，起身去房间了！

尽管我妈对二姐嫁给马国良深为不满，但我二姐同意呀，我妈无可奈何。

二姐最早认识马国良时，还是个小姑娘。那一年二姐到姑姑家走亲戚，而马国良是姑姑家的邻居，他总在姑姑家前门进后门出的，当时谁也没想到二姐会嫁给这个朴实而平凡的农村小伙儿。马国良读过高中，现在又在村小学里当代课老师，是个先生。我姑姑对他可有好感了，她说："小伙子不错，年年过年，全坳的对联都是国良在写，都说写得好。还有，他书也教得好，孩子们都喜欢他，老远就喊马老师好！"不知哪一天，她突发奇想，想给马国良做介绍，把二姐嫁给他。这事儿她先给我妈通通气，说："大嫂，我想细女给我做个伴，把她嫁给我隔壁老马家的大儿子马国良。"我妈认得姑姑家隔壁的老马，我妈去姑姑家做客的时候，老马老婆端着茶壶来倒过茶的，所以我妈对他家的情况清楚得很，所以很坚决地回绝了："你莫把你侄女害了！"后来，不知什么时候，这事儿她又给我二姐讲起，我二姐居然羞羞怯怯地答应了，最主要的是我父也不反对，我父说："当老师的，文化人，挺好。只要勤快肯做事，暂时穷点没啥，哪有穷一生的。"我想，父亲之所以这么开明，和他是个木匠有关，他常说："我是吃百家饭的，你见过的事情有我多？"

对于二姐的这门婚事，我妈虽然心里不舒服，甚至对我姑有意见，但也不再固执了，只是没人的时候偷偷流眼泪，有时候也自言自语："国良属犬，二妮属虎，这属相有点相克呀，不知好不好！"

2

腊月初三是二姐出嫁的日子，今天是腊月初一，嫁妆准备得差不多了。十多台嫁妆，比三年前大姐出嫁时多几台，满满地挤在堂屋里，新上的红色油漆，亮堂堂的，远远地就能照出人影。两只睡柜是必不可少的，和奶奶七十年前出嫁时的睡柜样式差不多，不过，奶奶出嫁时的睡柜是黑色的，这让我有点纳闷。睡柜是姑娘出嫁时必可少的嫁妆，一是因为它个头大，可以放好多东西，比如说，即使二姐准备摆茶用的芋头果儿、米果儿、酥糖、花生、葵花籽、南瓜子等等都用瓷罐装着，都塞在睡柜里，里面仍显得空阔。特别是，现在分田到户了，睡柜是个放粮食的好地方，两个睡柜堆放的粮食，比得上一口仓。二是，两口睡柜连在一起，就是一张床呀，将近一米宽的柜盖，睡一个人舒舒服服的。以前孩子多，家里地方小，这柜既放东西，又作床，多好呀！

洗面台是老式样。我父说："我想给二妮做个你妈那样的。"其实，我父做不出我妈那样的，我妈的洗面台是雕花的，镜子两边的两排挡板，刻着"喜上眉梢""并蒂莲"的浮雕，那喜鹊形神兼备，似乎要展翅飞走了；那莲蓬沾着露水，清新可人。我妈说："这雕花是我们当地最有名的老雕匠雕的，那年都快八十岁了。"父亲只好请个画匠，在镜子两边的挡板上画上"腊梅报春""向阳花木"等，也挺美的，二姐说："没有大姐的好看。"其实，大姐的就是我妈的。三年前，我家穷，姐姐出嫁，连八台嫁妆都拿不出，所以只好把我妈的这台"洗面台"给了大姐，这让我和二姐都有点不满。

家具还有大衣柜、五屉柜、条桌、两只箱子，大小桌子，四张靠椅，大小脚盆，洗衣桶和忙杵，还有马桶，这些别人家嫁女儿都有的，我家也都有。我妈说："再穷也不能让别人瞧不起！"

两个热水瓶是细姨送的，两个脸盆是大舅娘送的，茶具一套是细舅娘送的，棉絮四床：大姨一床，姑姑一床，我家自己打了两床。床上的铺陈包括枕头、垫单、被套各两套，大姐送一套，我家自己买一套。这些放在一起，有些堆头，不会显得寒碜。

为了防止抬嫁妆的时候，绳子弄坏了油漆，所以做家具时的刨花留了许多，都染上红墨水，塞到家具的抽屉里，预备着抬嫁妆时垫在绳子下。

二姐还想要个自行车，她说："我回娘家这么远，走来走去把我累死了，妈，你给我买个自行车嘛！"我妈听了，立刻变了脸，说："怪不得女儿是别人家的人，还没出嫁，胳膊肘就往外拐。你想想，你父一天做工，从早到晚地抢个大斧头，天天回来手都抬不起，一天一块二毛钱，嫁你大姐，借债还没还完，接着嫁你。我们不活了？你后天出嫁，到时候，我和你老子带你弟弟和你一起走……"我妈说得唾沫横飞，脸上堆满了乌云。二姐手足无措，站在一边流泪。的确，我家买不起自行车，"凤凰"自行车要两百块，差一点的"上海永久"自行车也要一百八十块，再差一点的"天津飞鸽"也不会少于一百五十块，以我父一天一块二毛钱的收入，要不吃不喝做半年。让一家人挨饿，来给二姐买辆自行车是万万不可的。二姐顶嘴说："马国良不是在送日子（送日子是男方拿双方的生辰八字，找算命先生确定后，用红纸写上庚单，送给女方）的时候给了两百块钱吗？"这可惹恼了我妈："你个死丫头，老娘和你算算账。你买了几套衣服，做嫁妆时花了多少钱，你冇（没有）得点数……"

自行车这事儿让我妈很不高兴，姑姑送棉絮回来的时候，知道了，作保证说："我让马国良买，哪能娶媳妇不花钱？人家养个大闺女，容易吗？"过了几天，姑姑传话说："老马答应了，正在借钱，准备腊月初二把自行车送过来。"

3

阴沉的冬日，天黑得尤其早。我妈和二姐一边上着鞋帮子，一边说着话，我妈说："明天就是最后一天，你要把做的鞋清一清，要是搞错了，要得罪人。"二姐说："我昨天清过了，还差五双，除了春兰姐的还冇（没有）拿来外，其他的都送来了。""你把国良写的礼单拿过来，我们再理一理，理好后夹一张红纸，用索儿捆好，放到睡柜里，明天没时间整这整那。"我妈说。

二姐进了房间，把压在床头下的红色礼单拿出来，回到火塘边，对我妈说："两个叔爷、两个婶娘共四双，这四双是絮鞋，我自己做的。"

"是绒面的吧，你把每一家的鞋都捆在一起，写个名字。"我妈说，"叔爷婶娘是自家人，不是亲戚，将来你们有什么难处，他们会帮衬的，不会袖手旁观。对他们好些，做双絮鞋是应该的。你公公婆婆的呢？"

"也是絮鞋，和叔爷婶娘的差不多，只不过我做的是灯芯绒的鞋面，鞋帮里的棉花放得厚实些。"二姐说。

"要得。在家里，有父母宠着，耍点脾气，我们不在意，给人家当媳妇就不一样了。俗话说'婆婆背个鼓，背后说媳妇。媳妇挂个锣，背后说婆婆'。你出嫁了，少说些闲话，婆婆说你两句，你就听着，别顶嘴，当长辈的，哪个不指望儿女好呢？你那婆婆我是认得的，嘴巴挺能说的，不过有你姑姑，她也不敢太过分。"我妈理了理鞋帮的边，自言自语："天黑得真快，都看不清了！"

"我只做得了这么多，其他都是垮里的姊妹的和婶娘们帮的忙，大姐也帮我做了两双。"二姐低着头说。

"国良家的亲戚也真不少，姑姑两个，姨两个，舅爷舅娘三个，还有个亲爷亲娘，一个人一双，二十多双，要是一个人做，累死了也做不完啦！女儿呀，晓得做人难吧，你出个嫁，一塆人都帮忙，千层底千针线，一双鞋是要熬好多个日夜，没人帮忙，出个嫁都难！我记得，我十三四岁的时候，你家婆春上就要我到竹园里捡笋叶，她告诉我，做鞋哪来那么多袼褙？鞋底之间得垫上笋叶，耐磨又防水。平时裁缝在家里做衣服，多的碎布头，一点都不浪费，留着做鞋用。穿烂的衣服也不敢丢，要留下来做袼褙。十四岁开始，你家婆一有空就要我纳鞋底，我懒的时候，她就骂我'到时哪个帮你忙嫁鞋？懒丫头，嫁不出去的'。我到出嫁时，鞋底有半柜子，出嫁后，还穿了好多年，哪像你，出嫁时，着急得掉眼泪。塆里那些婶娘、姊妹帮了你，你出嫁了不管，他们的情得由我来还，他们将来有事，我得帮他们啰！"

4

腊月初二，冷得很。长夜漫漫，鸡啼三遍的时候，我就醒了，感觉竹席子从身下传来阵阵寒气，一晚上都没有把席子暖热，我多次跟我妈说，把竹席子撤掉，冰得很，我妈说："你未必（难道）就睡在稻草上？稻草上长虱子，撒过农药六六粉的，不怕死，你就把席子撤了。"我又跟我妈说："你给我铺床垫絮吧！"我妈没好气地说："你看家里棉絮有多的吗？那放在柜子里的一床棉絮是为你大姐准备的。今年给你二姐出嫁打的两床棉絮，棉花不够，从二叔家借了些，开年还得种棉花还他。"

我把一床棉絮裹得紧紧的，还把外衣都压在被子上，才觉得暖和些。已经睡不着了，静等着天亮，听着住在隔壁房间的我妈我父在小声地谈话。我妈说："今天初二，好多事要安排好，匆匆忙忙就会丢三落四，理一理，有哪些事要做。第一，是件小事，容易忘掉。你等会儿起床就去掐些柏树枝，采些青色的枞毛须儿，用红纸捆成一扎一扎的。"

"这事儿叫你儿子做。"我父说。

"他明天要去送嫁妆，你给他几块钱，让他到镇上去买件像样的衣服。他第一次去姐夫家，人家客人多，莫丢丑，咱们人穷志不短！你把柏树枝和枞毛须儿掐回来，等会儿大女儿回了，叫她捆。"我妈说。

"算了，我捆。外甥刚会走路，要个人管，她肚子里又怀一个，行动不便，算了吧。"我父说。

"第二，要哪些人帮忙，你是不是今天要去再说一声，明天早晨抬嫁妆的要来吃早饭，今天晚上就要准备好。"我妈说。

"这个我不去说，你想，全塆的红白喜事，谁不是主动去呀？还要人去请？"我父说。

"得要有个人安排呀？都来了，就能把事做好？兽医多了骗死了马。"我妈对我父这种态度颇不以为然。

"我跟礼清大哥说好了，让他来负责，礼钱登记、这两天的开销、人员的安排，都由他负责，每席要上多少个碗，我等会儿跟他商量。"我父说，"你的事儿也很多呀，跟二丫多嘱咐几句，莫要出嫁了做人家媳妇，被人骂，说我们没把孩子教育好。以前呢，出嫁前一个月开始哭嫁，你们娘儿俩倒好，没掉一滴眼泪，还为辆自行车扯皮……"

"你莫说风凉话儿呀，还不是因为你死穷，你给二丫买辆自行车，我没意见。儿子跟我说，晚上冷，要加床棉絮都没有，你还好意思说我。我做梦都想风风光光地嫁女儿，财物丰富些，不光是在人前有面儿，更主要的是到婆家去，不会让人瞧不起，能在婆婆面前嗓门高点。"我妈说着说着，就小声地哭了，我父也一声不吭，屋外还是黑黑的一片，鸡啼的长鸣似乎要喊破这夜的寂静。

"我出嫁的时候，我老娘是哭了一个月的，我老娘当年是地主的女儿，是小姐，我家公是颇有名气的教书先生，所以我老娘是受过老式教育的，懂得给女儿哭嫁从怀胎十个月诉说起，从小到大，一一拿来哭的，要哭一个月。我呢，我只能陪着应和，流着眼泪，舍不得我老娘呀，我父呀。我老娘从有丫鬟服侍的地主家小姐，变成一个插秧割谷的农妇，还要天天担惊受怕，是受了好多苦的，我老娘哭我也是哭她自己呀。我没什么好哭的，我嫁到你家有清闲的时候吗？以前生产队做工分，还要回家奶孩子，天天像打仗，还要挨队长骂，我心都硬了，哭不出来。你细女儿呢，估计也哭不出来，只读了三年级的书，只认得自己的名字，在家的日子不是在伺候庄稼，就是在放牛，家里有点好吃好喝的，你也给了你宝贝儿子……"

"你不哭算了，又没叫你哭，啰啰嗦嗦的。"我父突然变得很不耐烦，他猛地开了灯，开始穿衣服，然后开了大门，此时天才蒙蒙亮，远处传来几声狗叫。

5

我们吃早饭的时候，大姐夫抱着外甥小亮，大姐挺着肚子进了家门。我父一把抱起小亮，在脸上亲了又亲，问："冷不冷？家公给你烧火烘。"我妈拉着外甥的手，对着大姐说："伢儿是不是穿少了，一双小手都冰冷的。"

吃完了饭，礼清大伯上门了，父亲赶快上烟，是托了关系买的"大公鸡"。礼清大伯原来是生产队的会计，现在分田到户了，成了塆子里红白喜事的主事，热心快肠，深得大家的尊重。

父亲和礼清大伯坐在桌边抽烟，谈论着这两天的安排，二姐给他们泡上茶，走到灶边跟我妈说："我去草树下给牛拿捆草，要是忙起来，忘了，牛要饿一天。"大姐笑着说："你对牛这么好，不晓得会对马国良多好。"二姐脸一下子就红了，悄悄地走到大姐旁边，在她胳膊上掐一把，大姐"啧"了一下，说道："死丫头，疼，不晓得？"

我和大姐用一寸宽的红纸条儿把父亲捡回来的柏树枝和枞毛须儿捆成一扎一扎的，静听着礼清大伯和父亲说着话儿。

"说说你准备上多少个碗呀？"礼清大伯从裤兜里掏出一个"大红花"的烟盒，把它扯开铺平，准备在白面上写字。他手里的烟卷微微地冒着烟。

我父亲有点局促，左手抠着头发，沉默了一会儿，说道："礼清大哥，我有话就直说，家里的情况你也晓得，三年前嫁的大姑娘，还没伸直腰杆，又嫁老二，实在是很想撑个面，但是心有余而力不足。我也想过，再难，也不能比别人差蛮多……"

"这些话就不说了，别人的标准一般是这样：十个碗，有鱼有肉。"礼清大伯搓着手说，"哟，冷得很啰！大妹子，给我个烘炉！"我妈立刻从墙边拿了烘炉，在灶里夹了炭火，递给礼清大伯。"正肉少不了，一桌上一碗。鱼也是少不了，可以上两碗，掺豆腐。鱼头可以剁碎加面粉，炸成炸鱼，这不，又有一碗嘛！炸油豆腐加点红枣，稍微给点肉片，又是一碗。做三样丸子：芋头丸子、藕丸子、萝卜丸子。这不有了三碗。买一袋虾片，炸一锅，又便宜又好看。再加一碗海带，怎么样，十个碗可以吧？"

"这个，是不是有点拿不出手。"我父亲有点惴惴的，面带尴尬的神色。

"你就这个条件，冇（没有）得法。"礼清大伯吸一口烟，又把手罩在烘炉上。

"不要海带，"我妈不知什么时候站在我父身后，突然冒出一句话，把我们大家都吓着了，"杀两只鸡，做点汤圆粑。"我妈说完，抿着嘴，神情严肃。

"大妹子，舍得哟，马上立春，就是春上，春鸡赛牛哦！"礼清大伯咧着嘴对我妈笑着。

"那就这样，我记下。"礼清大伯掏出笔来，在烟盒上记下。

他又说："挑水的、磨豆腐的、舂粑的，上午就要到场。明早上抬嫁妆的要吃糍粑，你们自己把米洗好，把沙择干净。我现在去安排人。哦，我准备叫二狗子到县城外贸冷库里买肉，晚了买不到就麻烦了。你给他包烟吧，他跑腿跑得飞快。还有，我叫三毛到塘里撒两网，把鱼捞起来。天气冷，你也给他包烟吧……"

6

吃过了晚饭，家里开始忙开了。灶屋里，我们把门板拿下平放在两个长凳上，作为放东西的案板，案板上堆满了盆子。湾里的几个婶娘系着围裙开始忙碌了，李婶四十多岁，干事一向泼辣，汁水调得好，湾里的红白喜事一向是她掌勺，她说："莫怕冷，怕冷就做不了事。老郭，你把鱼头下了，鱼身子剁成块，明天和豆腐一起煮；鱼头剁小块，多把点面粉裹在一起，搅之前要把姜蒜盐放在一起，拌匀了，做炸鱼。"老郭并不老，甚至和李婶年龄差不多，是二伯的老婆，一向话不多，似乎是从很早开始，塆子里和她年龄相仿的都喊她"老郭"，她也不恼。

"小红，你来帮我炸鱼、炸丸子、炸豆腐，学着点，我们这些老家伙都老了，眼也花了，后一辈要靠你们了，都懒得学，未必以后塆子里的红白喜事，到别塆里找人做饭，不丑吗？"李婶对身旁帮忙的小媳妇说。小红是礼清大伯的儿媳妇，前年才嫁到我们塆子来，礼清大伯给人家主事的时候，总是叫她去帮忙。

油炸开始了，满屋里弥漫着油香，灶上的事情我妈似乎帮不上，只好到灶下去烧火，李婶说："老三娘子，你不要管灶下。把灶里的炭夹点火盆里，烘火去呀，拉着你姑娘说说话，他明天成了别人家的人，以后回来不容易呀。"

"你莫撩她，三娘要哭了。"小红笑着说。一向坚强的我妈，居然忍不住了，捂住嘴，快步走到房间里，看到大姐二姐正在清理柜子里的衣服，她也不管不顾，竟然趴在被子里哭泣，弄得二姐有点手足无措。

"妈，你莫哭了，又不是嫁得远，我不是经常回吗？"大姐说。

我妈突然起身，坐在床沿上，拉着二姐的手哭道："女儿啊，你晓得老娘生你的时候吃了几多苦啊，难产差点丢了性命。女儿啊，你晓得老娘生你受了几多气啊，有人笑我生了个女儿，又生一个女儿啦。女儿啊，你小时候黄皮寡瘦爱生病啦，我深更半夜抱着你啦………"

帮忙的人都走了，由于没有地方睡，姐夫也走了，明天早上再来。家里就我们几个人和外甥，父亲说："把所有的东西都放到堂屋里，明天抬嫁妆的时候好搬，东西不能掉了，得仔细清一清。上午让们兄妹俩捆的柏树枝和枞毛须儿都拿出来，每个抽屉里，盆子里，桶里都放一些，到处放没事的。哦，还得包几个红包，放在被子里，明天细女婆屋铺床的媳妇会到处找，要是没找到，会骂我们小气。"父亲从荷包里拿出五个五毛的纸币，排在桌子上，我和大姐折了红纸，用饭粒把钱封上，塞进折好的被子里。

两个睡柜在堂屋的里面，柜子比较大，不好搬动。一只柜里放着二姐摆茶的食品，一只柜里放着二姐做的那些鞋，没什么分量，父亲说："是不是要放点粮食？什么都没有不好看啦！"我妈说："铲个几十斤谷放里面，咱姑娘自带吃的。""带谷就带谷，别说得那么难听。"我妈立刻拿了箩筐去铲谷了。

大衣柜、五屉柜、条桌、洗面台、两只箱子、大小桌子、四张靠椅、大小脚盆、马桶、洗衣桶、忙杵，都一一清好了，在每个抽屉里、桶里都放上了柏树枝和枞毛须儿。大姐突然拿着洗衣桶里的忙杵说："老妹的这个忙杵比我的那个好。"大家一听，都盯着她，大姐说："都盯着我干吗？本来就是，我那个忙杵不好，我洗个衣服，扬都扬不起。"我父说："你总是意见多。你那个忙杵，是檀树的，最好的木料，不会烂，又有劲道，现在哪儿去找？你老妹的，是枞树做的，会开裂，用不了几年的。你懂什么？"

睡觉之前，我们做了一大朵红色的纸花，系在马国良下午送来的飞鸽牌自行车上。马国良下午急匆匆地来，急匆匆地走，他说家里事情多，他离不开。我坐在自行车上，把轮子转得飞快，我跟二姐说："二姐，把自行车给我骑几天。"二姐笑着说："好，过几天我骑回来，给你骑！"

7

腊月初三这一天，天空中的阴霾突然就散开了，天空瓦蓝瓦蓝的，就像那天高云淡的秋日，但是早晨似乎更冷，有水的地方都结了冰。天没亮，父亲就把我们叫起来，他在堂屋里嚷道："他妈赶快起来洗锅洗灶，等会儿办席的要用，也把米洗了放在甑里，早点把糯米蒸了，软一些，糍粑吃起来也好些。儿子也赶快起来，把地扫了，再莫指望你二姐，从今天起，她就是客呀！大女儿陪着外甥多睡会儿，早上冷，莫把孩子冻病了。"

天一亮，礼清大伯就上门了，我父亲赶快上烟，我妈倒茶，礼清大伯说："白天的事儿都安排好了，你放心。孩子的事儿，大妹子你去安排啊！看的日子，说是要姑娘几点出门呢？""算命掐八字的说是酉时，有点晚哈，到浠水马家坳有十来里，有点远！"我父说。"远不远，反正要按着时辰来。"礼清大伯正说着，李婶、老郭、小红和自家的几个婶娘都来了，屋里一下子热闹起来，李婶说："你冇（没有）准备节目，听说老三女婿是个教书的先生。"

"哪能不准备呢，不就是对对子吗？肯定是难不倒教书的先生，不过我有个狠招，昨日我叫文成叔出了个对子，他肯定对不上，搞两包烟抽下。"礼清大伯说的文成叔，我叫他文成大爹，已经七十多了，读过私塾的，会点中医，常常给塆子里的人抓点草药，平时喜欢舞文弄墨，深得一塆子人的尊重。

"老三，你把红纸和毛笔拿出来，我把上联写出来，贴在柜子上，不能让你家女婿瞧不起，说我们塆子里没人才呀！"父亲立刻拿了裁好的红纸和笔墨，放在堂屋里的桌子上，礼清大伯站在桌子旁，我们大家围着他，看他写字，只见礼清大伯悬腕写道：屋后栽松季季青。写好放在一旁；又写道：田无肥瘠勤出力皆能满意。写好后又放在一旁。礼清大伯写好后，把笔放下，抽了一口烟。不知什么时候，桌子旁已围了一圈的老少爷们，三毛叔就站在我身后，只听他说道："礼清大哥的字写得越来越好，只是你弄的文我看不懂。"礼清大伯说，"我读给你听一下。"

"屋后——栽松——季季——青，"礼清大伯说，"怎么样？田无——肥瘠——勤——出力——皆能——满意，怎么样？"大家都应和着说"好"。三毛叔却说："要是要得的，只是以前听过差不多的，塆里嫁了这么多姑娘，说的不就是这些话儿吗？你要出个难的，让女婿伢对不上，抬不走嫁妆，他才会给烟啦！"李婶接过话头，说："你不是刚才说，文成叔出了个对子，写出来，瞧瞧。"

礼清大伯深吸一口，把烟头一丢，写道：雷打梨落雷打梨（当地方言，"雷""梨"同音，都读"梨"音）。"这个难吧？"礼清大伯提高了嗓门，"不信搞不来两包烟。"大家都说："这个好。"

8

爆竹声声，抬嫁妆的来了，二十多人，浩浩荡荡，有的背着扁担和绳子，有的驮着竹棍和绳子，走在最前面的是姐夫马国良，头发梳得光亮，穿着一身蓝色的卡其布衣服，是中山装的样子，只是没有中山装那么多荷包。塆子里的媳妇姑娘们就站在路的两边，男人们站得稍远些，小红从厨房里出来，看到马国良从身边经过，说道："新郎官，抹个脸。"趁他没注意，在他脸上抹了一道锅底墨。大家"哈哈"地大笑，有媳妇准备给其他抬嫁妆的人"糊脸"，我父说："莫闹了，地上有水的地方结了冰，摔倒了，抬不走嫁妆。"围观的人群才规矩些。

"上席，上席。"礼清大伯嚷道，"都在外面的三张桌子上坐，先上糍粑，再上菜，天气冷，菜冷得快。"灶屋里一阵忙碌，立刻里面用木托盘端出三碗掺了芝麻糖的糍粑，一会儿桌子上就摆满了菜。抬嫁妆的人，风卷残云，很快就吃完了，虽然有酒，但没有一个人喝，都想早点吃完，找轻一点的东西抬。礼清大伯说："莫抢，年纪大的抬桌子、箱子啊，挑靠椅呀，年轻小伙子不抬睡柜谁抬呀？"一阵骚动以后，堂屋里的嫁妆都抬出了屋，放在家门口的小坪上，抬嫁妆的人拿出绳子开始绑，我父说："家具要用刨花隔一下，绳子把家具上的油漆都搞坏了。"那些抬柜子的人才从抽屉里拿出沾了红的刨花来，隔在绳子与家具之间。二姐夫要抬那只最重的睡柜，今天他结婚，自然要最出力。

"绑好了啊，等一会儿，没放爆竹，你们不能走，今天的新郎官是个秀才，要把这几副对联对好了，写好了，贴在柜子上才能走哈！"礼清大伯说得手舞足蹈，似乎一下子年轻了许多，围观的人都聚在了一处。

我姐夫马国良走到洗面台前，看到镜子的右边贴着一幅字：屋后栽松季季青。他微微笑了一笑，就到堂屋的桌子上，拿了红纸，写道：门前植竹节节高。有人议论说："这个对得好，意思很不错！"有个小伙子立刻拿了浆糊贴到镜子的左边。

我姐夫又走到门外，远远地看了一眼大衣柜上的上联：田无肥瘠勤出力皆能满意。写道：家有富贫善教子才算称心。写好后，他自己拿了浆糊亲自贴在大衣柜上。抬嫁妆的人也围在一起，说："这对联出得好，也对得好，满满的祝福，现在不是讲勤劳致富嘛，马国良读点书，当个老师，和一般人见识还是不一样，现在时代好，这小伙子会有出息的，只是现在穷了点，找个媳妇帮衬，日子会芝麻开花节节高的。"

我姐夫在贴大衣柜的对联时，就已经看清了五屉柜上的上联"雷打梨落雷打梨"，他似乎半天都没有理清头绪，皱着眉，紧盯着上联，众人也帮他着急，有人说："马国良快点，我们还有十来里呢，要走一阵子！"我姐夫不做声，不停地抠头。礼清大伯笑了笑，摇了摇头，说："早上帮忙的，还有亲戚，吃饭哈，菜都冷了，让女婿伢想一下！"我和大姐从灶屋里拿了两坨糍粑，站在家门口边吃边看马国良对对联。他一会儿摸摸头，一会儿摸摸下巴，很苦恼的样子。不知什么时候，我二姐也探出头来，看着马国良的狼狈样，她似乎很着急。我大姐看着她，笑了，趁二姐没注意，在她腰上掐一下。二姐一个激灵，嘴里一句"哎哟"。大姐说："还没到人家去，就心疼自己的男人，出去帮一下。"二姐一甩手，撅着嘴巴，一步一回头，磨磨蹭蹭地回了房间。

"马国良，给几包烟，我们等不及了，上午还有事，你回去晚了，蜡烛姑儿（去接新娘的伴娘）和压轿（男方派来处理所有事务的人）的出不了门（他们要等抬嫁妆的回去后，才能出门）。"挑靠椅的是一位老伯，他长着一脸挂须，嗓门挺大。"好，好。"我二姐夫马国良连连答应，从荷包里拿出两包"大公鸡"，问我父说："父，找谁呀？"

我父说："是文成大爹出的，让弟弟带你去找他。"我带着马国良直奔垮中间的文成大爹的屋里去，刚进门，正在吃粥的文成大爹说："他娘，倒茶。"马国良说："不喝了，都等不及了！"随手就把两包"大公鸡"放在饭桌上，文成大爹似乎早做了准备，在荷包里掏出一张烟盒纸，说："写在背面上了，不留你坐了，你今天忙。"

我和马国良小跑着回到了屋里，抬嫁妆的人有的开始上肩了，礼清大伯早已提着长长的一挂鞭炮，一下子就点着了。鞭炮声声，震耳欲聋，一会儿烟雾就散开了，火药的馨香弥漫在空气里，更添一份喜气。系着大红花的自行车开始出发了，接着挑椅子的也走动了，队伍拉得很长。

我二姐夫马国良早已龙飞凤舞写了下联：箕扑鸡飞箕扑鸡。他似乎有点不服气，也似乎是在赶时间。他匆匆地贴了对联，匆匆地抬着最重的睡柜上路了。

"你跟着抬嫁妆的人一起去，吃了饭，和你姑姑一起早点回。"我父嘱咐我说。吃了饭，我姐夫打发我十块钱的红包，我就和姑姑一起往回走。一路上我在想，这对联有什么妙处，让我教书的姐夫无能为力。后来我才知道，这是用回文的方法出的对联。"雷打梨落雷打梨"（当地方言，"雷""梨"同音，都读"梨"音），正向读反向读，音是一样的。对这种对联是可遇不可求的，"我揣摩这副对联已经半年多了，有一天我家的鸡飞到饭架上啄饭吃，结果筲箕翻了，把鸡扑住了，我一下子来了灵感，把这对联对上了，居然换了两包'大公鸡'。"文成大爹说得洋洋得意。

9

我和姑姑到家的时候，大姨、细姨和两个舅娘都已经来了，客人们也陆陆续续地到来，家里显得越发拥挤和热闹了。今天中午待客，很多亲戚送了礼钱，中午吃了饭就回去了，并不等傍晚送我二姐出门才走，但是比较亲近的客人，要等到二姐出门时亲自送了眼泪钱才可以离开，住得远一点的天黑回不去，就成了住客，家里还要招待的。

我们刚落脚，外面就起了唢呐声，接着就响起了"噼里啪啦"的爆竹声，知道是接亲的蜡烛姑儿、压轿的人和吹手来了。正在灶屋里做饭的李婶、老郭、小红和一帮子妯娌赶快把大门顶着，抢"进门礼"，外面的压轿是个中年人，三十多岁，人长得很精干，穿一身深灰色的卡其布衣服。姑姑说他是马国良的姑夫。

"你把门开个缝，我丢不进礼包！"马国良的姑夫使劲地推着门，里面的媳妇们透过门缝去接礼包，他却往门后一甩，几个媳妇转身去捡地上的礼包，门开了一个大缝，他使劲地一用力，门差点开了，里面的媳妇用肩膀使劲顶着，门又慢慢合上了。"你再给几个礼儿，我们就开门！"马国良的姑夫只好又拿出三个礼儿丢到门里去，媳妇们挤成一团，门就开了，唢呐声一直没有停，曲调悠扬。

跟在马国良姑夫身后的是两个蜡烛姑儿，一个穿着暗红色的小袄，一个穿着深绿碎花的上衣，都梳着刘海，背后两个小辫，怯生生地跟着。两个姑娘刚进门，不知什么时候，二狗子拿了红墨水在一个姑娘的脸上抹了一把，那姑娘用手把脸蒙着，惨兮兮的样子，有媳妇笑着对二狗子说："细腻吧？晚上莫洗手啊！"他刚要伸手去抹另一个姑娘的脸，我姑姑对着二狗喊："她是我婆屋的侄女，你莫盘她啊！听得冇（没有）！"二狗这才住了手，两个姑娘似乎看到了救星，一人一只胳膊地挽着姑姑，姑姑把他们带到二姐的房间，陪着一群女客，这才安生。可是不知什么时候，有人把一些苍耳都揉在她们头上，两个姑娘费了好大的劲才把那些苍耳弄下来，头发也弄掉了很多。

马国良进门的时候提了个包袱，里面是一个红色的礼匣和一件半新的大红色外套，他交给了我父，我父随手放在二姐的床上。

在正式吃饭之前，煮了五碗汤，其实就是肉面。压轿的和吹手在堂屋的桌子上吃，两个蜡烛姑儿不敢到堂屋里去，只好拿到二姐的房间里去吃。他们吃完了，李婶过来收筷子的时候，对马国良的姑夫说："拿点喜烟来！"这姑夫正恭谨地伸手拿烟，李婶一把捉住他的手，几个围观的媳妇立刻上来，抓手的抓手，抬脚的抬脚，直接把这姑夫放倒了，抬着把他从桌子上抹过，我们把这叫"打油"。整个屋里的人都在笑啊，到处弥漫着欢声笑语。

他们吃完了汤，就要正式待客了，所有的亲戚和垮子里送礼的人都要上席，一共开了六七桌。我们一家和跑堂做饭的人都没有上桌，等他们吃完了，还要开一桌。

第六个菜是正肉，是一大盘干炒的红烧肉。此时，吹手下了席又吹起了

241

唢呐，门外放起了鞭炮，甚是热闹，马国良的姑夫开始挨桌一个人一个人地敬烟，嘴里说："把钱用了，破费了。"有人说："再来一根。"马国良的姑夫说："我只带那么多，没有多的，后面还有好几席呢！"

10

吃过了酒席，好多客人走了，反正礼钱已经给了，至于出门时给二姐的眼泪钱，则因人而异。塆里的人下昼（下午）各忙各的，大多也回去了，要等傍晚二姐出门时再来。灶屋里李婶、老郭、小红和几个本家的媳妇还在忙，本来待完了客，她们就可以不管的，但李婶说："今天老三娘子嫁女儿，要哭嫁的，没得工夫洗（指洗碗、洗锅等），我们帮她洗了。等会儿看她会不会哭！"

屋里最热闹的是二姐的房间，坐满了人，陪着二姐坐在床边的有两个蜡烛姑儿和我大姐，陪着我妈坐的有我大姨、细姨，还有两个舅娘。大姨正跟我妈说："大姐，你要吃点东西，你中午一点都没吃。"我妈说："吃不下！"他们正说着，我父进了房间，把放在二姐床上的礼匣打开，里面的每个物件大多用寸宽的红纸缠着，有两个皂角、两个花生、两个枣子，还有两绺柏树枝、两绺青枞毛须儿，此外还有一扎五色线、一个青铜镜。此外，还整齐地摆放着十来个红包。我父说："这红包，三个厨房礼儿，一个跑堂礼儿，我给出去，其他你们看着办。"我父拿了四个红包去了灶屋，李婶、老郭、小红每人一个，还有一个给了跑堂的三毛叔，李婶说："这回三毛出了力，从打鱼、挑水，到出菜，冇（没有）偷懒！"

礼匣里还有六个红包，我大姨说："一个是梳头礼儿。过去出嫁时要把头发盘在顶上，结成一个发髻，用簪子把它串起，插满了金银的头饰，今天不时兴了，大舅娘你帮外甥女儿梳个头吧，把她的辫子再梳一下，用发夹把头发顺一下，扎两朵花儿唄！"说完就给了大舅娘一个红包。"一个是开脸礼儿。这开脸的事儿细舅娘做合适，你福气好，最主要的是你儿子考上了北京大学，光耀全县啦，让外甥女儿也接点你的好福气。"大姨说完，给了细舅娘一个红包。"过去出嫁，要穿红色的裙服，上身的小袄上绣了凤凰，还垂着流苏，罩上红盖头，现在是新社会，移风易俗，不盖盖头的，等会儿细姨就把男方带来的露水衣给外甥女儿穿上，你就拿个穿衣礼儿吧！"大姨说完，给了细姨一个红包。"我们这些人都没坐过花轿，特别是破四旧后，花轿被打得一抬不剩，姑娘出嫁要靠走啊，嫁得远的，结婚比啥都累，那年我出嫁的时候，我从半下昼开始走起，磨磨蹭蹭，差不多鸡叫的时候才到新郎家，什么洞房花烛夜，我一上床就打鼾！"还没说完，屋子里"轰"地笑开了，大姨不好意思，脸绯红。我妈刚才还沉着脸，也禁不住笑了。"不管啦，这牵娘礼儿，我来拿，没得花轿上，我把外甥女儿送到路头，她自己走！还多两个礼儿，给她妈。"大姨把两个红包塞给我妈的荷包里，我妈说："不要，你们拿着！"

细舅娘给二姐开脸的时候，先从那一扎五色线里抽出几根线，拧成两条绳，一条绳掐在她左手的大拇指和食指上，紧贴在二姐的脸上，另一条绳和这根绳缠了好几道，一头衔在嘴里，一头拉扯着，当绳子转动的时候就把二姐脸上的汗毛扯掉了，可能是有点疼，二姐禁不住小声嘀咕着"哎哟"。二姐本来五官生得精致，只是太阳晒多了，皮肤有点黑，现在脸上光滑洁净，眸子里泪光点点，显得更加楚楚动人。细舅娘给二姐开脸时，嘴里念念有词："左弹一线生贵子，右弹一线产娇男，一边三线弹得稳，小姐胎胎产麒麟。眉毛扯得弯月样，状元榜眼探花郎。我们今日恭喜你，恭喜贺喜你做新娘。"

11

细舅娘把二姐的脸上的汗毛都给绞尽了，甚至两鬓的细毛也给绞掉了，额上的头发生成一条线，显得更整齐了。大舅娘一丝不苟地给二姐梳了头，盘成一个大辫，辫根一个红色的发卡，两鬓的头发用黑色的发夹夹好，一丝不乱。二姐穿着深红的暗花衣服，脖子上系着两条大花的丝巾，真好看。她猛一回头，看到我妈正着对她流泪，立刻崩溃了，"妈啊，妈啊。"二姐哇哇地大哭，刚才还算节制的我妈再也抑制不住了，开始放声大哭了："女儿啦，

你是我心头的一块肉啊，你走了，我难过啦。女儿啦，娘穷给不了你么事啊，
你以后要自个儿过日子啊。女儿啦，为娘要告诉你一些话，你要记好啊……"
我妈接着把《娘劝女儿》哭唱了一遍，在场的所有人都流下了泪水。我大姐
一边嘴里哭喊着"妈——妈"，一边擦拭着我妈的泪水。我妈则一手拉着二姐
的手，一手轻拍着，身体不时前后晃动。我二姐泪水长流，撅着嘴抽泣。大姨、
细姨，还有两个舅娘，用手帕捂住鼻子，不时"嗯呐"一声，清理一下堵塞
的喉头。这是我听过的最动人的一次哭泣，连我这个还不通人事的毛头小伙子，
都泪水蒙面。她是这样哭的：

正月里来，是新年

娘劝女儿，听娘言呢

女儿啊

人到十八，学能干啊（哎咳哟）

少来辛苦，老来甜啊

女儿啊

要学看猪，纺棉线（哎咳哟）

莫学喝酒，莫抽烟

女儿啊

二月里来，是花朝

娘劝女儿，听娘教呢

女儿啊

三从四德，要学好啊（哎咳哟）

水往低处，人往高

女儿啊

清早起来，把地扫啊（哎咳哟）
头要梳来，脚要包啊
女儿啊

三餐的茶饭，要上灶啊（哎咳哟）
早晚的收晒，莫生焦啊
女儿啊

三月里来，是清明
娘劝女儿，守闺门
女儿啊

要学松柏，带长青（哎咳哟）
莫学杨柳，半年春
女儿啊

要学蜡烛，一条心（哎咳哟）
莫学灯盏，千眨眼
女儿啊

要学大蒜，喷喷香（哎咳哟）
莫学大椒，辣人的心啰
女儿啊

四月里来，四月八
娘劝女儿，你学绣花

女儿啊

好花绣得，人人爱（哎咳哟）
塆前塆后，有人夸
女儿啊

春季的牡丹，夏季用
你绣一个凤凰，和金龙
女儿啊

好花绣得，同到老（哎咳哟）
年生贵子，福寿全
女儿啊

五月里来，是端阳
娘劝女儿，要贤良
女儿啊

急急忙忙，转厨房（哎咳哟）
来人来客，要煮一碗汤
女儿啊

莫嫌穷人，爱富人
仰倒的篾片，也翻身
女儿啊

几多的富人，不为人

246

几多的穷人，爱人情

女儿啊

莫学直嘴，笑脸人（哎咳哟）

惹得旁人，骂爷娘

女儿啊

六月里来，热难当（哎咳哟）

莫欠人家，好衣裳

女儿啊

好衣裳，欠不到

你学会了织布，有衣穿

女儿啦

破破的衣裳，勤俭补啊

补好衣裳，当新穿

女儿啊

七月里来，七月七（哎咳哟）

牛郎织女，会夫妻

女儿啊

好夫妻，歹夫妻（哎咳哟），

那是你，前世所修的

女儿啊

夫妻二人，要孝顺（哎咳哟）
两个共都，要一条心啊
女儿啊

爹娘劝你，是为你好
别人骂你，痛疼娘的心
女儿啊

八月里，八月八（哎咳哟）
婆家送日子的人，到了我家
女儿啊

清早起来，把底纳（哎咳哟）
你等不到三个月，到婆家
女儿啊

勤做鞋，学连针线（哎咳哟）
免得二回，叫为难
女儿啊

九月里来，是重阳（哎咳哟）
莫欠人家的，好嫁妆
女儿啊

好嫁妆，歹嫁妆（哎咳哟）
有穷有富，你比不上
女儿啊

轻言细语，哄哥嫂

媳婆伺候，有爷娘

女儿啊

嫁妆不是，摇钱树

勤劳才是，聚宝盆

女儿啊

十月里来，小阳春（哎咳哟）

娘把女儿，比古人

女儿啊

要学女周人，行孝子

莫学千舌人，吵家分

女儿啊

妯娌伙的，要商量

切莫争争吵吵，无知啊

女儿啊

要学董永，卖身葬父

荒田他也，要帮穷人

女儿啊

冬月里来，冬至寒（哎咳哟）

莫欠人家，好田庄

249

女儿啊

清早起来，要勤俭（哎咳哟）
多积土肥，把产生
女儿啊

要学藕断，丝不断（哎咳哟）
莫学萝卜，一刀切
女儿啊

腊月里来，腊月腊（哎咳哟）
吹箫鼓乐，到了婆家
女儿啊

清早起来，七件事
油盐柴米，酱醋茶
女儿啊

清早起来，问公婆（哎咳哟）
今天客来，米煮几多
女儿啊

公婆大人，年龄大（哎咳哟）
早送水来，晚送茶
女儿啊

公婆的大人，莫发性（哎咳哟）

丈夫面前，莫逞能

女儿啊

大塆的媳妇，不好做（哎咳哟）

莫学在家，各自由

女儿啊

话到嘴边，留半句（哎咳哟）

莫学多嘴人，得人嫌

女儿啊

十二个月，劝完了（哎咳哟）

句句话儿，你记心间

女儿啊

十二个月，劝到了头哩（哎咳哟）

莫把公婆当水流

女儿啊

12

当我还没擦尽脸上的泪水，天已经黑了。不知什么时候，夕阳都已经落山了，西边的天际没有落霞，远看是笼着的暮霭。塆子里已经有人聚在堂屋里说话，有人问礼清大伯："什么时辰出门？"礼清大伯说："酉时。太阳已经落山了，到时候了，吹手把喇叭吹起！"唢呐声声催人行，一声一声抓人心。

唢呐一响，我二姐哭嚎一声："妈，妈——"伸手紧紧拉着我妈的胳膊。我妈哭着说："女儿啦，你今天要出嫁，舍不得也要走，哪有女儿在家住一生啊！"二姐在屋里哭哭啼啼，房间里的姨娘舅母都安慰她："到婆屋去当个好媳妇姑儿，婆婆也爱你，不怕！"

二姐磨磨蹭蹭半天没出门，吹手大概是累了，放下了喇叭。塆里的那些婶娘，还有和我二姐大小相仿的姊妹、本家的叔伯婶娘都挤在堂屋里，黑压压的一片。礼清大伯对着二姐门口喊了一句："天都黑了，还有十里路要走哩，这天气冷得很，迎亲的队伍在大路转角的地方，点了火把，他们也冷！要出门啦，喇叭吹起，外面把爆竹挂好，一出门就放。"

我大姨牵着二姐的手，出了房门，到了堂屋，二姐立在桌边，正对着"天地君亲师"的匾牌。礼清大伯说："静下来。"吹手放下了喇叭。礼清大伯接着说："细女今天出嫁，成了人家的媳妇，先要拜别一下祖人，磕个头吧！"我二姐先合了手，然后对着匾牌跪下，神情严肃，磕了三个响头，全场静寂，没有声音。二姐起身以后，礼清大伯接着说："细女在家是个好伢，做事踏实，又是看（养）牛，又是种地，老三家这几年富足多了，细女功不可没。特别是细女人善良、热情，对老人讲礼，对谁都是笑眯眯的，姊妹的感情也好，你看你今天要出嫁了，姊妹都来了，哎哟，你看，春兰都眼睛都哭肿了。"大家这才注意到，一个穿着件翠绿色上衣、梳着两条辫子的姑娘，正挽着我二姐的胳膊，眼睛红红的，满是泪水。"我们大家都舍不得细女，好伢儿。老三，你也说两句吧！"礼清大伯对我父说。

"各位亲朋好友，耽误了工夫，又花了钱，天黑了，又冷，你们还来送我细女出嫁，感谢。"我父说完，作了揖，"我细女这几年在屋里吃了苦，春播秋收，六月'双抢'，没得闲，有空还得放牛；我本事差，没让她姊妹多读点书，唉，想到这儿，我觉得有点心痛。"我父说到这儿顿了顿，又说："到婆屋去，要勤俭持家，孝敬公婆，百事顺利，我……"我父哽咽了，清了一下喉头，说不下去了，二姐带着哭声喊了一句："父——"

在父亲说话的时候，礼清大伯让人把礼盒放在桌子上，把盖子打开，里面的东西除了礼包拿出来之外，其他还是原样退回，有两个皂角、两个花生、两个红枣、一个铜镜等。礼清大伯见我父正在哽咽，就说："好了。今天来送细女的亲朋好友有——大舅娘。"礼清大伯刚说完，大舅娘就来到桌前，往礼匣里放了两块钱。二姐拉了一下大舅娘的手，叫一声"大舅娘"，大舅娘说："乖女儿，到人家去了，好好做媳妇啊！"接着，以同样的方式，亲戚们一个个地点到。最后，塆里的婶娘们，姊妹们就不用点名了，争先恐后地往礼匣里放"眼泪钱"，有五毛的，有两毛的，都是大家的心意，都是对二姐远嫁的祝福。

"吉时已到，上轿！"礼清大伯一说完，唢呐吹起，鞭炮响起，大姨牵着二姐的手，送出门，后面紧紧跟着两个蜡烛姑儿，大部分的人鱼贯而出，给二姐送行。天已经黑透了，看不清路，礼清大伯喊道："把火把点起，迎亲的队伍在大路转角的地方，不远，多送两步。"

屋里一下子就清空了，从热闹变得冷寂，转换只在瞬间，屋里只剩我妈坐在椅子上哭泣。"女儿啦，出了门莫回头，一直往前走啊！女儿啦，三朝的回门要早来呀……"我妈的哭声划破长空，在这漆黑的夜里，尤显苍凉。

大哥结婚

1

冬至过后，天气骤然冷了许多，山边田间地头的枫树上，片片黄叶被呼啸的北风吹落，在田里发白的谷蔸子上颤抖。败叶之下，是一层薄冰，把谷蔸子凝在一起。阴冷的日子里，脚踩在田里，硬邦邦的，"咔嚓咔嚓"地发出声响。在晴朗的日子里，薄冰才会融化，在谷蔸子的间隙里露出一点淤泥，而谷蔸子全然没有一点青色，泥巴里的根部差不多已腐化了，成了田里的积肥。在这松软的泥里，住着不少的黄鳝，不时在水坑里激起涟漪，但掩盖不住这冬日田野里的荒凉。此时，正是农闲时节，好些村民趁这个时候，到田里挖些鳝鱼，卖给县城里的餐馆换点钱，贴补家用。

腊月初三这一天，我父像往常一样，天微微亮就起了床，到下畈井去挑水。我父气喘吁吁地担着水，进了门，看到我妈在洗锅灶，我哥大成正提着裤子出门上厕所。

"不是让大成挑水吗？天气冷了，你关节炎发作，腿肿了，晚上还说酸疼！"我妈看着往水缸里倒水的我父说。

我父没有应，转身出门准备再去担水的时候，我哥接过他肩头的水桶。出门时，我父说："路上结了冰，小心些啊！"

"今天要是再借不到钱，我就得去借贷款了，大成接媳妇要的东西这两天必须要去买呀！"我父像是自言自语，又像是跟我妈商量。

这几天，我父的确有点着急上火。我哥大成结婚的日子是腊月初六，只剩下两天了，我父身无分文。并非没有为此做准备，而是送日子（婚前给女方送庚帖，确定结婚的日子，同时要送礼金）的时候，把钱都用光了，准备再去借钱的时候，那些亲戚朋友都说："实在没有办法，能帮你的都帮了。"我想，这些亲戚朋友并非敷衍，都有难处，年终将近，各家的欠债都得还了，一年中的匠人钱，买猪仔的钱，甚至生病吃药的钱，人家都得要了。过年了，总得买点年货，给孩子们、女人买点衣服，也要钱呀。最主要的是，我哥送日子的时候，已经向很多亲戚借过钱了，能借的都借过了，剩下的那些亲戚都像我家一样穷。

"没有办法，也只能借贷款了。"我妈边洗锅灶边说，"不过，你得跟大成说说呀，到时候媳妇过了门，嫌弃我们穷，日子也没法过呀！"

我哥大成今年二十二了，手头上一分钱都没有，并非是他懒，而是这三年跟着师父学木匠，是没有钱的。在师父家学艺，一要带粮食，二要帮师父家做农活，人还要勤勤恳恳，才能学会手艺。师父年终的时候，会给徒弟几十块钱，让徒弟买身衣服过年。但这几十块钱，都没有我家年前给师父辞年花的钱多，要买几斤肉，拿几包烟，买一斤红糖，打一盒糍粑，这还不算，我妈前两年，还给师父师娘每人做双鞋。庆幸的是，我哥今年终于出师了，可以独立门户。

我这么说，并不是要抱怨，而是要感激。我哥身无分文，我家穷得靠借贷款度日，但我哥二十出头时就找好了媳妇，人家看中的是我哥有个手艺，正所谓"家财万贯，不如薄艺在身"。

我家如今这么拮据，是有原因的。三年前，一家人准备勤劳致富的时候，我姐到了出嫁的年龄。男大当婚，女大当嫁，总不能把我姐留在家里不让她出嫁吧。我家拿不出什么东西嫁姑娘，但也不能让我姐空着手出嫁，让婆屋看不起吧。我父咬紧牙关，借了几百块，准备了几样嫁妆，连带把我妈的嫁妆拿了两样去，还算风光地把我姐嫁了。我父没有什么手艺，要把那借的几百块钱还掉，还真不容易。说实在的，我父挺活泛，为了还钱，他想了很多办法。春天，在高高的槐树上打槐花，一季也能赚个一百多块钱，不过有一次他从树上摔下来，摔断了胳膊，结果那一百块钱还不够治病的。夏天，水果出世了，他卖梨子，挑着两个大箩筐，沿村叫卖，钱没赚到，我倒是挺高兴，吃了半个夏天的烂梨子。后来，又听说说养长毛兔剃毛挺赚钱，于是借钱买了种兔，还买了全套梳毛剃毛的工具，请木匠做了兔笼，天天除了种田外，就是扯草，卖了第一笔兔毛，赚了二十块，我父高兴得合不拢嘴，以为走上了康庄的大道，甚至跟我说："过段时间，给你买辆自行车。"正当我兴奋的时候，一场兔瘟，我家几十个兔子，死得一个不剩，一算账，亏了不少。我妈这回发了飙："付国民，你不务正业，你要把家掰成什么样子？"我妈哭着摔了茶壶，这使我父认识到，钱不好挣，没有手艺，赚钱难，这也是我家再穷，也要送我哥去学手艺的原因。从此以后，我父除了种田以外，夏天钓鳝鱼，冬天挖鳝鱼，发展他的副业。夏天钓鳝鱼的时候，他要整天地站在水里，脚浸得发白；秋天，他打着赤脚，在冰冷的泥田里，寻找鳝鱼打洞留下的小孔；冬天，穿着高帮的塑料雨鞋，拿着锄头，到淤泥较厚的田里挖来挖去。一年多的时间，我父居然把借的钱还清了，但留下了严重的风湿关节炎，冬天来的时候，脚就肿得不行，用手指一按，会留下一个很大的凹陷，最主要的是影响走路和睡眠。走路的时候不仅会疼，还会一跛一跛的，晚上睡觉会整晚地酸疼。我妈看着我爸痛苦的样子，会偷偷地抹眼泪，用破旧的絮裤做了两个护膝，绑在我父的腿上，还老是唠叨："下水的时候，一定要穿塑料长筒鞋呀。"还好，我父听了我妈的话，哪怕是夏天，下水的时候，他都穿着长筒鞋，我妈说："一个人只有到疼的时候，才晓得要怎么做。"

当我家还清了所有的债务，日子有了起色，最主要的是我哥去学了手艺，等他出师以后，就能天天挣钱了，相信我家的日子会芝麻开花节节高的。这时，我家婆跟我妈说："有个老姐妹跟我说，愿意把孙女嫁给我家大成！"我家婆的这个老姐妹我是没见过的，我妈说她见过。我妈喊她"刘姨"，我妈小时候，刘姨还抱过她。只不过这刘姨的成分不好，是地主家的小姐，她长大后找的男人，成分也是地主，所以当时她一家人都抬不起头，上学、参军的事儿，和她们家无缘。不过她家几个儿子又活泛又勤劳，后来成了塆子里的富户。她大儿子的女儿去年满了二十二，在乡下已经不小了，四处找人托媒，有人嫌弃她年纪大了，有人嫌弃她成分不好，最后，这事儿落到我哥的头上。起初，我哥也不同意，我哥说："她比我大一岁，我不干。"我妈说："女大三，抱金砖，女方大一点好，懂得照顾人，男人享福。"我父起初也有点不同意，他觉得我家成分特别好，三代赤农，根正苗红，我妈说："现在，穷是个好事？你看，好多人都在争当万元户呢！"最主要的是过了1980年，社会变化大了，读书考大学只要成绩好就行，地主家的孩子也可以当兵了，成分那东西，大家都不看重了，所以我爸就松了口，同意了。后来，我才知道，我父我妈同意的根本原因都不是这些，他们都觉得，我家穷，等条件变好了，也不知道要到哪一年，我哥要是错过了年龄，哪儿去找媳妇呀，早给儿子定个亲，他们早安心。我哥不太同意的原因也不是嫌弃那女伢年龄比他大，而是见了面以后，觉得那女伢眉角上有铜钱大的一个黑色的胎记，长得不好看。后来，我家婆对我哥说："香梅眼角的胎记是福相，旺夫。"其实，我哥后来转变的原因是两个，一是，我那未来的嫂子香梅，虽然年纪大了些，但家里条件不错，不会给我家提很多条件，要是错过了这一村，还不知下一店在哪里，有钱没钱，先找个媳妇过年；二是，那眉头的黑胎记是可以用刘海遮挡的，你要不仔细看，还真看不出来。还有，除了这胎记外，我这未来的嫂子是个美人，标致得很。我哥一想通了，还觉得挺高兴呢。

2

"能借得到贷款吗？"我妈问。我妈的担心是有道理的，像我家这种情况，信贷员是有顾虑的，到时还不了，他是有责任的。

"找国清帮忙呗！"我父说。国清是我大伯，我父亲的堂哥，在大队里当书记，国家的政策都是国清大伯宣传的，面对很多人的质疑和担忧，国清大伯侃侃而谈，那气魄让我羡慕得很。在我们塆，国清大伯更是个人物，一来他读过书，能写，哪家有个红白喜事，需要写点文字的，非他莫属。二来，邻里之间有矛盾，需要主持公道的，很多时候都找他。最主要的，在我们本家，国清大伯是人人尊重的，儿子大了要分家，死了老人要分摊债务等事情，那非得大伯出面不可，他写个字据，这事儿才算数，今后也不准扯皮。国清大伯和我父的关系很好，一来年龄相仿，从小一起长大，有些事儿他们会互相商量；二来，国清大伯对我父评价挺高，总是说："你们兄弟俩要向你父学习，他又勤劳，又本分，又顾家。"但我听了总不以为然，心想：我父好什么？人家都比我家有钱，他有什么本事？人家收鳝鱼，一斤只称出八两，赚的钱比我父挖鳝鱼赚的钱多得多，养个兔子，本钱都没赚到，还向他学习？

吃完了早饭，我哥放下了碗筷就准备出门，他要去外父家找香梅。我发觉，我哥这段时间越发地喜欢嫂子香梅了，这一个月来，他天天都去外父家，尽管他外父在易家咀，离我家不过五里路，但我哥每天晚上都回得很晚，他回的时候，我们家都睡觉了。听说我哥在他外父家可勤快了，在他家挑大粪种菜，干得可欢了。我家婆跟我妈说："刘姨一家可满意了，刘姨的儿媳妇说大成是个勤快的好女婿。"我妈听了，冷笑着对我家婆说："他是人家的好女婿，又不是我家的好儿子，他父腿风湿，疼得很，我家挑粪种菜的事儿，都是他父咬着牙在做，实在疼得不行，是我在挑，没见他动手。多半是娶了媳妇忘了娘哦！"我家婆说："你莫这样说，年轻人都这样，再说，给外父外母做点事，么不行呢？"

"你那堂客跑不了的，你急么事？一天到晚不落屋，是你接媳妇还是我接媳妇呢？"没想到一向温和的我父发了火，我父发火的时候，我和我哥都低着头，不敢顶嘴的。

"都坐好，听我说几句。"我父说。见我父在发火，正在洗碗的我妈，立刻从灶屋到了堂屋。

"今天初三，有些事儿今天做就有些晚了，但必须做呀。你兄弟两个今天必须把这三件事做了。第一，堂屋的地面被猪拱了，有些地方高低不平，到田里挑点干泥巴，把低洼的地方填平，莫等待客的时候，人家坐翻了。第二，给家里打个扬尘，墙角、梁上、瓦片间有不少蜘蛛网，上面沾了不少渣末子，搞干净，莫等人家吃饭的时候，渣末子掉到碗里去了。第三，大成，你那个新房，你就准备就那个样子结婚？你学了三年木匠，打一张新床，糊一点红油漆，就准备洞房花烛夜了？"我哥大成看了一眼紧紧盯着我们的父亲，说："能么样呢？未必做新屋？"

"好啊，做新屋，做了新屋再接媳妇。"我父突然提高了嗓门，把放在桌子上的茶盅重重地放下，我吓得一颤，我哥站着没动，我妈连忙说："有话好好说，发个么脾气呢？"又对我哥说："看你这意思是嫌弃家里穷，房子破，你都二十多岁了，家里的情况你又不是不晓得。你姐出嫁三年，我们才还清了债，你学了三年木匠，没寻到一分钱，你找这媳妇，花了多少钱，你得心里有底呀……""莫和他说。"我妈还准备往下诉说的时候，我父打断了我妈，语气粗暴。

我和我哥似乎得了大赦，赶忙去杂物间找锄头、土箢（土筐），去挑泥巴，我和我哥刚要出门的时候，我父又把我哥喊住："大成，你过来，我有话跟你说。"我和我哥放下了锄头、土箢，立在我父的身边，我妈去厨房给我父倒了盅茶，我父说："大成，接了媳妇，就成家立业了，再不能稀里糊涂的，什么都指望我，我先给你打个招呼，这两年就要准备单独立户了，树大分叉，哪家都是一样的。你这接媳妇的事儿，我要先给你说明，以前送节、送日子花的钱，没有借贷款，只要我身体还行，没有死，我会还的。但是这接媳妇还得借钱，私人的钱借不到了，只能借贷款，贷款有期限，还得有担保，能做我们担保的，除了你国清大伯，没有别人，所以，你得做好准备，开年要好好去挣钱，要还贷款啰，到时贷款还不了，利息要涨，还要扣你国清大伯的工资。一年内，既要还私人的钱，又要还贷款，我没那个能力，你要有准备呀！儿子啊，顶门立户不容易呀！"

"晓得！"我哥说。我和我哥又挑起了土箢，扛起了锄头，准备出门，我妈拦住我们，说："先别走。他父，你刚才还叫他兄弟俩做么事，没说完呢？"

"么事呀？"我父愣了一下，拍了一下后脑勺，"哦。大成，你把新房里的杂物理一理，那口旧箱子搬到我的房间，搞点石灰把房间刷白，这两天天气好，干得了……"

3

我和我哥挑了两担干泥巴，把泥巴倒在大门口，把堂屋里被猪拱得高低不平的地方浇上水，然后把泥巴挖过来，把地整平。我们在做事的时候，听我父和我妈在灶屋里说着话。

"明天就把猪制了，肉就不用花钱了，其他的菜，还得买。"我父说。

"你准备办么样的席？"

"么样的席？过得去呗。太差了，自己没脸，人家还骂人，说我们抠门，以前在生产队，家家户户都穷，现在单干，好多人有钱，办席水涨船高。"

"你说说，准备办多少席，准备些么菜？"

"儿子接媳妇是大事，湾子里每家每户都得来人。对面湾、岗上湾也姓付，同宗同族的好多人也得来，再加上亲朋好友，不会少于十席，这仅仅还是晚上待客的席。再说，早上抬嫁妆的不得少于三席吧，中午帮忙的，接的客，也不得少于两席吧。我想，充裕一点，要做十八席的准备。"

"啊，要办这多席。"

"接媳妇和嫁女儿不一样，接媳妇是添丁进口，大喜的事儿。每席少说也得要三斤肉，我家这头猪估计要用得差不多了。"

"不要这多吧！"

"不要这多？我给你算！两碗正肉，一斤一碗不多吧，要是炒干了，更没堆头。另外，还要搞两碗肉菜吧，我准备做一碗肉丸子，不能太假，肉不能少给；还搞一碗红枣黄花烧肉，肉少了，也不行吧！还有其他的菜，不给点肉，不好吃。"

"今年养一头猪，这接个媳妇，搞得有得了，再怎样，也要留点过年啊！新媳妇第一年过年，肉都没有，媳妇回去跟她娘老子说，她娘老子要骂人的！"

"先把眼前的顾着。以前一席十个碗就可以了，现在要十二个碗了。鱼是肯定要的，后天拿网到塘里撒几网，捞个百把斤鱼起来，每席上两碗滑鱼，鱼里加点豆腐木耳，纯鱼没有那么多。把鱼头剁碎，糊着面粉，要是加点大蒜根一起炸，味道香得很，这炸鱼不是一道好菜吗？"

"鱼、肉合起来有七碗，说得过去。你再说。"

"炸油豆腐搞一碗，稍微放点肉末，荤菜也好，素菜也好，随人说呗。豆腐的事儿，你跟老三说一声，他家养了猪娘（母猪），要吃的。我家把猪制了，不要豆渣了，老三帮我磨豆腐，豆渣归他。"

"那不行。我家没有猪吃豆渣，人要吃呀，把豆渣霉起毛，晒干，做成豆渣粑，是一道好菜。说不定这新媳妇一开了年，就怀上了，菜也没有吃的，么办？"

"这几天忙得要死，你有工夫磨豆腐呀？以前找人帮忙容易些，现在找人难啦。就说以前红白喜事打杂的都是三毛，现在他有工夫帮你么？他吃了早饭就挖鳝鱼去了，他一天能搞十来块，你给钱他？他初六那天能来帮一天忙，是因为我们以前帮了他。社会变了，和以前不一样。"

……

我父和我妈在灶屋里絮絮叨叨地说了很久，在这当儿，我和我哥把堂屋里低洼的地方都填平了。我们去找了竹棍，准备把竹扫帚绑在棍子上打扬尘。我父从灶屋里出来到了堂屋，看了几眼我们整过的地方，皱了眉头，说道："做事要过细些。光把低洼的地方填平，那拱起的地方不管，你挖两锄，把它整平，不行么？"

"哦，他父，还有个事，莫忙忘记了，接客呀！"我妈从灶屋走里出来，边走边在抹衣上擦湿手。

"是，这事儿不能忘，忘了要得罪人。"我父说，"大成，明天制了猪后，你把客接一下。"

"我初六结婚，哪个亲戚不晓得？"我哥有点不耐烦。

"伢呀，这是规矩。"我妈说："你家公家婆都七十多了，你那媳妇还是你家婆作的介绍呢,你肯定要上门去请,这是礼节,做人嘛,人情大于债,晓得不?你马上要成家立业了,说不定明年你也当老子了,还像个细伢样,么得了啊?"

我哥听了不做声,埋头绑扫帚。

"师父和师娘也要接啊,没有他们,你就没有手艺,没有手艺,香梅会看上你吗?师傅给你一碗饭,一生都不要忘了。不是说,吃水不忘挖井人吗?"

"晓得,还要接哪些客呢?"我哥说。

"你接家公家婆的时候,莫忘记要请舅娘、舅舅。"我妈说,"天上雷公,地下母舅,舅舅大得很。大姨、二姨、姑姑,你也要去请啦。"

"大姨在叶家山,山里的,老远,我不想去。"我哥板着脸说。

"你有点茗(蠢笨),远点的亲戚就不走动啊?你外父不是给你买了自行车吗?你骑个自行车去,要不了好久。"我妈说。

"别骑那辆新车,抬嫁妆的时候,骑个旧自行车,多不好啊。"我父说,"你借国清大伯的自行车吧。有好几家,你去了赶快回。明天早上剐猪,晚上吃旺子汤,接客的时候,顺便把你姐和你姐夫叫一下,你用自行车把外甥带回来……"

4

初四那天,鸡叫三遍的时候,我妈就起了床,屋外黑魆魆的。我父躺在床上没有动,说道:"起得这早干么事?天气这冷,手都张不开,屠夫来得晚。"

我妈没有应,进了灶屋,把潲水缸里的潲水舀到热猪食的大锅里,又切些芋头,加点碎米、麦麸,灶里加柴火烧开了,又舀到猪食桶里。我父说:"马上要剐了,又不是卖,要压称,可以多算几个钱。你把猪喂得饱饱的,到时盘(清洗)猪肠、猪肚子麻烦死了。"

"你哪儿来的这多话呢。"我妈说,声音里带着点哭腔。

我知道,我妈心情不好的原因是她对这头猪有感情,这猪今天要剐了,我妈有点难受。这头猪是谷雨那天捉来的,我之所以记得这么清楚,是因为我妈有次跟我说谷雨吃饱了，我问她谷雨是谁，她说是猪。夏天里，天气热，我妈总把洗脸的水泼在猪身上，她说散热。猪圈里，她每天晚上必定要点个潮湿的草把子熏蚊子，还唠叨："这多蚊子，猪多难受啊！"冬天里，她用育秧用的塑料薄膜把猪棚子罩上，说是给猪挡挡风。

我妈给猪喂食的时候，是掌着灯的，猪吃得很欢，摇着尾巴，嘴巴还发出"呼噜呼噜"的声音。我妈说："谷雨啊，早死早托生，下辈子找个富贵人家，脱了毛衣换布衣。"猪吃完了猪食，我妈在猪圈门口烧了一小沓纸钱，她烧完了纸钱，就进了屋，再没出来。

天一亮，屠夫提着两把刀进了屋，说道："老付，叫你堂客烧开水，多烧些啊，等会儿要泡猪，刮毛，毛不搞干净，待席的时候，人家要骂呢！"

我父把樽凳（杀猪用的宽木凳）摆在家门口。我哥挑了两担水以后，我也起了床。屠夫站在猪圈门口抽着烟，跟我父说："猪不大哈，只有一百四五十斤，能制一百多斤肉，估计办了事以后，剩的不多呀！"

"把眼前的顾着再说呀，过年嘛，多点多吃，少点少吃。"我父说完，就把猪从猪圈里赶出来。我和我哥赶快过来帮忙，我扯着猪尾巴，我哥一把抓住后腿，我父扯着前腿，屠夫拉着猪耳朵，把猪放倒在樽凳上，猪"嗷嗷"地狂叫。

"伢儿他妈，把盆子拿过来，接猪血，要育旺子（把猪血凝固成一块）啊！"我父对着屋里的我妈喊。

"你自己进来拿。"我妈在屋里应道。

"有毛病！"我父说着，又不敢放手。

屠夫只好亲自进屋，拿来盆子放在樽凳下，屠夫一刀下去，猪血就涌到盆子里，猪开始还"嗷嗷"叫着，后来就不动弹了。接着又是吹气，又是捶打，用大磨桶把猪放在里面，一边淋开水，一边刮毛，毛刮干净后，用风钩把猪倒挂在樽凳上。屠夫拿着两把刀，在彼此的刀背上磨了磨，开始开膛了。

我父在堂屋的大桌子上放好了簸箕，屠夫把猪心、猪肝、猪肺等一样样地摆放在簸箕里，过一会儿又送来了猪首。此时，我妈正在灶屋里烧开水，水烧开后，把明火熄掉，把猪血倒进锅里，猪血慢慢凝固了，成了旺子。

屠夫把肉分割完后，我父给了他十块钱，还给了一包烟，留他吃早饭，屠夫说："这几天，你们忙得很，我就不在这里吃早饭了，我还有事呢！"

等我父把猪肚、猪肠清理干净，我妈把早饭做好，太阳已经老高了，我父说："大成，你赶快吃饭，把国清大伯的自行车骑着去接客吧。"又跟我妈说："今天这剿的猪既是为了办喜事，也是剿年龙，旺子汤（年猪汤）还是要喝的。"又跟我说："二苕，搞晚了，不能等你哥去接你姐了，你吃完了饭，去把你姐叫回来帮忙，让你姐和你妈一起舂点粉子，晚上吃圪垯（一种小吃）。"

5

我抱着外甥来乐，我姐跟着我，午饭后匆匆地回家了。我姐对我妈说："马良去卖箆子了，可能要晚点来。"

我妈上半天就把米浸好了，两升籼米一升糯米，合在一起做圪垯，又爽口，又不粘牙齿，最好。下昼（下午），我照看着外甥，我妈和我姐把米舂好了，我姐在泥巴钵子里揉粉子做圪垯，我妈则把猪内脏在锅里焯好了，切成片，放在锅里再煮。我见我妈么事（所有东西）都往锅里放，有猪肺、猪肝、猪肠，当然还有一些瘦肉肥肉的，最后还放了不少的猪旺子，我说："妈，乱七八糟的，你莫放猪肠啊，有一股骚味。"我妈说："喝旺子汤就是这样的，不放点猪肠，就没有旺子汤的味道。"我妈边说，边把一锅肉舀到炖罐里，放在炉子上继续炖，屋里弥漫着肉汤的香味。

我姐夫马良，太阳快落山的时候来了，一来就找锯子把那些枞树丫锯断。这些柴火是专为我哥接媳妇准备的，到时候一天的办席，从早烧到晚，很费柴的。锯子发出"吱呀吱呀"的声响，惹得那些要进鸡塒的鸡子，在大门口直叫。

"二苕，去把你爹、大大，还有二父、细佬叫来喝旺子汤。"在灶塘里烧火的我妈对我说。

我出门的时候，在大门口收拾柴火的我父对我说："把国清大伯也叫来，这几天有很多事要找他。"

"你堂兄弟十来个，单叫他不好吧！"我妈走到门口跟我父说。

"都叫来，就成了办席，也没那多旺子汤呀，再说，只有国清帮的忙多，其他的那些堂兄弟，从来不过问大成的婚事，有的还怕我向他借钱……"我父放下手上的柴火，立在那里对我妈说。

"莫说了，说多了，得罪人，你家接媳妇，和他有什么关系呀！"我妈说完了又进了灶屋去烧火。我妈知道我父这几天有点恼气，他的堂兄弟多，可是要他们帮忙的时候，好几个都躲着他，我父有时候摇着头说："和以前不一样啊，人人都爱钱，肯帮忙的人少了。"

我爹、二父、细佬、国清大伯都来了，我大大没来，她说天太黑了看不见，再加上天冷，穿的衣服多，她这大年纪要是摔倒了，不得了。

待我爹、二父、细佬、国清大伯坐好后，我姐就把早已揉好的面团，搓成长条，切成薄片，放在清水里煮，很快有些薄片就浮在水面，一锅爽口细腻的圪垯就做好了。我妈用漏勺把圪垯盛到菜碗里，然后把炖罐里还在"咻咻"作响的肉汤舀到碗里去，盖在圪垯上，一碗丰盛鲜美的旺子汤就做好了。

"二茗，你先把这一碗送给你大大。"我妈对我说，"有点烫啊，莫搞泼了！"我大大、我爹、我细佬是在一起过活的，住在墈中间。

吃完了旺子汤，我父在灶屋的火塘里烧着了一个大树蔸子，我们都围着树蔸子坐着烤火，火光明亮，映照着每个人的脸。

"我准备买十条烟、十件酒，够不够？"我父问国清大伯。

"十条烟差不多吧。办席十八桌，大概要散两条烟。早上抬嫁妆，要去二十多人，在女方家吃饭，你要散烟。女方到场的人，你也要散烟，对对子的时候，你也要做一条烟的准备，又得要两条。压轿的、蜡烛姑儿去接新大姐儿（新娘），也得带一条烟去，女方待客的时候要散烟，有些人还会盘压轿的，问他要烟。晚上去接亲的，路上要带烟，路过别的墈子，别人拦着不让走，也要散烟，也要准备一条的。再有，来了客人，你也要散烟啦，整天不停地散烟，我估计也要一两条。十条烟多了一点，也没关系，充裕一点好，多的留着过年呗！"国清大伯见识多，对于接媳妇这些事，心里有数！

"十条烟，好买吗？"我父问。

"好买，供销社都有卖的，和以前不一样。'红花'的九分一包，'大公鸡'一毛五，'圆球'的两毛。'红花'的便宜了，不好看，'圆球'的稍微有点贵，'大公鸡'的就可以了。酒呢，你准备买散酒还是瓶装酒？"国清大伯问。

"瓶装的吧！"我父说。

"瓶装的好，现在做生意的多了，动歪心思的也多了，散酒加水勾兑的多，听说还有拿酒精兑水的，接媳妇是大事，不能出事，瓶装酒贵点，但假酒少点。十件六十瓶，够了。时间有点紧，明天都得买回。"国清大伯说

"晓得。明天的事有点多,得捋捋,早上打鱼,上午把烟酒买回,红枣、木耳、黄花等供销社都有卖的，好说。"我父说。

"还有哦，"国清大伯说，"抬嫁妆的人员要落实呀，要二十多个人，不少啊，年终的时候各人都忙，不提前打招呼，要是他们安排了事，到时，哪儿找人去？"

"我明天早晨亲自登门，一个一个地落实，按以往的规矩，接媳妇这等大事，是没有人推辞的。"我父说。

"以往是以往，现在是单干，和以往不一样。"我妈说着，端着茶壶，每人倒杯茶，我姐则在灶上洗碗。外甥来乐，打着呵欠，闹着要我姐夫马良抱，我姐夫把他抱在怀里，暖和地烤着火，他一会儿就睡着了。

"国清，婚联还没写呢，没写个婚联，一点结婚的气氛都没有。"我父突然想起了写婚联的事。

"明晚上写，白天大队里还有事……"

6

初五那一天，我还在迷迷糊糊地睡觉，就被我妈和我父在堂屋里说话的声音吵醒了。

"打鱼的事儿，你就让马良、大成、二苕三个去呀，大清早的水冰凉冰凉的，你看你脚都肿了。"我妈声音挺大，像吵架。

"他们网都撒不开，怎么打鱼呀？"我父说。

"这个日子，塘里的水少，不撒网用网兜都能把鱼捞起来。"我妈正说着，我姐夫马良担着水，进了门，对我父说："父，我去打鱼，不会撒网，总要慢慢学的。你不是要落实明天抬嫁妆的人吗？"

我哥挑着一担篾笭儿（长形的笭筐），我姐夫穿着过膝的长筒胶鞋，背着渔网，我跟在他们身后，到我家承包的鱼塘去，路上都是霜打的白草，过田埂的时候，差点滑了一跤。我家以前是不承包鱼塘的，一是承包鱼塘不赚钱，二是没有工夫。养鱼也不容易，有空的时候要扯草，草鱼鲤鱼吃草是很厉害的。再就是，钓鱼的也挺多，塘在田畈里，和家隔着一条岗，钓鱼的人趁你不注意，钓一条大鱼就跑，为此，我父亲还折断了不少人的钓竿，结果得罪了不少人，好像是我们做错了事。我常常很纳闷：到人家猪圈里牵猪是贼，到人家鱼塘里钓鱼是好玩，是不能管的，这是什么道理？

我姐夫撒了几网，捞了好几条大草鱼，也有几条鲢鱼和胖头鱼，放在篾笭里，有点分量。我姐夫马良说："把大鱼都捞起来，塘里就这点水，有人在夜里撒一网，就都捞干净了，一年的辛苦白干了。"

我们把鱼挑回来的时候，我妈的早饭做好了，菜都上了桌，一碗烧萝卜、一碟腐乳、一碗咸菜，给外甥来乐蒸了个鸡蛋。我们边吃饭，边听我父说："抬嫁妆的二十多人不好找，年终的时候忙的人多，所以我想以自家的人为主，尽量不耽误别人的工夫。你二父、细佬也都去，二苕十七了，不小了，也可以抬。马良就不去了，你要去压轿，中午还得去……"

"叫细木没有？"我妈突然问。

"叫了，他说他有事，去不了，我不好再问。"我父说。

"细木也忒过分了，双抢的时候，他家的谷子要淋雨，我们全家去帮忙，结果我们淋得透湿，他忘了？"我妈捧着碗，很气愤。

我父没有理他，继续说："你国清大伯也要去，人家出对联，除了他，没有谁能对的。"

"国清大伯肯定得去，不然对不上对子，拿一条烟也抬不来嫁妆。"我姐夫马良笑着说。

我妈突然又说："马良压轿，陪他去的还得要蜡烛姑儿，你想好了，叫谁去呀？"

"这也要问我呀？这该是女人要想的事。"我父说。

"那就让两个侄女儿去，我等会儿跟他们说。"

"两个人少了，在家里迎亲的还得要两个。"我父说。

"这个不难，只要半天时间，塆里好多女伢有工夫。"我妈说。

"反正你安排，不过我提醒你，去接亲的要灵光点，莫让人家盘（戏弄）一下，就吓哭了，吓跑了。"我父说完，又接着安排上午的事，"今天上午忙得很，我去把烟酒菜等东西买回来，二苕跟我一起去搬东西。马良去会（约定）一下章家塆的一套锣鼓，明天初六是个好日子，接媳妇的恐怕不止我一家，要是被人家会去了，锣鼓就不好找了。他妈和女儿把鱼剖了。天气有点冷，早上水冰得很，等太阳出来了，中午气温升高了，再去，就很赶忙。大成你今天去找一下你外父，确定明天他待客，我们要带多少烟，抬嫁妆的人有变动没，有什么要求。快去快回，家里的事多，莫搞得很晚回。"我父一一分派，我们很快就吃完了早饭，各忙各的。

虽然是冬日，但暖阳依然耀眼，照在白色的土路上，明晃晃一片。我和我父拖着板车到镇上供销社买东西，街面上除了几个小摊，没有什么人，镇上空荡荡的。几间店铺一字排开，进出的人不多，离过年还有些时候，买年货有点早，但商店里早就开始备货了，比前些年东西多得多。我父从怀里把写在烟盒上的清单拿出来，卖货的大叔对着清单把烟、酒、红枣、黄花、木耳等都搬到门口，我把这些东西都搬到板车上。我父说："老表，你把东西清一下。"那人说："老表，时间过得快啊，我细毛坨（小时候）时候，跟我妈在你塆的和你一起捉鱼儿，好像昨日，今天你就做了爹。"我父说："我外甥两岁了。"

我问我父，"那人是谁呀？你喊他老表。"

"三毛叔大姐的大儿子，小时候总走家婆家，跟我熟。春兰姑，你不记得，去年死的？"

我没有应，塆里的姑姑，跟我隔几十岁，出嫁了好多年，我哪儿记得呀！付了钱，我们准备回家了，我父亲又说："去一下土产门市部，还得买点东西。"到了土产门市部，我父亲买了一摞红纸、三封爆竹、四个玻璃罩子灯，还要了两个泥巴壶，是煎药的那种，我觉得奇怪："你买药壶搞么事？"我问。

"做灯用啊，明晚上待席，屋里坐不下，在外面坐，不点个大灯，就得摸黑吃饭。"我父说。

7

我父拖着板车，板车上面堆满了东西，在低洼不平的山间公路上晃来晃去，瓶瓶罐罐磕碰发出清脆的响声。路人经过，感叹一声："要花不少钱吧！"认得我父的则说："老付，又完成了一件大事呢！"我父听了也不作声，只微微一笑，算是打招呼。阳光从路边柳树光秃秃的树杈间落下来，留下斑驳的影子。两旁枯黄的田野静默着，见不着鸟儿飞过的身影。我跟在板车的一旁，扶着酒瓶，有时也用一把劲，以便板车能跨过沟坎。

从镇里到家有七八里，我累得有点冒汗。到家时，快中午了，我看到我妈和我姐蹲在水边剖鱼，手冻得通红，我父跟我妈说："我把东西搬回去，再来帮你挑鱼。"我姐说："马良刚从章家塆回来了，他来挑。"我妈说："老郭给我打了招呼，她下午就要来准备明天的酒席了，我得赶快回去，做中饭，吃过好腾位子给她，对，还得借碗筷、钵子、盆等。"

老郭并不老，四十多岁，我应当叫她郭婶，人很热情，塆子里的红白喜事，都是她掌勺，不仅汁水调得好，而且做事稳重，从没耽误事的，嫁到我们塆子有二十年了，从我记事起，她的同龄人都叫她老郭。

我们匆匆吃了饭，桌上的碗还没收，郭婶就笑嘻嘻上了门，手里拿着件抹衣，我姐赶紧给郭婶搬张椅子，郭婶说："不坐，坐着冷！"我父连忙给郭婶上支烟，我妈收了碗，抹了桌子后，给郭婶泡上茶。郭婶笑着说："莫搞得这客气。"郭婶抽着烟，在灶屋里转了转，看了看剖好的鱼，又出来瞅了瞅簸箕里的猪肉和板车上堆放的烟酒，说道："东西很富实，国民哥还是很大气，舍得哟！"

"老郭，灶上都搞干净了，你来安排下，我和我女儿来打个下手。"我妈说。

"你的那些妯娌咋还没来呢，侄儿接媳妇来帮忙，未必还要人请？"老郭说。

"不是，今天的事不多，再说，屋里有人，这年末的各家事多，她们可能要来得晚些。"我妈赶紧说，"你看，要借哪些东西，我得去借呀？"

"第一，卸下一扇门做案板用，否则切鱼切肉没地方。还要搬一个凉床，好堆放钵子、盆、碗等东西。第二，十八席，菜不少，至少要二十多个钵子、盆、碗，你把亲房的钵子、盆、碗都借过来，最好做个记号，每次办完席后，为了这些东西扯皮的不少……"

老郭刚说完，我的那些婶娘都来了，屋里一下子就热闹起来，剁的剁，切的切，"哪哪"和"咚咚"的声响萦绕着我家，有时还"哈哈"地发出一阵爽朗的笑声，快活得像一首歌。

8

冬日的天，黑得早，似乎太阳一下山，天就黑魆魆的了。

郭婶和婶娘们忙了一下午，把肉焯好了，切成半寸见方的小块，堆了两脸盆，明天办席的时候，用酱油一烧，成了枣红色，就是正肉了。鱼头和鱼身也分割了，鱼身切成块，明天用肉汤和豆腐一起煮就是滑鱼片了，吃起来鲜嫩可口。鱼头剁碎，用小麦粉糊在一起，我妈从地里扯回了不少大蒜，特意留着根，在对面塘洗干净了，回来又用清水淘洗，然后把洗净的根切下来，放在鱼头里，和小麦粉一起搅，做炸鱼。郭婶说："晚上要炸的东西多，现在不忙这个！"我妈和我姐主要是打下手，不切菜。我妈进进出出，忙忙碌碌，一会儿去借盆子、钵子，一会儿从柜子里拿面粉。我姐主要是去洗菜，洗好了木耳，又洗黄花，又要洗萝卜，我姐洗萝卜的时候，我挑着担。

晚饭是我妈做的，把五花肉切片炒干，加一锅水，锅里煮面后切一把大蒜扔进去，起锅时加佐料，一人一菜碗。郭婶和几个婶娘以及我妈站了一下午，累了，他们坐在桌边吃，我姐除了自己吃，还得照顾外甥来乐。家里人多，外甥很高兴，跑进跑出，没有闹。我父、我哥、我姐夫和我一人端着一个碗，站着吃，屋里弥漫着混着蒜香的面香。

"你这个提灯太不亮了，锅里的鱼炸糊了都看不清。"郭婶看着梁下用铁丝挂着的提灯说。

"我新买了罩子灯，还没上油，我吃完了饭，把罩子灯搞好。"我父"噬"地一口就喝完了汤，放下了碗，拿着铁皮油壶给罩子灯上了油。他把油灯点着了，放在灶角上，屋里一下子就亮堂了许多，能看清大家吃了热面，脸上露出的红晕。

我们正说着话，国清大伯拿着毛笔和墨汁进了屋，对屋里的人说："还有（没有）吃。"我父说："你吃了有？锅里还有面。"国清大伯说："我吃了来的。"

我父连忙把堂屋的大桌子抹干净，拿来两盏罩子灯，四处照得很亮堂，甚至能看见瓦缝。我父把堆在板车上的红纸拿来，抖开，裁剪。我父在裁剪红纸的时候，国清大伯找了张报纸，在上面比划，写了好些字，说道："好久没写毛笔了，有点手生。"待我父把红纸裁好了，国清大伯把红纸一再对折，开始下笔了，写道：天作之合结良缘，永结同心成佳偶。横批：佳偶良缘。刚写完，我就问："大伯，这是贴哪儿？"国清大伯笑着说："叫你读书，你要放牛，佳偶良缘，肯定是贴新房！"接着他又写道：娶贤妻嫁郎君不忘父母养育恩，结良缘立家业不忘兄弟手足情。横批：家有喜事。对联贴在我父的房间的门口。灶屋的两边也写了对联：高朋满座庆新婚，美酒佳馔谢宾客。横批是"喜庆新婚"，其他的各个房间也都写了对联。

国清大伯写字的时候，灶屋里正炸着鱼，菜油的香味弥漫着整个屋子，从外面进来好些人，都说"好香"。进来的人是找我父的，明天抬嫁妆要用到

271

竹棍、绳子，他们没有现成的，问我家有没有。我父说："明天抬嫁妆，大成和二苕都要去，我家的绳子、扁担和竹棍只能够他们用，麻烦你们了，自己想想办法。"那些人才悻悻地闭了嘴，围在大桌子旁，看国清大伯写字，有人说："国清的字越写越好。"立刻有人嘲讽说："你也懂写字。"那人说："怎么说话的，没吃过大猪肉，未必没见过大猪走路。"

当我和我哥搭着梯子把对联贴好后，觉得家里一下子就有了喜庆的气氛了。我们刚贴完了对联，就听郭婶说："把灶膛里的火退了，都炸完了，天也不早了，我们要回去了。"她又说："明天早饭三席，抬了嫁妆回来吃，不会很早的，用不着赶大早，不过，国民娘子，你早上起来，把饭蒸了，五升米一甑饭够了，他们在新娘子家吃了糍粑的，吃不了多少。"郭婶说完，解下了抹衣，我的几个婶娘，也解下了抹衣。我妈说："把你们劳累了一下昼（下午），这么晚都冇回去，不好意思。"我妈边说，边拿盆子，舀热水给他们洗手。

我拿着手电筒，我哥提着马灯，把郭婶和婶娘送回了家，又回到了灶屋里。我们一家人，围着刚从灶里退出的柴火烤火。灶屋里做案板的那扇门上和凉床上堆满了二十多个盆子，肉堆得冒了尖，焯了水以后，更显得有光泽；鱼平堆在盆子里，一块块的，泛白，微微地散发着鱼腥；炸的豆腐堆在钵子里，黄灿灿的，松软地摞在一起；炸鱼是枯黄的颜色，掺和着大蒜根，散发着香气。我禁不住拿一块，吃一口，非常可口。外甥来乐见我吃着炸鱼，也要一块，我父说："准备的东西多，吃点没事！"

外甥吃完了炸鱼，眼都睁不开了。我姐把他抱在怀里，晃动着胳膊，好让他睡觉，可好几次刚把他放在床上，他又醒了。我父说："是太晚了，要睡了。有两个事要说一下，第一，要剥只鸡，按规矩，新媳妇到婆屋去，第一晚是要吃鸡汤面过夜的。忘了规矩，别人要说的。"

"我不敢剥鸡。"我妈说。

"我剥。你明早上放鸡埘的时候，把那只高冠子的肥鸡公捉住，莫让它跑了。第二，马良明天去压轿，要拿礼匣，二爹（爷爷辈）有礼匣，要放的铜镜，二爹屋里也有，还要放两绺柏树枝，两绺青枞毛须，要用红纸包，柏树枝、青枞毛须要到后山上扯，你妈明早上把这事儿做了。"

"这好说，还要包两个花生，两个红枣，还要两个皂角，皂角屋里没得！"我妈说。

"早就不用皂角洗衣服了，冇（没有）哪屋里有，塘边的皂角树上，还挂着皂角的，我明早上拿柯刀去割两个皂角下来，你急啥？"我父说。

我父和我妈正说着，外甥突然"哇哇"哭起来，原来我姐抱着他，撞在了椅子的靠背上，外甥额头上微微地发青。我父赶快接过来，抱在怀里，说道："来乐，莫哭。喔，喔，来乐睡觉哟！"我父轻轻地拍着他的后背，来乐的头，歪在我父的肩膀上，慢慢睡着了。

9

初六，我哥接媳妇的大喜日子。

我父照例起得很早，没等天亮，就窸窸窣窣地起了床，把我哥和我抬嫁妆用的绳子、竹棍、扁担找出来，放在大门边。天一亮，我父就拿着柯刀去割皂角。我哥今天也起得早，刚要去挑水，我姐夫把他拦住了，说道："新郎官，今天是你的大喜，不劳驾你挑水。"见他们都起了床，我也起来了，我看到我哥，今天和以往有点不一样。以前，头发总是乱蓬蓬的，像个鸡窝，今天头发却很顺，什么时候理的发，我都没注意到。他穿一套米灰色的衣服，是中山装的式样，这在乡下不多见。我哥穿着这套衣服挺帅气的，听说是嫂子在县城里亲自给他选定的。他脚穿一双黄色的牛皮鞋，高帮的，比他以往的解放牌球鞋或者我妈做的布鞋更有味儿。我盯着我哥，有点想笑，我哥说："你做个鬼样子，搞么事（干什么）？"我说："有个女人就是不一样啊！"

我父拿着柯刀和皂角回来的时候，我妈早已提着那只高冠子的大公鸡站在大门口，那只鸡"咯咯"地叫着，挣扎着。我父放下了柯刀和皂角，接过鸡，掐住鸡头，把鸡脖子上的毛扯下，等我妈拿来了菜刀和一只碗，我父就在鸡脖子上割一刀，倒提着鸡，往碗里放血，这就把鸡剚了。我父说："在鸡血碗里放一把糯米，免得鸡血溅得到处是。鸡血糯米很好吃的。"鸡不动了，我父找了个脚盆，把它压着，等我妈有空了，再剃毛，盘（整理）鸡。

我父剽鸡的时候，家门口已来了好些人，都拿着竹棍，背着扁担，扁担上都绑着绳子。我哥进进出出，也不知忙个啥。我父拿着鸡，嚷道："大成，上烟。"我哥这才一一地上烟，我姐拿着茶壶，一一地倒茶。有人说："莫磨蹭了，上半天还有事。"我父说："快到齐了，差国清哥，他刚才不是在这儿吗？"我哥说："他的绳子搞不见了，又去找绳子。""那就走吧！"有人说。我跟着大队人马，浩浩荡荡地上了路，在田埂上拉出一条长线。

易家咀离我家不过四五里，这地方我是熟悉的，但塆里没去过。过了两个畈，就到了汪家坳，再转过一个山咀就到了贡家冲，贡家冲我最熟悉，是我妈的娘屋。我小时候总在这塆里玩，塆里的人，没有不认得的。过了贡家冲，走一段机耕路（农业机械走的路），就到了一个宽约一丈的河沟边，过了河沟上的桥，就到了易家咀。我哥说："那大樟树下的屋，是我外父的。"我们进了村口，看到女人们提着锅，把它覆在地上，用菜刀的顶口在锅底上刮擦，"哧哧"地蹭去厚厚的锅底灰，见我们一行人走来，有人自言自语："来得好早啊！"男人们晃着大竹扫把，扫去门口的杂物，甚至猪粪，见我们走来，加紧扫几把，扫完后，放好了扫把，也跟在我们身后，走向大樟树。

我们才拐过一家屋角，爆竹就"噼里啪啦"地响起了，空中一团烟雾，空气中弥漫着火药的馨香。一位年轻的媳妇突然从围观的人群里跑出来，拿点红染，把我哥糊了个大花脸，说道："新姑爷，大喜哟，糊个脸！"

堂屋里的桌子已摆好，碗筷早已上了桌，待我们把竹棍、扁担放好，坐上席，两个媳妇一人提一把提手瓷茶壶，给每人倒杯茶。同时，跑堂的用木托儿端着六碗掺了芝麻糖的糍粑出来，每桌上两碗。我们每人拿一坨，那碗就空了，接着上了十二个碗，每碗都堆满了鱼肉等菜肴，也上了酒，我们草草里吃了几口，没有人喝酒，有人就退席了。我哥挨个地敬烟，到场围观的那些媳妇、男人们，我哥也敬了烟。

把刚才酒席的桌椅稍微挪一挪，就开始搬动放在堂屋里面的嫁妆，自行车系着大红花摆在最前面，条桌、洗面台、两口箱子、高低柜、五屉柜、穿衣柜、大小桌子、四张靠椅、大小脚盆、马桶、洗衣桶、忙杵、铺陈（四床被子、枕头、垫单等）都被搬出门。一只睡柜也被我二父、细佬搬出去。抬嫁妆的老少爷们忙开了，在门口用绳子捆绑，我哥的外父在场子上招呼，把抽屉里染了红的刨花拿出来，隔在竹棍和家具之间，以免刮擦了红色的油漆。还有一只睡柜正等着我哥散完了烟，往外搬。不知里面放了什么东西，我一伸手，觉得很沉，搬不动。见我额头上青筋绽出，我哥的外父连忙过来帮忙，才把这只睡柜抬出高高的门槛，放在门口的场地上，开始捆绑。

我们在捆绑的时候，有一位大叔在柜子上贴对联，当然只有上联，要我们对出下联，才能抬走这嫁妆。这对对联的事儿，只能指望国清大伯了。我抬的这只睡柜旁边是洗面台，我见它的镜面边上贴了上联"青龙岗翠柏遍地日日长"，我一头雾水，看了一眼国清大伯，他早已把要挑的椅子系好了，往我这边走过来。他看了一眼，就在堂屋门口的那张桌子上写道：白虎咀绿竹冲天年年生。他写字的时候，好几个男人围过来，啧啧称奇，说道："这字儿写得好，对得也工整，一看就是读过书的人。"一人说："他是他们大队的书记，当然有两把刷子。"

对完了洗面台上的对联，又对高低柜上的对联，上联是"庄稼长势喜人多因为风调雨顺"，国清大伯想了想，写道：家庭瑞气盈门皆缘于夫唱妇随。刚写完，有人议论："这'夫唱妇随'不好吧，现在讲男女平等，男人不能压着女人。"国清大伯说："这是说，他们夫妻同心，恩爱孝顺，家里谁主唱谁跟随，没有关系的，只要勤劳致富，跟着党走。"刚说完，就有人帮腔说："怪不得是书记，政策领会得好啊！"

还有一副对子要对，是贴在穿衣柜上的，上联是"笑声歌声爆竹声声声齐鸣"，国清大伯对道：国福家福天下福福福同享。对完了对子，我哥的外父就点着了爆竹，在爆竹的鸣响中，大队人马上路了。我把扁担放在肩上，很费了点劲。不知什么时候，我嫂子香梅站在门口，她对我哥说："大成，你走慢点，你弟弟有点吃亏。"我看了嫂子一眼，她似乎脸上起了点红晕，我还真没看到她额头上的胎记，只觉得嫂子好标致。

我和我哥落在最后，甚至，我们还休息了两回。经过别塆的时候，好多人端着饭碗，站在门口观看，还议论着："这是哪家嫁姑娘，好富实啊！"

10

当红漆的嫁妆摆满了我哥的新房时，我顿时觉得，这新房光芒四射。由于地上不平，条桌、桌子有些晃动，我于是去找木屑儿垫桌子。我刚出门，就看到我家公、家婆、舅娘、舅舅走在对面的田埂上。我家婆是细脚女人，七十多岁，走路不方便，尽管住得近，但到我家也来得少。我哥接媳妇，她当然会来的，因为她是做媒的。我对屋里的我妈嚷："妈，家婆来了，家婆来了。"我父说："你嚷么事呀！"我父赶快拿了一挂爆竹，提在手上。我姐快步跑到田埂上，给家公、舅娘、舅舅打了招呼后，就挽着家婆，问长问短。

爆竹声响起，好不热闹。我家婆刚坐安稳，我大姨、大姨丈、二姨、二姨丈也来了，他们亲亲热热。我姑、姑爷来得有点晚，我父有点生气，嘀咕："他们家接媳妇，我去忙了几天。"我哥大成的师娘来得更晚，但没有人嘀咕。

我家婆的一盅茶还没喝完，外面就传来了唢呐声，吹手到了。我父上烟，我姐倒茶，我姐夫马良准备去接新娘了。我二父的女儿早就在家里候着，穿一件乳白色的丝绵袄，系一个大马尾。细佬的女儿小菊在家里赖着，不出门，她怕别人盘（戏弄）她，早日跟她说的时候，她虽然踌躇，但也没有拒绝。我父说："没有工夫等，去晚了不行，人家中午待客呢，去晚了人家客人都要骂。再找个人吧！"这么急，哪儿去找人呢？正在大家为难的时候，在灶台上忙碌的郭婶说："叫我女儿去吧，她昨天刚从外面打工回来，她见过世面，胆子大。"我妈连忙说："感谢！感谢！"

我们找好了包袱，把礼匣包好。出门了，我父说："打开看一下，莫落下了东西。"我姐夫马良打开匣子检视，一个铜镜，是路上辟邪的；两束五色线，是开脸的；两绺柏树枝，两绺青枞毛须儿，代表万古长青；两个红纸包的花生，两个红纸包的枣子，两个红纸包的皂角，代表早生贵子。我姐夫马良说：
"都齐了。"突然又说："红包冇（没有）封，重要的事情忘了，到时进不了门。"
我父有点生气，说，"叫你妈办个事，让人不放心。"马良说："妈忙忘记了！"
我父从荷包里掏出一把纸币，有五毛的，一块的，两块的，散放在桌子上。
我进房间拿出了红纸，裁剪成方块；我姐进灶屋拿来了饭粒粘红包口，很快
就包了十来个红包。我父说："还是少了。进门礼儿至少要准备五个，五毛的
就行。五毛的红包要多包一些，进门的时候不丢这多，晚上她塆的送新大姐
儿的细伢，要提灯礼儿，每个手电，每盏马灯都要给一个红包儿。这些五毛
的红包儿，马良都装在荷包里，到时你来给。"我父顿了顿，又说："放在礼
匣里的红包儿要多放点钱，大多是给长辈的，给新大姐儿梳头的要给梳头礼儿，
开脸的要给开面礼儿，穿衣的要给穿衣礼儿，牵新大姐儿上路的要给牵娘礼儿。
此外，她家嫁女儿来帮忙的也要给礼包儿，有跑堂礼儿，厨师礼儿等等，多
准备些，有面子，莫让人说抠门！"我父边说，我们边包，放在礼匣里一大堆，
红成一片了。

我姐夫用包袱背着礼匣，手里提个包，包里装着两条大公鸡的烟，外加
一件"露水衣"。烟是女方中午待客要散的烟，是我哥的外父要求的。"露水衣"
是嫂子晚上出门时披的外套，是我妈穿过的一件暗红色的丝棉袄，去年我姐
买给我妈的。我姐夫走在最前面，后面跟着两个蜡烛姑儿和两个吹手，一行
五人，走过田埂，到易家咀去接新大姐儿。

11

吃过了午饭，我妈让我舅娘来铺床，我舅娘说："让你两个姐铺啊！"我
大姨说："嫂子，莫谦礼，我娘老子跟你住在一起，身体健健旺旺的，你有福
气。我侄儿去年考了大学，成了国家人，你旺家呀，我们一大家子都羡慕你，
羡慕得不得了。"我舅娘笑着说："大姑子嘴上抹了蜜，尽给我灌迷魂汤！"

我哥的床是他自己做的新床，带暗柜的那种，不是我睡的那种带床栅的、

要铺稻草的床，而是平铺的厚木板，显得很扎实。在一旁看热闹的一个小媳妇说："这床扎实，怎么板（折腾），都板不垮。"话一出口，大家哄堂大笑。站在门口的郭婶说："细堂客，么事（什么话）都敢说，你的床被你男人板垮了，开年叫大成给你做一张。"

我舅娘在竹席上铺上毛毯子，又铺上垫单，边铺边说："铺床铺床，龙凤呈祥，夫妻恩爱，日子红亮。"她一说完，我父就在堂屋里放一挂二十响的爆竹。"噼里啪啦"响过后，给了舅娘一个红包礼儿。舅娘把铺陈解开，把两个枕头摆在一起，摆弄枕头的时候，她说："铺床铺床，儿孙满堂，先生贵子，再生姑娘。"说完，我父放一挂爆竹，"噼里啪啦"后，给一个礼儿。舅娘又抖开被子，看到被子里有好几绺红纸条包的柏树枝儿、青枞毛须儿，还有红纸包的花生、枣子等，还有几个红包，理所当然，这红包归我舅娘所有。我舅娘把被子铺开，把里面放的柏树枝儿、青枞毛须儿、花生、枣子捡到床边，她边捡边说："铺床铺床，富贵堂皇，财源满地，米粮满仓。"说完，我父又放一挂鞭炮，"噼里啪啦"后，给一个礼儿。舅娘把这些做好后，又把床上整理一番，让床铺尽量平整，边理边说："铺床铺床，喜气洋洋，万事皆乐，幸福绵长。"说完，我父再放一挂鞭炮，"噼里啪啦"后，给一个礼儿。

我舅娘铺床的时候，围观了好多人，包括厨房里忙碌的婶娘们，甚至打杂的三毛，但我姑没有来围观，因为上半年她刚死了婆婆。

围观了铺床后，我到堂屋里看国清大伯在红纸上写字，国清大伯在一个两尺见方的红纸上写着：

付大成、易香梅同志新婚典礼。

鸣炮、奏乐，付大成、易香梅同志新婚典礼开始。

请主婚人致辞。

请证婚人致辞、宣读结婚证书。

请亲朋代表致辞。

请介绍人介绍恋爱经过。

典礼结束，奏乐，新人入洞房。

国清大伯写完后，让我把红纸贴在堂屋的后墙上。国清大伯正要去洗笔，我细佬说："国清哥，迎亲，你去么？"国清大伯笑着说："这结婚典礼的事你来搞。"我细佬说："你这事儿我做不了，我还是去找马灯。"

迎亲是要不少人的，人少了，全没有喜庆热闹的气氛。队伍越大，新郎家越有面子。所以我们到处蹘（找）人，我哥和我，还有几个堂弟自然是要去的，塆里的同龄人愿意去的，我们都欢喜。两个迎亲的蜡烛姑儿是必须要去的，细佬的女儿小菊，她说她没去接亲，迎亲她去。还少一个蜡烛姑儿，下昼（下午），我姑的女儿来了，她说，她要看看表嫂长什么样子，这正好。但是人还是不够多啊，所以我细佬也去，他是长辈，见过的事情也多一些，路上有什么礼数，他更清楚。迎亲是晚上，一路上是黑魆魆的，有时候，还要跨过田埂，所以必须带上马灯，才能看清路。人多，马灯也不能少了，所以我细佬到处找马灯。

虽然过了冬至，但这几天天气很好，阳光明媚，温暖如春，所以没有人畏冷，白天里我家婆、家公和大姨、二姨、舅娘、我姑和客人们都坐在门口晒太阳，但是，到了傍晚，太阳一落山，气温骤降，丝丝寒意裹上身，不禁打了个寒战。我细佬说："天快黑了，要出发了，莫让人家把女儿送出来了，我们还冇（没有）到。要去结亲的多穿点衣服，路上冷。"顿了一下，他又说，"有意思得很呢，锣鼓咋还没来？"

我站在门口，眺望了好几次进塆的小路，终于把锣鼓盼来了。一共来了四个人，一个背鼓的细伢，约莫十四五岁；一个敲鼓的大叔，一个打锣的，一个打镲的。我们等得有点心焦，我细佬说："你们再来晚点，赶不到饭呢。"那大叔说，"你莫急，去早了，在路上冷，现在嫁女儿的，没有哪家不磨蹭。"

我哥装了四包烟，我细佬也装了四包烟，在暮霭中出发了，到易家咀去接亲。我们一路说说笑笑，把欢声留在这冬日寂静的田野，孤寂的小树林里。

12

我们一行人赶到易家咀门前河沟的小桥边就驻足了，等他们把新大姐儿送到这儿来，我们接回去。我们来得不早，到小桥边，天已是黑透了，远远地看着塆子里一家家窗户里透着微弱的灯光。两只狗向我们冲过来，突然停住了，对着我们"汪汪"叫。新大姐儿的家在樟树下，门口点着一个很亮的油壶，围着一些人。我细佬说："是不是到了出阁的时候了？"我哥说："看的时辰是酉时。""酉时是肯定到了，太阳落山就到了酉时，催一催。"我细佬说。于是，"咚咚咚"敲起鼓，"哐哐哐"打起锣……我们锣鼓喧天，闹了好一会儿，樟树底下却没动静，连唢呐都没响起。从塆里突然来了个人，说道："你们闹也没用，香梅他妈正在哭嫁呢，哭得眼泪流，香梅舍不得出屋。"

在这漆黑的夜里，田野里的风吹过，显得异常冷，好几个年轻人出门时衣服穿得少，冷得打哆嗦。我细佬说："我去扯两捆干草来烧火烘。"当我们把干草点着，火光不仅温暖了我们的身体，还把这夜幕扯开了，可以看到远处山头的轮廓，甚至可以看到树的黑影，近处河沟里的石头也看得见。河里没有水，都是败叶和枯草。我们刚烧完了一捆草，樟树底下就响起了唢呐声，我们赶快呼应着，敲起了锣，打起了鼓。闹腾一阵子，那唢呐声又停了，细佬说："这是暖场子，放了鞭炮，那才是真正出门了。"于是我们继续烧火烘，也不时地向樟树下张望。门口的人越集越多，有提着马灯的，有拿着手电的。

"噼里啪啦"的爆竹声响起，接着唢呐的声音也响起。"出门了，要接应啰！"细佬说。我们又敲起了锣，打起了鼓，"呼呼啦"的唢呐声和"咚咚咚"的鼓声，把宁静的山村叫醒了。"看清路，莫跌倒了，提灯的，打手电的，把路照亮，到桥边找新郎官要红包礼儿。"一群人提着几盏灯，带着欢声向桥边涌来，锣鼓喧天，热热闹闹。

走近了，我发现拥着我嫂子香梅的不是去接亲的两个蜡烛姑儿，而是一群和嫂子年纪相仿的姑娘们。我姐夫马良走在前面，我看到他脸上糊了不少的红墨水，有点像关公，想笑。姐夫和我们一见面就把礼匣给了我细佬，然后给那些提灯、打手电的细伢发红包儿，我哥给到场的人挨个儿敬烟。敬完了烟，我们准备走了，有个年轻的媳妇却说："不能走，来接亲的蜡烛姑儿跑了，不像话，要她们来接。"她边说边挽着嫂子香梅的胳膊，不让走，嫂子就站在那儿不动。天黑魆魆的，四处都看不清，哪里找得到二父的女儿和郭婶的女儿，细佬赶快让小菊和姑姑的女儿上前。那媳妇说："不是她俩。"正僵持着，我哥的外父说："不扯了，天要下夜露了，冷得很，他屋里还要待客，晚了，人家饿得很，要骂人的。"他又对香梅说，"女儿，你们走慢点，路不好走，莫绊倒了。后天回门，你们早点回。我得回去，你妈哭得不行。"我嫂香梅哭着说："父——"

我们走了几十步，看到二父的女儿和郭婶的女儿从树后的黑影里走出来，她们跟在我嫂香梅的身后，说道："香梅姐，你塆的人太拐（坏）了，瞎盘（戏弄）人，搞一些刺球儿都揉到我头发里，扯下来生痛。你看，我头发都搞得乱蓬蓬的。"我这才注意到郭婶女儿的头发是蓬乱的。我二父的女儿说："有个人更恶心，趁黑摸我的脸。"我们正说着，就到了贡家冲门口的机耕路上，发现路口站着一群人，还有一盏马灯，地上落下了他们厚重的身影。他们有男有女，有老有少。郭婶的女儿说，"他们是不是又要盘蜡烛姑儿。"我说："不会的，是我家婆塆的，不是舅舅就是舅娘，不是老表就是表叔。"一碰面，就有人说："外甥接媳妇是大喜的事儿，咱们来道个喜，顺便也抽两根喜烟。"我哥赶快敬烟，那人说："外甥咋这么不懂事呢，好事成双，要两根两根地上烟。"我哥只好两根两根地敬，荷包里装的四包烟已经没有了。我细佬说："到汪家坳，人家要烟，你还有吗？"我哥说："没有了。"细佬说："你太老实，人家要几根，你就给几根？你就说，拜年的时候，再给各位敬烟嘛。"

到汪家坳的时候，可能是有点晚了，再加上天冷，路上没有人，我们顺利通过。一路上，唢呐声、锣鼓声、打镲声，此起彼伏，经过田野时，错杂响起；经过塆子时，众声合奏。在这寂静的夜里，喜庆的欢声和锣鼓声传得很远很远，萦绕在山间的树林里，广袤的田野里。天上的星星在寒夜里显得很亮，似乎是一双双眼睛，深情地看着我们的队伍迈步在田间的小路上，尽管马灯不够亮，但我们的脚步，稳重而坚实，没有一点绊滑的感觉，把黑影甩在脑后。

13

当我们离家还有一畈田的时候，就听到家门口的喧嚣，有人喊："新大姐儿来了，新大姐儿来了。"远远地看到家门口特别亮，走近才发现，那是我父昨天买的药壶做的油壶，用两个棉条做的灯芯，挂在屋檐之下，把家门口照得亮如白昼。门口聚了好多人，有人喊："快放炮子，快放炮子。"立刻，鞭炮响起，鞭炮的亮光是一团火，在黑夜里照亮了屋角，那儿正缩着一只鸡，它吓得瑟瑟发抖，有人说："人太多了，鸡进不了窠。"

过了畈，就到了家门口。人群里让出一条路，二父的女儿和郭婶的女儿挽着我嫂香梅进了堂屋，堂屋里婚礼陈设已就绪。两张大桌子并排着，桌子上摆着六个瓷盘，各自放着糖块、瓜子、花生、京果、麻糖等副食，桌子两旁各放四张椅子，四个桌子角上各放一盏玻璃罩子灯，把堂屋照得透亮，下首桌边放着两张鲜红的结婚证。

人群把还算宽敞的堂屋挤得满满的，椅子旁多是小孩子，他们盯着桌子上的零食，准备等婚礼一结束，能快速地抓取桌上的糖果。大门的两边挤满了人，他们是塆子里的媳妇和叔伯兄弟们。灶屋的门口站的是郭婶和做饭的婶娘们，新房的门口多是站着亲戚，包括我的大姨、二姨、舅娘等。我们进门的时候，爆竹的响声还没有停息，门口全是烟雾。唢呐进了屋，把欢声塞满了屋，而锣、鼓、镲则在大门口发出"咚咚""哐""呛"的声音，震耳欲聋，声传八方。

爆竹的响声停下来了，嫂子香梅早已站在桌子的前方，我哥也被人搡到了我嫂的旁边，有个后生比划着说："亲个嘴呀！"国清大伯就大着嗓门说道："付大成、易香梅两位同志的婚礼现在开始。首先，请来宾代表就座。大队干部代表，就是我了，我就不坐了。国民，你要坐呀，你是香梅的公公呀。"国庆大伯对站在灶屋门口的我父说。我父连连摆手，说："我不坐，我不坐。"

还直往后退。国清大伯又说："他舅舅来坐，天上雷公，地上母舅啊！"我舅也连连摆手，说道："不坐，不坐。"国清大伯说："都不坐，那就算了，都站着，喜庆些。"

"我是主持人，又是证婚人，我先来说几句。"国清大伯说，"媳妇姑儿我第一回看到，标致得很，怪不得大成总往媳妇那儿跑。从今以后，大成，把媳妇娶回了家，要抱紧，要恩爱些。"说着大家都笑了，起哄道："抱一抱，抱一抱。"我哥傻笑着，我嫂子香梅脸绯红，低着头。

"大成，大方些。自己的媳妇，抱一下。"国清大伯笑着说，大家又跟着起哄，我哥很勉强地把嫂子香梅的肩头搂一下。国清大伯接着说："媳妇娶进了门，就是一家人，要让日子红红火火，第一要家庭和睦，第二要勤俭。媳妇姑儿一看就是灵光人（聪明的人），相信一定是孝敬公婆，勤俭持家的人。党的政策好，分田到户，只要舍得吃苦，都能把日子过好，祝福这对新人，芝麻开花节节高。另外，我作为大队干部，也说一句，希望积极支持国家的计划生育政策。"

国清大伯顿了顿，又说："按照规程，不光我是证婚人，大伙儿都是证婚人，宣读结婚证书。"国清大伯把放在桌子上的结婚证拿起来宣读："结婚证书：付大成，男，22 岁，籍贯是湖北罗田；易香梅，女，23 岁，籍贯是湖北罗田，自愿结婚，经审查符合《中华人民共和国婚姻法》关于结婚的规定，发给此证。1982 年 12 月 10 日，湖北省罗田县民政局。"读完了结婚证书，国清大伯又说："大家都见证了大成和香梅的结婚证，他们的婚姻是受国家保护的，希望二人相濡以沫，白头到老。"

"下一项，请亲朋代表致辞，国民，你说几句。"国清大伯继续主持婚礼。我父从灶屋的门口走到桌子旁，清了一下喉咙，说道："各位亲朋好友、伯伯叔叔、哥儿兄弟、侄儿侄女，感谢你们来参加大成的婚礼，天气冷，饿到现在还冇（没有）吃饭，不好意思，马上开席，没有什么好招待，但也希望各位粗茶淡饭吃饱，天冷了，多喝两杯酒。"我父说完，给大家作了个揖，又接着说："大成，我的儿，香梅，我的媳妇姑儿，希望成了家，好好把日子过好，要舍己做，好人家都是做出来的。要勤俭治家，莫赌博打牌，赌博一伤和气，二伤钱财，三败家，要记住。也祝福我的儿早生贵子，生儿养女，源远流长，自古以来都是这样的。"我父说到这里，顿了顿，憋住了，说："我就说这多。"

"没想到国民书没读几句，话还是说得蛮好的。下一项，请介绍人介绍恋爱经过。"国清大伯说。

"他家婆做的介绍，她七十多了，算了，不说了，开席了，天冷了。"我父说。

"奏乐，新人入洞房。"国清大伯说完，唢呐响起，"呼呼啦"的声响引起了人群的骚动，四个蜡烛姑儿每人拿盏灯，进了新房。孩子们则把手伸得老长，去抓桌子上的糖果，我妈在一旁说："细伢，过细点，莫把盘子搞到地上去了啊！"我嫂子进了新房，挨着我家婆，坐在床边。我家婆问："伢儿，冷不冷？"我嫂子香梅说："不冷。"

堂屋和灶屋里忙开了。大家把刚才并排的桌子拉开，再从屋外搬来一张桌子，堂屋里开三席，留下不宽的过道，以便出菜。新房里也开一桌，坐女客。其余还有六席，开在大门口。有人跟跑堂的三毛叔说："外面有点冷。"三毛说："那冇得法（没有办法），屋里没有可以放下六张桌子的地方。"灶屋里忙得不亦乐乎，早已准备好的炸油豆腐从盆里盛到菜碗里，放到木托儿里，端到席上。跑堂的三毛叔根本忙不过来，我父喊我："二苕，你过来上菜，莫到处晃。"我急忙也端着木托儿上菜。我姐坐在灶下把火，见儿子来乐总往自己身上爬，干扰做事，便说道："到家婆那儿去。"我妈抱了外甥，说道："家婆给你找好吃的。"

大锅里"哧哧"地响，油烟和水汽从锅里升腾，把不大的灶屋弄成仙境了，在这鱼肉的香味里，郭婶灶上灶下地忙个不停，嚷道："撒点葱花，好看些。"我的那些婶娘不停地盛菜，三毛叔和我不停地进进出出，门板和凉床上的盆子空了一半，该上正肉了。郭婶说："现在，菜上慢点，他们要敬酒。"我父拿着酒杯，我哥拿着烟，一席一席地轮流敬酒上烟。屋里都是客人，有人拉着我父说："今天你要喝一杯，你儿子结婚，你也是大喜。"我父说："好，好，等我把所有酒席过一遍，再回头跟你喝。"

等我父从屋里的那些人拉拉扯扯的纠缠中脱身后，到门外敬酒，发觉门口的好多酒席都散了，不过桌上的菜大多空了，连酒瓶都不见了。原来坐在门口的好多是塆里的人，他们怕冷，拿一个碗夹些菜，拿回家了，酒自然也装在荷包里带走了，我父说："外面是冷。"

14

喧嚣随着夜深而静寂下来，客人们陆陆续续地走了。最后剩下的都是几个至亲，我舅舅、舅娘、外公也要走了，我父说："看不见怎么办呢？"我舅舅笑着说："又不远，打个火把就行了。"他们走的时候，我妈找个袋子，把我嫂子香梅给他们做的鞋装好，给他们带走。二姨也要走，反正住不下，我妈也没有强留，二姨走的时候也带走了我嫂为她和姨丈做的鞋。大姨住在叶家山，有点远，不回去了，睡我姐的床。我姑去了细佬家。我姐和我姐夫马良一定要回去，我姐说："我们出门有三天了，家里有猪有鸡，尽管有婆婆帮忙照看，但还是不放心，要回去。"我妈说，"好晚了，又冷，来乐要是搞病了，就不好了。"我姐说："没事，我把他抱在怀里。"我父对我说，"二苕，你拿个手电，把你姐送一脚。"

我送我姐翻了两个山岗，远远地看到她塆子里不多的几点亮光，我就回头了。此时，天上的月亮如半个镰刀，不是很亮，但星星却很多，似乎借助这星光都能看清山间的小路。我一边走一边沉思，开年我也得去学个手艺，不然，哪儿去找个媳妇，我嫂子香梅长得挺好看的，找个像她那样的女人就挺好。在黑暗里，我似乎摸到我女人的脸了。一抬头，就到了家门口，吓我一跳。

我进门的时候，家门口的药壶做的灯还没有熄，到处亮堂得很。进堂屋的时候，看到我哥和嫂子香梅在床边坐着说话，我哥脸朝着香梅，看不清，但我嫂子的脸对着门口，瞄一眼就看得出来，含情脉脉。进了灶屋，发觉到处堆的是盆子、钵子、碗、筷子，估计要把这些东西洗干净，得要一天的时间。

我妈在灶上下面，我问："家婆呢？"我妈说："你家婆和大姨睡了。"我知道，按习俗，今夜我哥和我嫂子要先吃了鸡汤面，才能去睡的。我说："妈，把鸡胯子（鸡腿）给我吃！"我妈说："还轮得到你吃？不知什么时候，一只鸡胯子就被郭婶偷着吃了，剩下一只是你嫂子的，你不能吃。"

我哥和我嫂吃了鸡汤面，洗了脚，就关了房门睡觉了。我从早上到现在也没停息过，有点累，也上床了，但想到要找个媳妇，有点兴奋，睡不着了。我听到住在我隔壁的我父我妈"咯吱"一声也把房门关上了，准备睡觉了。他们躺在床上，嘀嘀咕咕地说着话，尽管声音不大，但我还是听得清。

"大成接媳妇了，我们的任务又完成了一个。"

"是啊，但借的贷款什么时候还得清！"

"你急么事，收的礼钱有好几百，要还的余款冇得几多了。"

"二苕也大了，明春十八,一两年也要找媳妇。养孩子的债还不清。"

"哪个人不是这样过？活着哪有轻松的。"

"你今天的脚不痛了，一天都没听你说呢！"

"怎么不痛呢，我忍着，这大喜的日子，我喊脚痛，多不好啊！"

"哎呀！你这脚肿得吓人，么得了啊！"

"莫大惊小怪的，我明天找郎中看一下，吃点药，会好些的。"

"我们当父母的，吃苦受累，什么时候是个尽头啊！"

"莫这样说。我想啊，他娘，你要往前看呀，大成手艺学成了，开年就自立门户，现在做手艺多好啊，不用交钱给集体，赚到的钱都是自己的。香梅手大脚大，一看就是个勤劳做事的人，我们家又多了个劳力，农业生产的事儿，又有个帮手了。我听说沿海搞改革开放，办了好多厂子，到处招人，有人一年赚好几千。二苕青春年少,正好可以出去闯荡闯荡,说不定能赚不少钱。我呢，也不是很老哈，我四处打听，听说武汉有个汉正街，那儿东西便宜得很，在那儿买回来卖，价格可以翻两翻，我准备把收到的礼钱做本，到武汉去进货……"

听着我父和我妈窃窃私语，我睡着了，梦里看到了太阳，霞光万丈。